suncolor

suncolor

天涯雙探

一 青衣奇盜

七名——著

suncolor
三采文化

不能再等了，就是現在！夏乾高度緊張，平定氣息，弓箭回拉，兩指猛然鬆開，只聽「咻」的一聲，箭飛了出去。

「還有人說，男子見了水妖，則表明桃花運旺盛；反之，女子見了水妖就會喪命。庸城很多妙齡女子都害怕水妖，正是因為這傳說。」

「很多案子就是這樣辦的。無足輕重的人過世了之後，人們就是這副無所謂的樣子。只有真正喜愛他、懷念他的人才會感到悲痛。」

第八章　易廂泉破解謎案 298

在濃煙和熱浪中，易廂泉頹廢地跪坐在地上。他臉色慘白、雙目空洞，像一隻失去魂魄的殘破木偶。他脖子上的圍巾滑落下來，露出一道紅色的疤痕。

第九章　幕後真凶終現形 339

庸城又平安了。六日，死了三人，青衣奇盜來了又走，但百姓還是過得安穩。對於百姓而言，其實有些驚天動地的大事只是飯後的談資，對他們的現實生活並沒有多麼重要。

尾聲 378

「你別管，就說沒看見我！」夏乾不滿地嘟囔一聲，還帶著醉意，幾步就走進夜色中。

作者序

讓我們踏上「與眾不同」的旅程

寫此自序，主要是為了表達對好友溫子鐸的謝意，感謝她一直以來對我寫作的支持。這份支持始於二〇一〇年，那時候我和溫子鐸都只有十六歲，是重點中學的學生。我那時候的目標很簡單，努力學好數理化，做老師、家長眼中的好孩子。那樣，我會考上很好的大學，會找到一份很好的工作，會做一個「出類拔萃」的人。

但我私下非常喜歡讀偵探小說，也喜歡寫一些小故事。直到某一天，我的世界裡出現了兩個年輕人：一個安靜，一個活潑。他們彼此相熟，是最要好的朋友。故事發生在古代的江南小城，城裡出現了一位江洋大盜。讀書累了的時候，我會想想這個故事。

漸漸地，我發現江南小城只是故事的起點，這兩個年輕人會走到很遠的地方去。他們會去下雪的荒村、繁華的京城，還會往西走，去往大沙漠……

而這些地方我都沒有去過，我只能坐在教室裡，面對的只是厚厚的試卷而已。

我覺得這個故事很有意義，但是上學時間不能玩電腦，我只能在腦中梳理情節、大綱，並把想法講給我的朋友溫子鐸聽。她很喜歡這個故事，還在夜深人靜的時候偷偷上網幫我查相關資料，並為《天涯雙探》中的很多人物取了名字，其中包括主人公易廂泉。我一直認為，書中的人物一旦擁有了姓名，就等於擁有了生命，他們不再是單純的人物了，而是我的夥伴。

在之後的日子裡，故事中的人物形象漸漸鮮明，脈絡逐漸清晰……我突然意識到，它可能不是一個高中生在課餘時間的戲作，它有自己的特色。如果寫得好，這可能是一個非常好的系列。

「高中生每天偷偷寫小說」其實是一個高機率事件。它會發生在每一個學校、每一間教室裡，很多學生都會在本子上寫故事。有些老師和家長會給很多鼓勵，而絕大部分老師和家長會對此嗤之以鼻，認為寫小說是耽誤課業，是不務正業。我仔細分析了我所處的大環境，相信在這件事上我得不到學校和家長的支持，於是我選擇沉默，先認真高考，待我進入大學，就可以開始寫這個系列。到那時候，成功也好，失敗也罷，全都由自己負責。即便我真的誤入了歧途，耽誤了所謂的「大好前程」，這個系列也能在十年內寫完，我也可以在二十六歲時懸崖勒馬，權當自己在青春期做了一件荒謬事。

那之後發生了很多小插曲，在此不一一贅述。我和溫子鐸迷迷糊糊地進了大學的校門，學校不算特別頂尖，也不算特別糟糕。大學裡的一切新事物都令我應接不暇，但有件事我很確定，不管多忙多累，我都必須開始寫書了。

第一部小說很快就完稿（畢竟高中時憋了太久），溫子鐸是審稿人。現在回頭看看，那時候的文筆比現在還要差，人物基本都是毫無感情的紙片人，但是我寫得很快樂。溫子鐸那時候加入了學校的國學社，很愛讀詩，於是我讓她幫我寫一首藏頭、藏字謎的詩，就是如今《天涯雙探二》中出現的〈黃金言〉。我開始寫第三部時，又讓她寫了一首，名為〈思卿〉。那時候我們經常幻想出書之後的樣子，我們會拿起這兩首詩朗誦一下，然後大笑出聲。

但是事情沒有想像中順利。在往後的日子裡，我發現這個系列的創作比原本想像的還要困難，簡直讓人無從下手。我曾無數次想放棄，最後還是硬著頭皮去圖書館擴充閱讀量，再靜下心來認真改寫，甚至重寫。這個過程沒有編輯盯著，也沒有教師指導，我會改到自己滿意為止。出版的路更是波折，我在上課、寫書之餘，又和許多出版社、影視公司打交道，只覺得身心俱疲。一直到二〇一九年，書才真的被印出來。

從十六歲開始構思故事到二〇一九年出版，一共經歷了九年。在這九年裡，我們的生活看似平淡，其實發生了很多巨變，有些是觀念上的，有些是選擇上的。溫子鐸讀詩讀多了，決定棄理從文，並且在貧窮大山裡當志工一年，如今回到家鄉做了一名語文老師。而我呢？我又稀裡糊塗地讀完了碩士，《天涯雙探》的出版則卡在了我畢業的最後一年。很多朋友也是在我即將離校的時候才知道我寫書的事，畢業的時候人手一本，看看書裡有沒有把他們寫成反派，看完還強迫我簽上名字……

如今，我再回頭看看這些故事，突然發現它們和我在十六歲規劃的故事並不相同。雖然我現在仍然很年輕，但那時候我滿腔熱血，有理想、有目標，一心想寫一個老少皆宜的偵探小說。但如今我回頭再看，《天涯雙探》中的有些案件並不能進入經典案件的行列，只是想法有趣，很多時候需要跳脫常規思維。不過，除去案件之外，它有更多寶貴的東西。雖然它的背景在古代，但它描寫的是年輕人的故事，是發生在我們身邊的故事。那些難以實現的理想、憤世嫉俗的觀念、對公平正義的渴望、對自由的嚮往、對未來的迷茫……都被細小的筆觸悄悄寫了進去。朋友的理解和支持，和長輩因觀念不同而發生的摩擦，初入社會之後遇到的小小意外，也都被一一記錄在內。

如今我和溫子鐸再次相見，坐在一起狼吞虎嚥地吃飯，覺得彼此和十六歲的時候沒有什麼區別。但當我們去書店看到《天涯雙探》堆放在書店某一角落的時候，突然百感交集。九年的時間過去，這本書居然真的出現在了貨架上。雖然書的有些地方仍不盡如人意，但我們看到它的時候仍然無比激動。

那一刻，我突然明白：在茫茫書海中，《天涯雙探》不是「出類拔萃」的書，我也不是「出類拔萃」的人。「出類拔萃」這個詞本身就是空洞的，它盲目地把眾人歸為

「一類」，但每個人生而不同，每個人都有自己喜歡的、願意付出時間和精力去做的事。這些事情不能使我們獲得廣義上的成功，卻能讓我們與眾不同。活出自己的價值，遠比世俗的成功重要太多太多。

最後，我還有一些話想講。其實讀書是私密隨興的事。某位作家說過，書只分好看的和不好看的；而我認為，書只分你喜歡的和不喜歡的。《天涯雙探》不是經典文學，如果你恰巧喜歡它，它會給你帶來不一樣的感受；如果你不喜歡它，也不必硬讀下去，因為很快你就會把它忘得一乾二淨（比如高等數學就被我忘光了，真可悲啊）。於我而言，《天涯雙探》是兩位年輕人的旅程。也許你會專注於離奇的案件，但別忘記看看庸城的銀杏樹、吳村的大雪、汴京城上元節的燈光。還有，要珍惜和小夥伴一起旅行的時光。

祝各位旅途順利。

序章

元豐四年九月，這是一個陰天。

汴京城顯得沉默而倦怠。它作為大宋的皇都，為百姓撐起了一柄華貴的傘。人們抬頭望去，只會望到畫著花鳥的安靜天空，卻不知烏雲即來，暴雨將至。

突然一道驚雷閃過，人們才驚覺大事不妙，開始快速地跑動起來，湧入了城南潘樓街的一家茶館中避雨。

對於茶館，這是賺錢的好時機。坐在角落的說書人清清嗓子，故事便要開場了。

清晨的茶館擠滿了男女老少，連走廊都擠得水洩不通。兩個武夫打扮的人悄悄進了門，從人群中扒開一條路，艱難地走到屏風後面坐下。一位是落腮鬍子大漢，面目威嚴，像極了門神鍾馗；另一位顯得有些瘦弱，是個斯文的年輕人。

二人面對面坐著，都重重地嘆了一口氣。

年輕人皺著眉頭，抬手倒茶。「頭兒，還好我們提前訂了位子。你說這……」

「你聽。」大漢做了個「噓」的手勢。卻聽見喧鬧的茶館忽然安靜下來了。說書人落坐，清了清嗓子，聲音朗朗：

明月上柳梢
只見青影飄
不見人
亦非妖
日出之時
雲散煙消
今日說誰
青衣奇盜

隨著撫尺「啪」地一落，茶館裡頓時響起潮水般的掌聲。大漢和年輕人臉色鐵青，沒有吭聲。待安靜下來，說書人亮起了嗓子：

上回書說到，青衣奇盜夜探齊州府衙，竟將通知書信送至公堂案桌上，約定後日戌時來取青銅鼎。那字跡飄若遊雲、矯若驚龍，像極了王羲之的真跡。

齊州府尹氣得暴跳如雷，一拍案桌。「這奸賊！當府衙是集市？豈容他說來便來，說走便走！」於是下了狠心，直接將書信送至汴京城大理寺，並請求朝廷派遣四百精兵圍捕大盜，以烏紗作保，誓要把青衣奇盜捉拿歸案！

茶客們聽及此，傳來一陣噓聲。

年輕武夫「噹啷」一聲放下手中茶杯，怒道：「這也太過分了！」

「但是句句屬實。等到書信送到了我手上的時候，字跡全都消失了。一點線索也沒留下。」大漢悶頭喝了一口茶，嘆道：「四百精兵也給他派了。」

「沒抓到？」

大漢雙目泛紅。「沒抓到，東西也丟了。這奸賊三年犯案十四次，一次都沒被抓。老百姓把這事編成了說書段子，感嘆自包公死後，大宋便沒了英才。朝中兩黨內鬥嚴重，藉著青衣奇盜作亂為由頭，牽連了好幾個朝廷命官。」

年輕人的表情陰鬱起來。「如果真的歸到大理寺管轄，這牽扯可就大了。不是派你去，就是派我去，說不定兩個人一起──」

大漢沉默了。

年輕人有些沮喪。「他下次去哪兒偷？」

「庸城，揚州的城中城。」大漢見四下無人，從懷中掏出一張紙，鋪於案上。「去偷這東西。」

年輕人瞇眼湊上前。只見圖上畫著兩根棍狀物品，描摹得極度精細，細細看去，竟不知何物。

「什麼東西？棍子？」

「筷子。」大漢苦笑一下，捲起紙張，放回懷中。

「筷……筷子？」年輕人眼睛瞪得溜圓。「那賊人跑到揚州去偷筷子？」

「是啊。奇怪吧？皇榜已經貼出去三天了，只希望有人可以主動請纓，不管是不是能抓住，都沒有被罷官的風險。如果沒人揭榜，我們明天就動身去揚州。」

大漢站起來，戴好斗笠，看了一眼窗外。「我去城南告示牌那裡看看。」

年輕人看了看屋內喧鬧的茶客，又看了看窗外陰沉的天空，默默唸了一句「老天保佑」。

又一道驚雷閃過，大雨傾盆而下，汴京城的街道空寂起來。

說書場快要散了，年輕武夫喝了三壺茶，左等右等，卻還不見大漢歸來，只得戴好斗笠，匆匆出了茶館去尋。

秋風起，大雨落，長街無行人。

年輕武夫步履匆匆，轉過了一個街角，卻突然發現有花花綠綠的傘撐了起來，在大雨中像鮮花一樣盛開。老百姓擁在街角，自動地圍成了一個圈。隱隱約約地，可以看到圈中坐著一個白衣、白帽的年輕人。

大漢竟然也擠在那兒看，年輕武夫趕緊上前，一拍大漢肩膀，無奈道：「頭兒，都什麼時候了，你還——」

年輕武夫突然不吱聲了。

和周圍寂靜的街道相比，這裡熱鬧得不正常。很多婦女拚命地往前擠著、叫嚷著。她們為白衣年輕人撐開了傘，使得他身上一點也沒淋濕。

而且，年輕武夫很快就認出撐傘的其中一個綠衣姑娘是蘇子瞻府上的妾，拚命往前擠的老爺子是張懷民的爹，還有一位華衣婦人是慕容家的表親。除去江南夏家，慕容家便是北方最大的商賈了。這幾人非富即貴，如今卻焦灼地圍成一圈。

「頭兒，這是……」

「他是個算命先生。」大漢饒有興味地說著：「他不打招牌也不吆喝，我都在這兒看了他半個時辰了。」

年輕武夫一怔，頓時哭笑不得。「我們都火燒眉毛了，你還在這兒落得清閒！」

「我在大理寺當差二十年，見過能人，卻沒見過這種奇人。這些老百姓問的都是家長裡短的事，但是這個算命先生能在對方三言兩語之間做出判斷，道出對方的職業或身體情況、兒女多少、是否寡居……」

話沒說完，兩位武夫竟然被人推開了。

「公子，你算得這麼準，幫我家老爺看看吧！」綠衣姑娘擠了過去，臉上全是焦急的神情。

「您幫我家夫君——」

「先幫我兒子看看！」

白衣年輕人開口道：「今日大雨，收攤了。」

他穿著白衣、戴著白帽，左肩上站著一隻乖巧的白貓，垂下頭收拾東西，很禮貌，也很客氣，聲音卻很冷清，為的是安撫這些百姓的焦慮。

華衣婦人用力擠了過去，褪下手上的鐲子，「噹啷」一聲放在案桌上。「請您為我家老爺算上一卦，看看運勢！」

金鐲子在雨中閃著微光。

大漢看得一臉認真，但是年輕武夫卻嗤笑一聲。他覺得眼前的白衣人就是個江湖騙子。

白衣人聞聲抬頭了，竟然很年輕，二十出頭的樣子。他轉過臉去看著華衣婦人，側臉也很英俊，帶著些許書生氣。

「這個不能收的。」白衣年輕人笑了一下，碰都沒碰，掏出一把金屬摺扇將鐲子推了回去。「我要收攤了。」

眾人發出一陣遺憾聲。算命先生真的開始收攤了。他帶著一把奇怪的金屬扇子、一柄舊劍。正在此時，突然有百姓嚷道：「他是邵雍的徒弟，難怪算得準喲！」

聽到這句話，算命先生愣了一下。周圍的人開始議論紛紛。大漢和年輕武夫對視了一眼，沒有作聲。

算命先生什麼也沒說。他垂下頭去，快速地收拾東西。

等人群悉數散盡，大漢嘆息一聲，準備抬腳起程，卻突然被算命先生叫住。

「二位大人。」他禮貌地行了個禮，肩上的小白貓直勾勾地看著武夫。「借一步說話。」

大漢立即看向同伴。「萬沖，他認識你？」

年輕武夫呆呆地愣住了。「不……不認識。」

素未謀面。兩個武夫心裡都開始犯嘀咕。人群密集，他們離這個算命先生挺遠，今日出門穿著便服，沒帶長刀也沒帶佩劍，他怎麼知道他們是當官的？他什麼時候盯著他們看的？

大漢猶豫一下，率先上前一步，抱拳道：「大理寺丞燕以敖。不知閣下……」

算命先生什麼也沒說，只是笑了笑，帶著他們進了隔壁客棧的小房間。推門進去，房間內的白色紙張鋪了一地，桌子上有一張地圖。算命先生放下東西，指了指桌上的地圖和紙張。「大人請看。這五個地方有可能是青衣奇盜的家鄉。」

二位官差再一次愣住，萬萬想不到他會說這句話。

「我來到汴京城之後便聽說了青衣奇盜的事。我去紙墨坊買了很多東西，又問了懂紙墨之人，製成了紙張和類似於墨的藥劑。它們可以使得字跡消失。」他指了指窗臺上密密麻麻的小瓶子，語速很快。「藥劑四十三瓶、紙張十八種。字跡在晴天和雨天的消失時間不同，以晴天為例，青衣奇盜的字跡消失時間為半個時辰。由此我最後選定了八種墨、四種紙。青衣奇盜一定是懂紙墨之人，也許祖上做這種生意，也許只是其家鄉靠近原料產地。我把紙墨的原材料產地在地圖上標出來，一共標出了五個地方；四處在大宋境內，一處在大理。」

兩位官差站在門口，沒有說話。

算命先生接著道：「迷香的殘渣、繩索的材質、留下的衣服碎片，統統要查。這次之後還要辨別大盜的身形、武學套路、武器形狀，這些東西集合起來才能稱為線索。一共犯案十四次，線索太過分散，這些線索需要盡快向大理寺匯總，並且統統記錄在案。即便抓不住大盜，幾次犯案累積下來，也能將他的身分、地位大致定下。不過，最好還是抓到活的。」

算命先生頓了一下，看向二位官差。「所以，這些事就交給你們了。明天我就起程去揚州庸城。」

他從行李中抽出了濕漉漉的皇榜，朝他們晃了一下。

二位官差愣了半晌，大漢這才忍不住道：「敢問公子尊姓大名？」

一身白衣的算命先生笑道：「易廂泉。易經的易，廂房的廂，清泉的泉。」

左肩上的小白貓低叫了一聲。

第一章 易廂泉奉命辦案

青衫少年趴在案桌上，瞇著眼，看著窗外。窗外有一棵樹，樹上一隻蟬。牠穿過綠色的葉子，向著明晃晃的太陽飛過去，顯得孤獨而自由。

青衫少年十八、九歲，有一張清秀的臉。書院裡坐著一群布衣書生，他是其中最貴氣的一個。頭戴玉冠，內穿藏藍色緞面裡衫，外著孔雀色青紗，腰間別著一根孔雀毛。那孔雀毛色澤豔麗，如今被同窗偷偷取了下來，正捏在手裡搧風。

少年直起腰身，哼了一聲，將孔雀毛搶奪回來，重新掛到腰間，還偷偷瞥了一眼教書先生。先生正捧著書卷站在最前面，沉醉地唸著那些「之乎者也」。窗外蟬叫個不停，屋內卻悶熱得要命，有一半學生在偷偷打盹。

少年眼睛一瞇、頭一歪，睏倦了。突然，一個紙團朝他扔了過來，砸到了頭上。青衫少年的倦意一下子沒了，急忙打開。

只見上面只有三個字：

門已關

少年一驚。這字條是身後的同窗傳給他的。他們幾人正在後窗探頭探腦，擠眉弄眼。從他們的位置，能看到書院門外發生的事。

青衫少年想都沒想，「騰」地一下站起，瞪著大眼。他看見守衛統領方千面色嚴峻，帶著一夥人馬貼了告示，並且關上了庸城的大門。

「夏乾，你給我坐下！真是無法無天了！」先生扔下書，怒氣沖沖地朝他喊。

這位名喚夏乾的青衫少年皺了皺眉頭。

「夏乾」，他不喜歡自己的名字。因為爹是富商，「夏乾」與「下錢」同音，顯得吉祥又好記，但是叫出來總會顯得庸俗。

周圍同窗低聲笑了起來。

夏乾轉過頭來看著先生，摸了摸後腦杓，卻沒有坐下的意思，認真道：「先生，快快下課吧！城禁了，大盜來啦！」

他的這一句話，立刻讓學堂裡的學生炸了鍋。前排的學生個個面色冷峻，戀戀不捨地捧著書本，高聲談論國事，罵著奸賊；後排的學生開始一臉喜色地收拾書包。

先生面色鐵青，無奈地看了他們一會兒，宣布下課。

這一放，便是六日。

夏乾第一個衝出門去，速度很快，熟練地爬上了西北角的銀杏樹，把書包一扔，從灰色的圍牆上翻了下去，笨拙地跳到地上，藍色緞面裡衫也被撕了個大口子。

守衛統領方千正帶人巡街，發現有人偷偷翻牆，連忙提刀圍上去。

「夏……夏乾？」方千走近，詫異地看著他。

夏乾抬眼看了看一眾守衛，哀求道：「不要出聲，我娘來堵人了！」

眾人順著他指的方向望去，遠遠看到書院的大門外停著一輛華麗的驢車，還掛著夏家的牌子。

方千收回了刀，皺眉道：「衙門忙，恐怕顧不上你。」

「可我認識易廂泉，讓我去，只見他一面，我一定能幫忙！」夏乾又哀求幾句，方千沒辦法，帶著守衛幫他遮掩，幾人一路走到了衙門口。

方千先進去通報，而夏乾在門口等著回稟。

庸城府衙在庸城的北側，不似唐代建築的恢宏，衙門的園子較小卻玲瓏精緻。在庸城繁華的樓宇中，庸城府衙安然而立，像個倨傲的文人。

夏乾倚在一棵略微發黃的銀杏樹下，等了許久卻不見動靜。他抬頭瞅了瞅明晃晃的太陽，有些焦急，索性和守衛打了招呼，自行穿過迂迴的長廊來到後衙屋外。他在門口停住了，耳朵貼著門縫，聽見屋內有聲音。

「您別急……」

「我能不急？抓不到賊，朝廷發下來的銀兩會削減，庸城的橋、城牆、府衙的修建都成了問題，我的烏紗也不知戴不戴得穩……可是守備方案到現在還未定下來！」這個焦急的聲音是楊府尹發出的。他是庸城的地方官，已過不惑之年，大腹便便。除了去青樓，走到哪兒都要穿著官服。

「可是……易公子今早就不知去哪兒了。他是大理寺派來的，他不發話，我們不敢有所行動。」這低沉木訥的，是方千的聲音。

「他聰明歸聰明，但是我派人查了查易廂泉的底。」楊府尹在屋內焦急地踱著步子。「他師父是邵雍。當年和朝中大員常有來往，但拒絕入朝為官，在蘇門山隱居了二十年，日日研究易理。但是七年之前——」

七年之前？

夏乾似乎知道他們要說什麼事了。

邵雍一生不慕名利、智慧無雙，本是深受百姓愛戴的賢德之人。七年前的春天，突然用刀砍死了自己的結髮妻子，從此入獄，含恨而終。此事在洛陽城轟動一時。

他將耳朵貼著門，想偷聽些細節。還未聽到幾句，卻突然聽見身後有人叫自己。

「進去吧，沒事的。」

夏乾猛一轉身，就看見了故人。

遠遠地，易廂泉站在一棵銀杏樹底下，笑著看著他。他還是著白衣、白帽，戴著一條白圍巾，和小時候一樣瘦瘦高高，眼睛裡閃著犀利的光。一隻鴛鴦眼小白貓站在他的左肩膀上，瞪了夏乾一眼，跳上樹梢溜走了。

夏乾心裡一陣激動。身為家中獨子，他在庸城平安無事地活了將近二十年。二十年來他被家人嚴加看管，很少經歷大事。他人生中最大的事，就是十歲那年墜落山崖，被易廂泉所救。

易廂泉一到，大事就會來了。

不等夏乾開口，易廂泉就從腰間抽出了鐵扇子，走上前用扇子戳開了門。

「嘎吱」一聲，屋內，楊府尹聞聲抬頭，趕緊閉了嘴。見到易廂泉進門，先是鬆了一口氣，而後看到了夏乾，臉色卻一下子變了。他知道，眼前這位小爺是揚州最有錢的主兒，也是庸城最遊手好閒的瘟神。

「夏公子，你怎麼來了？你們認識？快請坐，請坐！」楊府尹趕緊寒暄起來。

「認識十年了。」夏乾傻笑一下，算是行禮，卻沒有落坐。

屋內光線甚好，楊府尹和方千正圍在圓桌旁研究著什麼。

易廂泉快步上前去，拉出凳子坐下了。

「易大仙，您可算是回來了，急死我了！」楊府尹擦擦額間的汗。「方千，快把守備地圖拿來！」

方千趕緊遞上圖。

楊府尹指了指守備圖。「今日城門關閉，一共城禁六日，庸城是揚州的城中城，地處揚州中心，城牆堅固。朝廷派了八十精兵來圍剿大盜。如果大盜要行竊，他現在已經混進來了。實在不行，我們……挨家挨戶搜！」

易廂泉不答，舉起地圖來看。十字街為庸城中心，貫穿整個小城。西街為煙花巷子，剩下的地段坊市界線早已打破，民居密密麻麻不知多少戶。只有一大塊空地是突兀的，那是夏家的府邸。

易廂泉把地圖放下。「沒用。」

「沒用？」一旁的方千像是被人懷疑了一般，有些激動。「我們都是剛從西夏戰場退下來的戰士，彼此相熟，個個驍勇善戰！」

易廂泉沒有說話，只是皺了皺眉頭，明顯不是這個意思。

「易大仙，我們沒時間了。」楊府尹焦急地走來走去。「明日會有朝廷特派的欽差進城，後日青衣奇盜偷竊。他都得手十四次了，那賊——」

終於說到夏乾感興趣的話題了。他衝上前來，探著腦袋眉飛色舞。「我知道，我知道！聽聞上次那賊偷了一個鼎。那次事件相當詭異，在齊州府的院子裡，聽說那天晚上派了四百個人……」

「不用你講故事，大家都知道。」易廂泉似乎心情不好，這句話把夏乾一肚子話全堵了回去。

方千趕緊接話道：「這次所偷之物，是犀牛骨所製的筷子。」

「犀骨？」夏乾按捺不住內心的激動。「那是什麼寶貝？」

楊府尹知道他愛聽這些故事，於是道：「春秋亂世，有位諸侯因為犯了事被囚禁在自己宮內。他與一位巧匠是至交，巧匠手藝精湛，做了一個精美的食盒，每日都裝些點心送給諸侯。兵變之後，諸侯的日子過得不復往昔。臨終之前，諸侯命人將食盒送給巧匠，以紀念昔日情誼。據說，這犀骨筷子就是那巧匠所製，不僅精美，而且長年用糖水浸泡，含在嘴裡都是甜的。」

夏乾嘟囔。「聽起來值不了幾個錢，那大盜為何要偷這個？楊府尹，有這種好東西也應該拿出來給我見識一下。」

聽了這話，楊府尹心裡一顫。這夏小爺一向是惹事的主兒，這麼貴重的東西……

易廂泉抬頭，示意方千把東西拿來給夏乾看。

楊府尹趕緊勸阻。「外人還是算了吧……」

夏乾眉頭一皺，剛要發牢騷，易廂泉卻抬手一指。「楊府尹，您廳裡的那個玉鶴鷺紋爐看著挺貴的。」

楊府尹睜大小眼睛，順著他手指的方向看去，那不是去年夏家送來的生辰禮嗎？官員受這種賄賂稀鬆平常，可傳出去也實在顏面無光。

他擦擦冷汗，連忙道：「方千，帶人拿東西來！」

不一會兒，幾個守衛端著小盒子來了。木盒鑲嵌著青白玉，紅褐色沁，上雕雙螭；玉石與木盒子的紋飾扣在一起，無一絲縫隙。

楊府尹親自打開了它。

夏乾踮起腳看去，伸手要拿，被易廂泉用鐵扇打了回去。「你就別碰了，碰什麼壞什麼。」

和犛牛骨筷、象牙筷一樣，這雙犀骨筷子也是白色的，上面雕刻了一龍一鳳，精美絕倫，是皇室才能用的圖騰。尾部的鏤空更加出奇，鏤空的部分不過三寸，間隙如絲，似雲卷，巧奪天工。這種工藝製作異常艱難，無異於在螞蟻上繫繩、在米粒上作畫。雖然筷子的做工技藝獨絕天下，材質也不錯，但它非金非玉，畢竟只是一雙筷子。與古玉、翡翠甚至名窯出產的陶器相比，它就不怎麼值錢了。

夏乾看完，脫口而出：「東西是精美，卻不算值錢，青衣奇盜何須大動干戈來偷盜這玩意？」

易廂泉伸手將筷子拿在手裡，細細地打量著。「青衣奇盜犯案十四次，有兩次在杭州，其餘分散在各地；贓物有值錢的，更多是不值錢的，唯一相同的是製作時代相近。一共偷了八個扳指、一個青銅鼎、四支簪子，還有一朵靈芝。筷子是頭一遭。」

他說完，眾人都沉默了。這些東西並不是很值錢，種類也有所不同。

易廂泉把筷子放回去，若有所思。

夏乾又問：「那他何時來盜？」

「後日，戌時來盜。易公子，您定然有什麼好主意，不妨私下說說。」說話間，楊府尹看了夏乾一眼，心裡暗想這夏大瘟神怎麼還不走。

「瘟神」，這是夏乾的綽號。夏乾自幼生在庸城。不愛讀書、不愛習武，但對人也算仗義，從官員到乞丐，夏乾都能稱兄道弟。但他太機靈、太碎嘴、太無聊、太好奇、太愛管閒事——瘟神的綽號就這麼得來了。

夏乾心知楊府尹嫌棄自己，嘆了一口氣，準備出門避嫌。易廂泉卻拉住了他。

「方法我是有的，只是需要錢。不知大人可否……」易廂泉抬眼看楊府尹。

一聽要錢，楊府尹和方千後退了一步。易廂泉翻了一個很不明顯的白眼，轉頭看向夏乾，他已經開始掏錢袋了。

「要多少？」夏乾從錢袋裡拿出一堆散碎銀子，還有幾張銀票。

「五十兩。」

「這麼多！」夏乾感慨了一下，還是伸手遞給了他。

易廂泉把銀票往懷裡一揣，笑道：「楊府尹，明日帶著東西來見您。」

楊府尹只得陪笑，今日這集會也算是散了。

易廂泉率先出了門，夏乾卻沒有出來。他退後一步，走到楊府尹身邊。

「有事？」楊府尹看著他，有些緊張。

夏乾拍了拍他的肩膀，解釋道：「楊大人，我是外人，也許是我多嘴。易廂泉看著像個大仙，實際上也是聰明絕頂的。我看得出來，這一次他特別認真。」

楊府尹點頭。「我們知道。」

「但是他這個人不按牌理出牌。」夏乾想了半天，似乎才想到合適的措辭。「如果他突然出些怪招，你們一定要多擔待，不要在乎他的身家背景，要絕對地信任他。如果他保不住犀骨筷，就沒人可以保住了。」

楊府尹一怔，不知道他是何用意。

夏乾也解釋不清，寒暄幾句，便告辭了。

出了房門，迎接他們的是庸城府衙秋季一絲熱風。

城禁之前，從十字大街到西街巷子，大小鋪席比比皆是，無虛無之屋。而如今街道空曠，酒館裡沒什麼客人，門前的綠油欄杆插著兩把銷金旗，孤零零地在空中飄著。街上偶有三兩聲犬吠、四五聲鳥啼，而蟬鳴則喧鬧不止。青衣奇盜一來，弄得人心惶惶，大家都做不成生意。

雖然人少，易廂泉還是拉了拉頸間的圍巾。

「你不必遮了，脖子上有小傷疤，又不是臉上刺字，不必在意。庸城是好地方，不會有人說你閒話。」夏乾大大咧咧地說。

「庸城是個好地方。」易廂泉依舊拉扯著圍巾。「你大可以在這兒讀書經商、娶妻生子，一生平安順遂。」

夏乾被他說中了傷心事，垂下頭去。他的表字是「乾清」，他比較喜歡這個名字，有乾坤清朗、天下太平之意。但是只是他喜歡而已，人人都喊他夏乾。他的衣食住行、婚喪嫁娶，一切的事情都無法由自己作主，包括自己的名字。

「那你說怎麼辦？」夏乾抬起頭，問道。

「抓住大盜，人生自此有了大大的轉機，說不定可獲得朝廷封號，從此再也無須讀書，不用做生意。」易廂泉轉過身來，說得很認真。這些事虛無縹緲，說出來有幾分可笑，但是他眼裡卻沒有嘲諷的意思。

聽到這番話，夏乾的心突然亂了。他平靜的生活似乎被某種可能打破了。

他抬頭看了看易廂泉，愣了許久，忽然問道：「我知道你的性格，你一向不喜歡與官府聯手，這次你又為什麼來抓賊？」

易廂泉似乎沒料到他這麼問，遲疑了一下。「不為什麼。」

「哎喲，休想騙人！」夏乾一擺手，哈哈笑道。

易廂泉猶豫著，慢吞吞地從懷中掏出一張圖紙，圖紙上畫著一個扳指。

夏乾看了一眼，立刻就不笑了。

圖紙很舊，畫的是易廂泉的傳家之物。在他師母被殺、師父入獄的當天，他師母頭上的金髮簪、師父身上的玉佩、家中所藏銀兩全都沒丟，只有這個扳指丟了。記得它當時繫在他師母的脖子上。

易廂泉外出遊歷數年，不曾收到消息。待得知家中出事、奔喪回家的時候，他的師父、師母已經過世許久，線索皆無。邵雍被世人認定是一個謀害妻子的喪心病狂之徒，只有易廂泉自始至終相信師父是被冤枉的，自此拿著圖紙四處奔走，今年終於在江寧府查到了這個扳指的下落。

「這也是青衣奇盜的十四件贓物之一。」易廂泉的聲音很輕，眼神卻異常冰冷。

夏乾拿著圖紙，臉色微變。「那當年是不是青衣奇盜……」

「希望不是他。」

「如果是呢？」

易廂泉面色一冷，沒有回答。他從夏乾手中抽出圖紙，團成了一團，「啪嗒」一聲扔在了一旁的樹坑裡。

夏乾沒敢吭聲。他知道，同樣的圖紙，易廂泉手裡還有一百多張。

二人在一條岔路口分開了。

夏乾一邊琢磨著易廂泉的話，一邊晃晃悠悠地走回家。

放眼望去，整條街道空空蕩蕩，大部分百姓已經足不出戶了。前方還有一座未修好的橋，橋邊一戶人家敞著門，幾個小孩子在家裡跑來跑去，老奶奶坐在自家門口發愁地看著斷橋。朝廷不撥銀兩，橋修不好，孫子上學也要繞很遠的路。

「九月九，菊花酒，周小城裡登高樓。」幾個小孩在家中蹦跳唱歌，卻不敢踏出門來。

歌裡的周小城是庸城的原名，也是唐時的舊城。太祖趙匡胤當年下令拆了除汴京之外的城牆，填平戰壕。傳說庸城的城牆堅固，費了九牛二虎之力仍然難以拆除，於是統統留下，人們把周小城稱作墉城。「墉」字本是牆的意思，而後風水論盛行，有人測算土字不宜，去土為「庸」，故有此名。

然而，去「墉」不可去「城」，土字仍在。

庸城的禍事終於還是到來了，只是今日還暫且沒來。

城禁的第一夜就這樣過去了。更夫一路高喊：「今夜平安！」

今夜人人安眠，除了夏乾。他因為放學出逃，被母親罰了，這時候正在書房的蠟燭前面咬牙抄《論語》，直到凌晨才停筆。

次日清晨，是城禁第二日。街上的小販只在清晨出攤，叫價越來越高，可是街上卻冷清了不少，大家心知肚明，如果青衣奇盜要下手，此時他已經混進庸城來了。

夏乾熬了個通宵，竟然很是清醒，抄完《論語》就來到庸城府衙。時間太早，他就在府衙對面的風水客棧閒逛。這裡是易廂泉的住所，夏乾來來回回碰見好幾撥巡邏的侍衛，還恰巧碰見了同樣閒逛的吹雪。

這是易廂泉的貓。

差不多是在兩年前的冬天，易廂泉才得知家中出事，趕緊抱著吹雪回來奔喪，與夏乾匆匆見了一面。當時，他的師父、師母已下葬幾年了。

自那時起，除了白色，易廂泉不再穿其他顏色的衣服。邵雍不僅是易廂泉的師父，也是至親。古有訓誡，至親亡故時兒女不在身邊，屬於大不孝。

易廂泉心裡當然不好受。

夏乾心裡也不願相信邵雍是殺人惡徒，畢竟是邵雍給了自己「乾清」的表字。

此時，吹雪叫喚了一聲，雙目瞪著夏乾。

這白貓的眼睛顏色極為特別，一黃、一藍，興許是從大食[1]一帶而來。牠很是嬌小，平時愛站在易廂泉的肩膀上。

因為天天在外閒逛，吹雪不胖，毛髮也整齊乾淨。與別的貓不同，吹雪認家、認人。記得易廂泉說過，夏乾非常聰明，可是吹雪比夏乾更聰明。

當然，夏乾從沒把這種說法放在心裡。

等了半晌，卻不見易廂泉，只見一輛馬車停在了府衙前面。

按理說，城禁的戒律是誰也打不破的，沒人可以進城。

但是，城門卻對另一個人敞開了。

這時庸城的太陽上了三竿，風塵僕僕的趙大人終於抵達庸城府衙。同行十人全部查過，耗時一個上午。

楊府尹匆匆忙忙從府衙裡出來，看見轎子，趕緊行禮。「下官不知大人已經進城，有失遠迎，恕罪、恕罪……」

趙大人從轎子中探出頭來。他四十歲上下，鬍鬚理得整整齊齊。相比楊府尹而言，他顯得沉穩老練，頗有幾分高傲。他沒有說自己的名諱，大家只叫他趙大人。

趙大人下了轎子，並沒有在乎這些虛禮。

楊府尹鬆了口氣。有朝廷官員在，無論結果好壞，都有人擔著，自己輕鬆些，況且這位趙大人看著還不錯，他的能力絕對比自己強。

唯一擔心的是，如果他與易公子意見不合，要如何是好？

明日大盜就會來，但易廂泉半天不見人影。

遲遲不見官，似乎不妥。

還好趙大人不太注重這些。他進了門，詳細地詢問了所有守備抓捕情景，認真研

1 大食：唐宋時對阿拉伯的稱呼。

究了全城地圖，當得知所有計畫都只有易廂泉一人知道時，他眉頭緊鎖。「難道你們要用他一人抓賊？他人在哪裡？」

方千趕緊道：「不清楚。當時派易公子來的時候，就有上級說過，單憑易公子一人就頂得過一支軍隊。」

抓捕計畫其實一片空白。

「真是荒唐！」趙大人氣得一拍桌子。屋內的人齊刷刷跪了一地。

此時夏乾也溜進了府衙，躲在門後觀望，不敢進屋去。

屋內一片安靜，但是衙門口卻有些吵鬧。

不一會兒，有人來報，易廂泉帶著大隊人馬到了門口，似乎運來了什麼東西。

而趙大人怎麼也沒想到會和這位易公子以這種方式見面。

東西搬進門的時候，所有人都傻了。那是四個巨大的箱子。

領事走在前面，對易廂泉道：「之前的二十根缺貨已經補上了，您要不再清點一下？共五千雙，每箱一千二百五十雙，總共一萬根。」

易廂泉點頭。「已經清點過了。錢已付清，辛苦了！」

「實在是抱歉，短時間內只能製成這麼多。」

易廂泉走上前去打開蓋子，從箱中拿出一雙白色的筷子，細細地看著。

「這是怎麼回事？」夏乾從門外衝了進來，跑到易廂泉身邊，低聲問道。

方千就在邊上，他看著箱子，伸手進去，竟也從箱中拿出一雙一樣的筷子。

眾人吃驚地望著，方千又大步走過去，打開另一箱。

只見白花花的一箱全是筷子。所有筷子都是長短一致的，刻有龍鳳圖騰，尾部全都有同樣的鏤空。因為趕製之故，鏤空粗糙了一些。

這是一萬根犀骨筷的贗品。

「易公子果然奇特。」趙大人終於開口了，威嚴的臉上略微顯出驚奇的神色。

易廂泉上前行禮，面不改色，只是派人把犀骨筷真品拿來。

取來真品後，易廂泉當著所有人的面，把真正的犀骨筷扔進了箱子裡，還是兩根分開放的。他伸手攪拌幾下，隨意至極，彷彿這不過是家中幾桶大米，伸手抓抓而已。

「易大仙喲！」楊府尹有些著急。「您……您這是——」

「之前，我對於抓捕計畫不願多言。青衣奇盜在行竊前通知府衙，會導致守衛數量的增加。而人數的增加，看似加大了偷竊難度。但是當眾人忙於保護一個小物件時，卻更容易讓竊賊得手。」易廂泉面向趙大人，站得很直。

「願聞其詳。」趙大人緩緩開口，嚴肅地看著易廂泉，目光令人捉摸不定。

「他十四次盜竊，全部成功，您覺得守衛最失敗的是哪次？」

趙大人眉頭微蹙。「第一次？那時沒人把那賊的行竊通知放在眼裡。」

易廂泉搖頭。「是在平江府。那時，他只偷一個青玉扳指，卻動用了兩百人守衛。按照預告時辰，等到那天入夜，為了防止青衣奇盜用香或者藥物麻醉，當時他們決定把守衛安排在室外。無人想到，那日突降暴雨、颳起狂風，燈全滅了。一枚重量如此輕的扳指怎麼能抵得過狂風暴雨的吹打？一片漆黑中，所有人都亂了陣腳，最後扳指在混亂中丟失了。」

「那不能說明問題，何況你沒有談到重點。兩次情況是不同的。」

「重點就是再好的守衛也敵不過『混亂』。混亂是致命的。如果這是一場戰爭，『混亂』足以摧毀整個軍隊。但是我們如果反過來，與其增加守衛人數，不妨提前讓對方陷入『混亂』。一個盜賊一旦混亂，那盜竊就無法實施。」

「所以……你就做了這些？」夏乾插了一句嘴，卻被趙大人狠瞪一眼。

「所以，我們要主動出擊。」易廂泉看了夏乾一眼，點頭道：「夏公子怕是全城消息最靈通的人，他也最了解我，而他此刻才知道全部計畫。那麼，青衣奇盜呢？我們假定他現在知道了，可是他明日就要行竊了。」

楊府尹驚道：「那賊現在已經知道您在做贗品了？」

「沒有不透風的牆，我們不妨推測他現在知道了。」易廂泉撫摸著犀骨筷贗品，目光如炬，語速極快。「把真品混在贗品裡，再將這一萬零二根筷子在後院全部鋪開，院內只留二十人守衛，院外留二十人。當夜宵禁、城禁，各街設好路障，餘下的四十人，除了城門守衛，其他人均在各巷巡邏，遇到可疑的人必抓。」

「犀牛骨筷子雖然不值錢，做工卻很好。」夏乾走上前去，拿起一根贗品在手中細細把玩。「材質、重量很像，但做工差了些，行家看幾眼就知道。」

只見那贗品尾部的鏤空不盡相同，有些條紋少，有些沒鏤空到底部。而真正的犀骨筷卻是做工精良的。

「還不是因為你給的錢太少。」易廂泉低聲嘀咕。

夏乾一呆，來不及反應，易廂泉已經轉頭面向趙大人，朗聲道：「黑夜時分，全城都是守衛，在漆黑一片的院子裡，從萬根筷子中選出兩根順利帶走，而我們只給那位盜賊一天思考對策的時間。他的辨別、偷竊、逃走的時間，都只限定在一個晚上。」

他隨手又把手中的筷子放回去，發出清脆的啪嗒聲。

隨之而來的，是所有人的沉默。

大家大概在等趙大人表態。

趙大人用手指敲著桌面，緩緩開口：「年輕人，這是個危險的辦法。」

易廂泉似乎此時才抬頭看了趙大人一眼，雖然只是一眼，從頭到腳掃過，似乎不曾遺漏任何細節。這種掃視持續了一段時間，不禮貌，讓人很不自在。

趙大人第一次被人這麼放肆地打量，也有幾分不快。

易廂泉突然笑了一下，目光堅定又不可捉摸。「您此次前來，必定是不怕風險的，抓不抓得到又怎麼樣呢？又不關您的事。」

然後他頓了一下，又道：「如果您只是來看戲的話，定當不虛此行。」

所有的人都吸了一口氣，屋內安靜極了。

夏乾苦笑，覺得易廂泉又在胡說八道，腦子也不正常。但是夏乾並不反對這樣的無禮言語，也許是自己年輕氣盛，他覺得如今的官員在朝堂上拉幫結派、勾心鬥角，風骨盡失，也不怎麼值得尊重。

出乎所有人的意料，本以為趙大人要氣惱，但是他卻愣了一下，然後竟然哈哈大笑起來，對著楊府尹說：「一切照著這位年輕人說的辦。」

這是青衣奇盜來臨的前夜。

按照易廂泉白天的指示，身著官服、帶著佩劍的將士遍布整個城鎮，各司其職。他們挺直了腰桿，握緊了佩劍，心底對這場戰役信心滿滿，覺得青衣奇盜是不會贏的。

今夜似乎要下雨，潮氣逼人。街上的各種布製招牌隨風晃著，像是快被吹掉了一般。風就這麼硬挺挺地撲面肆意颳來，捲起殘敗的枯葉，攜幾分疏涼，使人突然感覺到了一絲蕭條秋意。

也許庸城的秋天終於到來，蟬鳴像是一下子從這個世間消失了。風聲哀號，細細聽來，唯有西街能傳出斷斷續續的絲竹聲。

西街是庸城的煙花巷子，離府衙很遠。經營者名喚水娘，也是經營有方，這時候照樣顧客盈門。畢竟，青樓和青衣奇盜，只有個「青」字的關係。

除了西街之外，全城宵禁。街上偶爾能見到打燈籠的守衛，熒熒燈火，晃來晃去，甚是可怖。

易廂泉在前面一言不發地快速走著，手中執燈，在風中晃晃悠悠。他要在短時間內親自走遍全城，檢查所有守衛情況。

可是庸城府附近的街道還好，往後走，守衛的排列卻極度不規整，有的巷子甚至沒有人看守。易廂泉非常憂心，還好這只是偷竊的前夜，守衛上出了差錯也不是要緊的事。他只想看完整個部署，打算再回府與方千重新討論，問其緣由。

夏乾也跟來了。周圍只有他和易廂泉兩人，四下無人，這是問問題的好機會。

「你當真把真品混進去了？」

「當然。偷，本身就難，更難的是要偷哪個。還好是筷子，若換作是鼎——」

「對，換作是鼎……」夏乾走到了他的前面，擋住了去路。「你知道在齊州府時他是怎麼偷的鼎？青銅鼎是無緣無故消失的，那只是一下——就一下！當時所有的守衛都在房間內守著。等了整整一夜，快到黎明，東方已白，窗戶口由外而內突然冒起濃烈白煙，室內頓時一片昏暗。待煙霧散盡，結果，鼎就沒了！」

易廂泉停下腳步，認真地看著他。「依你之意？」

「你做了這麼多贗品，青衣奇盜卻有能力偷全部，畢竟青銅鼎要比這大得多。」

寂寥巷道，寒風乍起，雨雲已悄然掩月。

片刻之間月色即消，燈籠映著易廂泉清秀的臉，他面上喜怒哀樂的表情皆無，似乎是在思考。「你覺得，他會將一萬根全部偷走，回去找個地方慢慢鑑別，總有一個是真的？」

「是一萬零二根。」夏乾插話，等著易廂泉辯駁。

「鼎可以整個偷走，但筷子不可以。到時，一萬根筷子在府衙後院全部排開，如何去偷？用掃帚掃在一起，打包帶走？」

「如果他提前做了標記，當夜取了就走呢？」

「製作贗品的事，你們也是今日才得知的。何況前幾日守衛森嚴，生人勿近，如何標記？贗品也是工坊連夜祕密趕製的——對，還多虧你夏家出錢。」

「材料呢？材料會不會有異？比如真品遇水下沉、贗品上浮？」

「材質相仿。我親自試過，放在水裡，全部下沉。」

「色澤呢？」

「不會掉色。」

「重量呢？」

「差別微乎其微。」

「真的除了細看，別無他法？」

「別無他法。」易㣻泉解釋得很認真。「我知道你對我的做法不放心。可是這眾目睽睽之下，他要把兩根筷子完全正確地挑出來，隨後在八十個優秀守衛眼皮子底下把東西順利帶走，最後還要在城裡藏三天，躲過搜查，實屬難事。」

「聽起來也不是不可能。」

「就是不可能。」

夏乾搖搖頭。「我聽了十四場說書，總覺得那個大盜很不簡單。你小時候也曾經說過，要把不可能都變為可能。」

易廂泉一怔，都不記得自己何時說過這句話了。

「若要細看分辨，需要多少個時辰？」夏乾又問。

易廂泉算了一下，道：「最快八個時辰。夏乾，我知道你覺得此舉不可靠，但你還是應該相信我。」

「衙門人數眾多，但估計也只有我是最相信你的。」夏乾讓開了路，嘟囔一聲。「似乎也只有我是最沒用的，我也只是想幫忙出出主意而已。」

「你不是出錢了嗎？」易廂泉笑道。

夏乾聽聞這句話表情一變，不太高興。

易廂泉趕緊轉移話題道：「需要你幫忙的時候，你不要嫌累就行。」

不知他心裡又在盤算什麼？夏乾還沒有答話，但在這一瞬，寒風乍起，燈籠搖晃。那火苗微弱、燈油稀少，似乎在寒夜之中就快要熄滅了。

夏乾見狀，伸手一指。「如果你要燈油，向西走不遠處有家醫館，你可以去借些燈油。」

「他們會借？」

「醫館的郎中名為傅上星，是個好人。」夏乾嘿嘿一笑，低聲道：「雖然前幾年想調去京城進宮當差，弄了筆銀子賄賂楊府尹未果。你還是吹熄了燈吧！一會兒再點，這段路還是比較明亮的，待會兒會更黑。早知道我從家裡取些蠟燭。」

蠟燭這東西在元豐年間並不普遍，普通人多用燈油。燈油是從植物中提取的，雖不耐燃，卻價格低廉。

庸城除了城牆堅固外，還有個特點，就是古燈遍地，入夜星星點點，甚是美麗。魏晉時的石燈總會在街角出現，至今仍在沿用，注入燈油，便是最古樸而美麗的景致。轉角還有街燈，這是近代才立起來的。前面會有遮風擋雨的板子，刷了防火的漆。這是很周到的擋風雨的辦法，在這種天氣裡依然可以發光照明。

這時，二人都沉默著，急匆匆地往前走去。易廂泉的白衣在夜晚是那麼明顯。赫然間，遠處傳來一聲野貓的叫聲，猛然一嗓子，很短，但聲音異常響，聽得人心裡發毛。

八成是野貓吹風受凍了。

就在這時，易廂泉為了省些燈油，熄了燈火，一縷青煙迅速升起，詭異卻又美麗，似乎即將舒展它美麗的形體，形狀奇異，而又一陣大風來襲，頓時消散。

風吹動著街邊的青黃色銀杏樹，沙沙的聲音引發無盡聯想，似人低語。

夏乾突然覺得有些發冷，興許今夜有什麼異事。這種時候還是快點回家為妙，卻又擔心沒了燈火，只好硬著頭皮跟著易廂泉去找人借，有了燈籠再打道回府。

於是他無奈地抱怨：「你連燈火都忘了，對於守衛就這麼有自信，不出差錯？」

「可能是水土不服或者休息太少，這幾日我總覺得昏昏沉沉，提不起精神。」

夏乾這才察覺，易廂泉的面色異常糟糕，眼眶下微微泛著烏青。

易廂泉揉了揉眼睛。「吹雪也是，昨夜我剛入睡，牠就大叫，還抓傷了我。」他揚了揚手臂，上面有三道挺深的血痕。

夏乾看了一眼那三道血痕，確實傷得挺深，傷疤已經結痂，心想吹雪下爪未免太狠，皺眉道：「你養貓到底有什麼作用？貓都是用來給小姐和富太太打發時間的。」

「貓的眼睛、耳朵、鼻子都比人強上千倍，而且貓的身形很小，人去不了的地方牠可以去，人感覺不到的東西牠可以感覺。如果加以馴化，豈不是比人強上很多？」

夏乾剛想繼續貶低吹雪，卻覺得周圍太過安靜了一些。周圍不見守衛，甚至連一個人影都沒有。

這是一片平日裡販賣環餅、湯羹、湯麵的地方，再轉過街，便是一路棚子。

易廂泉心裡知道夏乾膽小，取笑道：「興許是部署出了問題。你覺得寂靜的夜晚甚是可怕，想快回家抄書去？那你可得小心路上碰見女鬼。」

「鬼總比人強！那青衣奇盜比鬼怪更是可怕。」夏乾被道破了心事，有些生氣。「至於明天的守衛，你心裡最好有數，別像今天一樣，走了半天卻見不到人！」

「明天不會有問題的。有我在，輸的可能不大。」

易廂泉說得輕描淡寫，卻是事實。

夏乾看著他，知道他有多大本事。易廂泉從十六歲開始連破數起大案，在各地遊歷七年，所到之處的陳年冤案悉數被其解決乾淨。

「但你也不能掉以輕心——」

「我沒有掉以輕心。」易廂泉慢慢地走著。「和別的案子不同，對付這種大盜就像下棋，若要眼巴巴地等他出手，一切就太晚。所以我準備了一萬根犀骨筷，先發制人。只是……下一步該他走了。」

下一步該他走了。

風聲依舊，燈下二人的身影清晰可見，街角的落葉被風颳起，漫天飛舞。

易廂泉走著走著，不知想起了什麼，忽然變了神色，臉上閃現了一絲不安。

他一向鎮定，即便周遭變成萬物皆焚的大熔爐，他也會是唯一一塊千年不化的寒冰，又冷又硬，卻總是救人於水火。

「怎麼了？」夏乾覺得有些害怕。

易廂泉不應，僵直片刻，慢慢從懷中摸出一個金色的鈴鐺，上面簡單地繫著一根紅繩。他沒說話，只是抬手輕搖鈴鐺。

「丁零」一聲，隨風飄去，聲音清脆而長遠。

聲音在寂靜的黑夜裡顯得格外清晰、悠長，卻令人寒毛豎起。

都言聲音亦可傳遞人的情感、思緒，而此時夜裡的鈴聲非常突兀，襯得寒夜格外地瘆人，鈴聲伴隨風聲浮動，燈火及樹影不停搖動。

此情此景，令夏乾覺得腦後一涼，似有鬼祟觸摸一般，頓時大氣也不敢出，只是屏息聽著。

然而，寂靜之外仍是寂靜，一切沒有任何變化。

夏乾被嚇得不輕，待微微鎮定，無比惱怒地低聲喝道：「你杵在這兒跟木頭似的，還搖什麼鬼鈴鐺？不要嚇我！」

話音未落，卻看到易廂泉臉色陡然變了，就如同木頭變成了青白色的大理石，冷冰冰的，失去了所有血色。

夏乾心裡暗暗一驚，又緊張起來。

易廂泉又搖了一下鈴鐺，又是「丁零」一聲，仍然只有鈴音，很快便被呼呼的風聲吞噬。

「你……你……」夏乾口齒俐落，此時卻說不出來什麼完整的話。

易廂泉這片刻的失神，夏乾看得一清二楚。

他知道有些不對勁，還未發話，易廂泉卻蒼白著臉，笑著快速接話道：「人往往都是有弱點的，如我，這個鈴鐺就是幾年前一位姑娘送的。最難消受美人恩，也許就是弱點。」

夏乾知道，易廂泉這個人語速如果忽然變快，就證明他很緊張。

他的表情也變得格外奇怪，他的頭沒有動，卻用雙眼在四處亂看，看著漆黑的街道，看著昏黃的燈光和婆娑的樹影。

夏乾一愣，剛想從口中蹦出「胡扯」二字，卻只聽易廂泉絲毫不給他說話的餘地，繼續急道：「罷了，改日再說，你快回家吧！否則又要抄書了。我巡視完下一個街口就回客棧。回見。」

說罷，易廂泉似乎遲疑了一下，望了夏乾一眼。

就憑這一眼，夏乾居然打了個寒顫——這不是普通的一瞟，而是有深意的。眼神中是探尋，是懇求，是凌厲的決斷，是無窮無盡的話語。這些皆不從口中出，而是凝聚在這一瞟。

易廂泉在這一眼神傳達後，就轉身匆匆一言不發地離開，在街角向右轉了。

他沒有燈籠，這條長街上有微弱的燈光，漆黑的影子被拖得很長很長。金色的鈴鐺懸掛在他腰間，叮噹作響，在寂靜的街道裡傳得很遠。

夏乾先是愣在那裡，隨後也滿腹狐疑地轉身離去。他行動極緩，長街孤寂，獨留他一人思索。

這一連串的轉變太快了。

夏乾清楚，易廂泉本該左轉去醫館借燈油，或直走摸黑巡街，但他卻右轉了。

右轉——會繞一段路再回到原地，否則就是死胡同，出不去的。夏乾自小熟悉全城的路，自然懂得此理；易廂泉看過地圖，應該也不會弄錯。

還有那個鈴鐺也很古怪。他知道有種喚貓鈴，聲音小而且清脆，貓卻聽得清楚，若是訓練有素，聽到就會來。

夏乾突然靈光一現，莫不是因為吹雪？是不是吹雪本來在附近閒逛，卻沒聽到主人的召喚，所以易廂泉擔心？吹雪是隻很有靈性的貓呢！

但是易廂泉那表情太奇怪了！

只聽此時，巷子裡靜悄悄的，易廂泉躂躂的腳步聲遠了，鈴鐺聲也不可聞。

夏乾也轉彎，步入下一條販賣蔬果肉類的街道。

這裡沒有燈，此時也沒有月光，長街裡伸手不見五指，正常人連路都看不清，可是夏乾卻可以看清一些，他的眼力真是天生的好。

走著走著，夏乾突然明白了幾分。

會不會是易廂泉故意把吹雪放在附近的？吹雪靈敏，巡街帶著牠絕對不是壞事。

可是易廂泉為什麼沒說實話？

夏乾琢磨，倘若一個人說了假話，其原因除了欺瞞，或許就是當事人迫於某種環境壓力不得不說謊。

今夜到底哪裡不對？

守衛。

走了三條街，一個守衛都沒有。守衛為什麼被撤離？守衛對誰的威脅最大？

夏乾一驚，卻頓時感覺寒毛豎了起來。

他懂了，似乎是懂了，但他希望不是這樣。

但是，如果真是他所想的那樣……

夏乾在轉角一閃，摸黑躲進街邊的小棚子，蹲了下來。他本來應該穿過小樹林抄近路回家的，如今躲在這裡，黑暗一片，想是沒有人發覺。

夏乾悄悄探出頭來，這個角落很隱蔽，不會有任何人看到他。

他要躲在這裡，他要證實自己的判斷。

第二章 關閉城門欲捉賊

萬籟俱寂。

夏乾就這麼渾身發涼地窩在角落裡，雙眼瞪得雞蛋大。

烏雲似一層濃重的巨大黑紗，街道在這一剎那變得異常黑暗，而在大風之後烏雲迅速退去，露出皎皎明月。狂風映月，冷得令人徹骨；月光如冰，傾瀉下來卻澆得人透心涼。

夏乾的眼力極好，他能看見蒼白淒冷的月光，街邊微弱的燈光要吹熄了似的，不住搖曳。他躲在小棚子的陰影裡，狂風吹不散他的恐懼。

夏乾屏息凝神。他在等，等易廂泉從街道轉回來。他知道出事了，而且情況危急，易廂泉一定是在搖鈴之後發現異樣，打算獨自一人面對險境。

易廂泉這個人是多麼謹慎。謹慎——會知道夜行的危險。夏乾推測，易廂泉把吹雪也帶出來了。巡街的時候，吹雪八成就在附近放哨。

在慘叫過後，易庿泉搖起鈴鐺來喚貓，貓卻沒來。這小貓必定是遭難了。

那麼……是有人在附近了。

有人刻意支開守衛，並且放倒吹雪。

真的有人一直在暗中跟著他們！

易庿泉定然意識到了這點。剛才作戲，讓跟蹤者誤認為易庿泉和夏乾準備打道回府，實則是想轉回原地。巷子窄小，若能前後夾擊，定然是甕中捉鱉。

夏乾想著，覺得喉嚨發緊。他想知道事實，也許易庿泉需要他幫忙。

風忽然停了。

這陣風停得很是突然，徒留一絲入秋的寒意。周圍連蟬似乎都死透了，沒有一絲聲響，夏乾連自己的呼吸聲也聽得一清二楚。

就在這短短一瞬，他卻又聽到了另一種呼吸聲，微弱卻均勻。

這呼吸聲不是他的！

呼吸聲由遠及近，還有輕微的、踩踏木板的聲音，就像是有人從遠處躡手躡腳地走過來。

夏乾沒有動，卻感覺面前有灰塵簌簌落下，他緩慢僵硬地抬起頭望向古舊的木棚子頂端。

棚頂是一塊結實卻破舊的木板，木板長長的縫隙微微透著光，打到夏乾蒼白的臉上，形成了一條光亮的直線。

夏乾盯著縫隙，突然一下，一道黑影掠了過去，光被猛然遮住了。

顯然是有人從頂上走過。

遮光的一剎那，夏乾覺得自己的心狂跳起來。灰塵再次飛舞而下，迷濛了眼睛，待他再次睜眼，卻聽到那呼吸聲音越來越重，似乎就在自己耳邊一般。頂上的木板卻再也透不出亮光來。

棚頂上面居然有人！這人正好在自己頭頂上！

天棚離他不過幾寸的距離。

夏乾傻傻愣愣地一動不動，額頭有冷汗滲出。他不知道該如何是好，不知道對方的底細，不知道對方來做什麼。越是這樣，越是恐懼。

月黑風高，來者必定不善。

夏乾手心微汗、指關節泛白。他拚命穩住呼吸，握緊了自己藍色衣衫的左袖子，裡面有一柄小巧鋒利的匕首。這匕首削鐵如泥，但是自己從沒用過。這東西一寸短、一寸險，若有不測，用來防身也勝過赤手空拳。

夏乾不懂武藝，他要極力避免正面衝突以保自身安全，同時心裡暗暗後悔，自己怎麼就遇上了這種事？他還沒活夠呢！都怪易廂泉。

似乎有別的聲音傳來。

頂上的人似乎覺得有異樣，僵住不動了。

可是那異樣不是來自夏乾，而是易廂泉。

夏乾向外望去，發現不遠處的陰影裡有人在移動。

易廂泉穿著白衣，在漆黑的夜裡顯得格外清晰。只見他輕輕地鑽入同側的另一個破舊棚子下面。他離夏乾幾丈遠，似乎是從街角剛剛轉回來，呼吸均勻、輕手輕腳。

夏乾一見易廂泉，頓時心情大好，暗暗吁了口氣。

易廂泉看見夏乾似乎一點也不意外，也有幾分喜色，還朝他做了一個「噤聲」的手勢。他腰間的金色鈴鐺早已摘掉，燈籠也不知道扔在哪裡，手中除了那形狀怪異的鐵扇子之外，別無他物。

夏乾見了他，本是安心了的，如今卻又略微緊張起來。自己好歹有匕首，易廂泉可是手無寸鐵。

好在這是一個死角。這一片棚子全都緊挨著，頂上的人因為視野受限，看不見下邊發生了什麼。

夏乾、易廂泉二人都僵著不動，似乎都在思考對策。

夏乾腦中一片茫然。但抬頭看著易廂泉淡定的眼神，況且看他那架勢，八成有了主意。

突然之間，棚頂又嘎吱嘎吱地響起來。緊接著又是窸窸窣窣的聲音，聽起來像是布料的摩擦聲。

易廂泉面色如常，依然沒有動，只是俐落地挽起袖子，握緊手中的金屬扇子，靜觀其變。這樣可以弄清棚頂上的人的目的，把人活活抓住便是最好的。

二人出乎意料地有默契，誰也沒動。

然而就在這時卻出了變故。

遠處有一團白色的影子似雪球般滾過來又定住。

二人定睛一看，便都愣住了——吹雪一身白毛凌亂，安靜地站在街角暗處，抬起小腦袋，黃藍雙目狠狠地盯著頂上的人。

夏乾心裡暗罵「畜生」，吹雪剛才慘叫一聲之後就不知道跑哪兒去了，早不來晚不來，偏偏這時候來！

還好貓走路無聲，頂上的人繼續動作，唠嚓聲不斷，似乎並未發覺吹雪的到來。吹雪渾身雪白，非常醒目，頂上的人卻沒看見。顯然棚頂人是背對著吹雪，面向的是易厢泉。而位置，應該恰好是夏乾腦袋頂上。

夏乾頓覺頭疼，這樣的姿勢要怎麼抓人？

突然，唠嚓聲停住了。夏乾突然冷汗直冒——一隻手從棚頂探出來。

這隻手纖長靈巧，不顯蒼老，指甲乾淨，但是看不出男女。

棚頂的人似乎伸出手想要碰路邊的燈。這隻手只是剛剛碰到，燈晃了一下，映得路上明暗不定。

就在夏乾被這隻詭異的手嚇得呆傻之時，易廂泉淡淡看了一眼吹雪，一隻手突然從懷裡掏出了剛才那個金色鈴鐺，夏乾還沒反應過來，只見鈴鐺已經拚命地晃起來！

就在短短一瞬，鈴聲叮噹大作。

夏乾嚇傻了，看看棚頂又看看易廂泉——這又是哪一齣？

伴隨著鈴鐺急促的聲響，吹雪霎時間發出了淒厲的大叫！

淒厲的聲音劃破夜空，混合著黑暗夜晚帶來的寒意直擊耳鼓。

夏乾頓時汗如雨下，這是怎麼回事？他根本沒有準備！

這時易廂泉突然晃動，白色影子如同鬼魅般一閃，從棚子撤了出去。夏乾根本看不清他的動作，卻見易廂泉跳到街上，白衣如幻如霧，口中大喊：「不要動！」

棚頂的那隻手縮了回去。

易廂泉已經跳到了街上，緊接著他的扇子展開了。那扇子十分奇特，扇邊如波浪，通體泛著冷冰冰的光。只見易廂泉輕輕一甩，有什麼東西飛了出去——

瞬時，棚頂上的人傳出「啊」一聲輕微的呻吟，聲音聽起來是個男人。接著又是一陣急促的布料摩擦聲和木板的嘎吱聲。

夏乾什麼也沒有看清楚，只知道那「不要動」看似是說給棚上之人聽，其實是說給他聽的。

夏乾沒有動，他知道易廂泉的意圖。易廂泉不讓他動，並不是怕他有危險。他們二人都不懂武功，更不擅長近身搏鬥，如果突然碰到了高手，兩個人沒有事先商量好以相互配合，那麼在搏鬥中不但難以互相幫忙，反而彼此牽制。

易廂泉迅速攀上棚頂，速度極快地消失在夏乾的視野裡。

只聽棚頂的木板頓時嘎吱大響，載了兩個人的重量，彷彿要崩塌了一般。

夏乾緊張地盯著木板透光的縫隙，見上面二人影子在燈光下閃動，映在夏乾不知所措的臉上。

接著是「嗖」的一聲，似是刀劍出鞘，緊接著是金屬碰撞的聲音，木板似乎支撐不住了，灰塵瘋狂地掉落下來，整個棚子開始劇烈晃動。

夏乾仰面，忽然，一滴溫熱的東西滴在了他鼻子上。

他下意識地抹去，卻聞見濃烈的血腥味。他「媽呀」叫了一聲，再也按捺不住，從棚子裡面一下子跳出來，一個踉蹌差點摔在地上。

卻見棚頂上白色影子似鬼魅一閃，棚頂上一個人都沒有了！

他們從另一端跳了下去。

夏乾也費力地翻過去，棚子的另一側是回家途中必經的漆黑小樹林。

易廂泉站在不遠處，面朝樹林，不停地喘著氣。

「跑了。」易廂泉一邊喘氣一邊扭頭道，語速極快。「你去叫守衛過來，我再找找，動作要快！他受傷了，我的鏢打中了他的右手臂，再不追必定來不及了！」易廂泉急匆匆地說著，這才望向夏乾的臉，驚訝道：「你受傷了？」

夏乾搖頭，慌忙掏出白絹子擦去血痕，卻看見易廂泉的白色衣袖也被染紅，左手滴著血。這是被吹雪抓傷的那隻手，上邊又添了一道清晰的大口子。

這是刀劍留下的傷痕。

夏乾二話不說把絹子扔給他，易廂泉立刻接住裹緊，絹子上又染紅一片。

夏乾欲言又止，步子也挪不動，此時卻覺得臉上有絲絲涼意。

他抬起頭，卻見一道電光劃過天際，不久便是轟隆一聲。烏雲早就遮住了月亮，空中竟然下起了絲絲小雨。

方才的晴朗竟然是暴風雨的前兆。

「雷雨中不適合在樹林穿行，這一帶的路我也不熟，那人怕是早就跑遠了。」易廂泉說著皺了眉頭，血止不住地流，雪白的絹子斑斑點點，甚是可怖。

夏乾收了手中的匕首，急道：「你去醫館找傅上星看看傷，我去叫人！」

「不，等一下再去。」易廂泉迅速扯下袖子遮住傷口，簡單一包。「估計一會兒雨下大了，很多痕跡便消失了，且先看看周圍。」

「有腳印？」

「目前沒看到。」易廂泉蹲下，皺著眉頭。「太黑了。」

夏乾見易廂泉不停湧血，又四下摸索絹子，憂心忡忡地道：「你的燈呢？」

「在旁邊的街道角落，我碰見吹雪的時候就把提燈放下了。回來路上黑，我摸索著過來的，這才費了點時間。」

夏乾終於又找到一塊翠竹色的繡帕，繡工極好，繡的是碧綠的竹子，似乎有暗香隱於其間。夏乾將之丟給易廂泉，便問道：「吹雪還好吧？」

易廂泉接過繡帕，看了一眼，眉頭一皺。「你這繡帕是女人送的？」不等夏乾答話，他便無所謂地用繡帕裹住受傷的手。「我看到吹雪的時候，牠已經倒在路邊了，估計是被強迫聞了什麼不該聞的東西。還好，我推了一下牠就醒了，醒了也沒亂叫。要是別的貓，估計聞這一下，得睡上一天。」

說著，易廂泉用另一隻手從懷中掏出一片青黃葉子包著的東西。

「早就聽說中原的香料異常厲害，可惜我對此不大了解。這是剛才在吹雪旁邊撿到的。」

夏乾拿了過來，那是一包小的白色粉末，香氣浮動。他看了一眼就趕快將其包住，怕淋濕，也怕放出氣味。「興許是那棚頂之人放的。究竟何人做這種事？他想幹什麼？跟蹤我們？」

易廂泉單手支撐，一下子就翻上了棚頂。他蹲下，眉頭蹙起。「你看這個。」

夏乾也翻了上去。微亮的街燈在細雨中閃爍，燈本身是帶有擋雨的板子的，只是風吹來似是要滅了一般，一明一暗地晃悠著。

燈下有一團白色的粉末。說是粉末，顆粒卻不小。好在剛才疾風驟停，這些粉末正好在燈光下沒被吹散，風起，揚起一陣香氣。

易庿泉沉默不言，夏乾轉過身來，驚訝地問他：「這……你跳出去的時候，看見那棚頂的人手碰了一下燈嗎？」

易庿泉一愣。「怎麼，他碰了燈？我並沒有注意。」

「他剛碰了一下，你的鏢就打過去了。等等，你那是鏢還是別的什麼？你出手可真夠快的，那扇子當真是好東西，你從哪兒得的這寶貝？我也想要！」

易庿泉隨手把金屬扇子給了夏乾，而他自己只是盯著那堆粉末，之後就仔細地把它們用葉子包起來，裝到懷裡。

夏乾接過扇子，沉甸甸的，寒光四起。整個扇子被打磨得分外光亮，形如海中波浪，扇葉很厚，夏乾怎麼也打不開。他求助地看了易庿泉一眼。

易庿泉直接把扇子從他手裡抽回去了。「別給我弄壞了。」

「你這扇子怪異有趣，可有名字？」

易庿泉還在注視地面，目光不離，「嗯」了一聲。

夏乾趕緊掏掏袖子。「我用這匕首跟你換如何？」

夏乾從左袖中掏出鎏金匕首，不過幾寸，劍鞘上面還鑲嵌著細小的紅寶石，雕刻流雲，極其精緻。

夏乾得意道：「徐夫人匕首，都說荊軻刺秦『圖窮匕見』，指的即是這種。如何？換是不換？」

怎麼可能換？易廂泉頭也沒抬，快速道：「方才我即將躍上棚頂的一剎那，見他似乎拿個小包袱，攤在地上，裡面的東西看不真切。我當即發鏢，本以為他是絕對躲不及的——誰知他把包袱一捲，快速一晃，用右臂硬生生擋住鏢，血一下子噴湧出來。他迅速反應過來，那左手便騰出來了，單手就抽出了腰上的劍。他雖然蒙著臉，卻始終背對著我，我又揚起扇子給了他第二鏢，但是他的劍速快到難以想像。我還未看清，便覺劍鋒一揚，只聽『噹』一聲，鏢已經偏了，遠遠彈去。我這第二鏢速度極快，可是他居然不用轉身就可以直接用劍擋住。」

夏乾沒料到易廂泉突然滔滔不絕說這些。「之後他就逃了？」

「逃了。我出手這麼快他都能逃走，況且……你看那邊。」

夏乾看見不遠處似乎有微光閃爍。他吃驚地道：「那是……」

「是我的第一鏢。他中了鏢之後立刻從身上生生拽下來，又迅速擲回給我。我用扇子發鏢，他卻用腕力回擊。但那力道絕對不亞於扇子所發，速度快得驚人，我險些沒躲過去。」

夏乾沒有說話，他走過去，看著那鏢，上面浸滿了血，可見插得有多深，怕是整個沒入了肉裡。周圍也是一大灘血，順著木板滴答流下。夏乾下意識摸了摸自己的鼻子，一股淡淡的血腥味湧上來，頓覺後怕。

這麼短的時間內，這人生生地把卡在自己手臂上的鏢從肉裡掏出來，迅速扔回去，整個動作還是在未轉身回頭的前提下。

夏乾吸了一口涼氣。這速度、力度、準度以及韌性……

易廂泉沒有說什麼，看看遠方的漆黑小樹林，樹影婆娑，被雨濛濛掩住。那是棚頂上的人消失的地方。

他沉思一會兒，突然問道：「他剛才逃跑的時候，你有沒有聞到什麼氣味？」

夏乾一愣。「聞到了，有點隱約的香氣。但是我離他太遠，也辨別不出來是什麼味道，你可也聞到？」

易廂泉眉頭緊皺，又「嗯」一聲。他雙目微合，似在思考。

「你沒看見他的臉，他是不是穿著青黑色衣服？我們剛剛碰到的，到底是誰？」

夏乾渾身冷汗，攥緊袖子緊張問道。

易廂泉抬頭，淡淡地瞧著昏暗的街道，映得雙眸亦是一片漆黑。

「明月上柳梢，只見青影飄，不見人，亦非妖，日出之時，雲散煙消。」

易廂泉的聲音很輕。

聽了這話，夏乾腦袋「嗡」的一下，緊接著就感覺到了一股寒意。

二人沉默不語。他們萬萬沒想到，青衣奇盜竟然這麼輕易地現身了？這種出其不意的到來給二人帶來無形的壓力。

細雨之中，易廂泉攥緊了血跡斑斑的手帕。

他抬起頭來看著街燈，眼中第一次顯出了憂慮。

醫館沒有鎖門，只是虛掩著。易廂泉輕叩，不見人應答，索性推門進去。

廳堂簡單乾淨，一桌兩椅，空氣中瀰漫著草藥清香。門旁懸掛斑駁銅鈴。

易廂泉搖了鈴鐺，之後便坐下。醫館此時沒有病患，桌上燃一支小燭，溫暖的火焰映著窗外的雨。

江南到了秋天也是不太冷的，柳樹仍綠，秋菊盛開。但秋雨卻依然有連綿不絕之意，淅淅瀝瀝，送來一場秋寒。庸城安靜地籠罩在雨中，就如同籠罩在難以退去的寒冷霧氣中一樣。

聽著屋瓦被雨打發出的滴答聲，易廂泉的心也靜了下來。他受傷的手仍然握住綠色帕子，已經不覺得疼痛。

在這短暫的等待裡，易廂泉看了看手中沾血的繡帕。這是夏乾給他包紮傷口的，斜斜地繡著一朵蘭花，還泛著脂粉味，顯然是女子之物。

這脂粉味似乎在這間屋子裡就能聞到。

易廂泉好奇，正欲拿著帕子細細打量。就在此時，「吱呀」一聲，門開了，只見木門外站著一個年輕的郎中。

他三十歲上下，儒雅端莊。燭火映在他眼中竟然是如此溫暖祥和，但他雙眼泛紅，顯得有些疲憊。

他掃了一眼易廂泉的傷口，眉頭微蹙，迅速坐下，打開了案桌上的藥箱。

易厢泉沒讓他號脈，只是清理傷口。

「舊傷新傷，你這傷若不及時醫治，日後怕會影響你這隻手。」郎中目不轉睛，手法輕緩卻精細地處理傷口，輕言道：「忌生冷辛辣，這藥幾個時辰搽一次，很快就會痊癒。聽聞易公子略通醫理，卻怎會如此不注意身體？」

這個郎中顯然認識易厢泉，這也不奇怪。

庸城不大，易厢泉舉手投足都顯得特別，雖只來幾天，也是盡人皆知的人物了。

「先生不必如此客氣。說通曉醫理真是謬讚了。我行走江湖只是粗通脈象及經絡，多是兒時師母言傳罷了。」易厢泉輕鬆一笑，帶著敬意。「還未請教先生名諱。」

「不敢，在下傅上星。」郎中這才抬頭溫和一笑。

易厢泉眉頭一皺。這就是夏乾口中用銀子賄賂楊府尹以求得進京機會的人？真是知人知面不知心。

「傅上星……上星先生出身於醫藥世家？」

傅上星笑著搖頭。

易厢泉忽然莫名笑了一下。他用空出的手從懷中掏出葉子包裹，就是從吹雪身上取來的藥粉，攤開道：「先生可認得此物？它迷暈了在下的貓。」

傅上星取一點略近口鼻，就速速放下，皺起眉頭。「這是迷藥的一種，可致幻，也可使人嗜睡，香氣很足，從很遠處便能聞見，所以用量應謹慎。易公子是從何處得來此物？」

他說得誠懇而認真，易廂泉突然對眼前的人多了幾分莫名的好感。「此香何處出產？作何用途？」

「此物是很多植物研粉的混合物，研磨工藝精良，配藥技術也好，當是製藥高手所製。其中用了大劑量的洋金花，也叫曼陀羅。天竺很多，中原各地有不少。近了口鼻才可以使人昏迷。」

易廂泉沉思一下，道：「近距離聞起來會使人昏迷，那遠距離呢？」

傅上星輕輕替易廂泉包紮傷口，一邊說道：「劑量不同，效果不同。眼前的這些劑量小，充其量也只是針對貓。定是貓自己主動上前聞或者被強行摀住口鼻，若是離得遠，在室外是昏迷不了的。易公子長年在大理，可知當地盛產致幻劑罌粟，相同地，這曼陀羅也有致幻的效果。若是服用，它可是相當厲害的毒藥。」

易庯泉閉起眼睛似在沉思。「在下還有一事相求，不知先生這裡可有香料？」

「香料與藥材是密不可分的，我這裡倒是有一些常見的。」

「可否讓我一一聞過？」

傅上星詫異。「百種香料，易公子確定要一一聞過？」

易庯泉點頭道：「這事十分重要，煩勞先生了。夏乾還未回來，多等一下，這期間不妨做點實事。」

傅上星憂心地帶著易庯泉來辨認香料，百種一一聞過，這可要耗費大量精力。而有些香料久聞對人身體有害，易庯泉身上有傷又顯得疲憊，當然是不好的。

易庯泉顯然在憑藉氣味找什麼東西。

人的鼻子有很好的記憶，這種記憶並不比眼睛看見、耳朵聽見差多少。但是，如果聞多了，很容易造成遲鈍，這樣即便再好的記憶也於事無補，於人有害無益。

易庯泉卻只是輕輕地嗅過，一言不發。

窗外的雨仍然淅淅瀝瀝地下著，似乎減小了些。燭淚滴落，似乎快要燃盡，不知不覺半個時辰過去了。

「這是……上面寫著，當門子？」易廂泉突然停了下來，指著一些很少的棕黃色粉末。

「當門子有催產之效，在下只有一些，此物甚是昂貴。」傅上星笑道：「富人家也有用它來熏香的，當門子就是麝香的藥用了。」

易廂泉蹙眉。「這味……有點相似，但似乎不是。」

「易公子聞什麼相似？可是說曼陀羅？曼陀羅的葉子就有麝香味，可是——」

易廂泉搖頭，傅上星便識相不再答話。

沉吟片刻，易廂泉道：「上星先生可有關於香料的書？借我幾日可好？」

傅上星笑道：「當然可以。」

這時卻聽得門開了，易廂泉轉過頭去，見走來一位少女。

她見了易廂泉便輕聲問好。

少女約莫十六、七的樣子，眉毛彎彎，唇紅齒白，很是可愛。她穿著當下女子時興的羅裙與粉紅褙子，頭上紮著細細的小巧絹花。屋裡的燈光昏暗，她似是摸索著走上前來，想要收拾一下桌上的醫藥箱子。

「小澤，不早了，妳也歇吧！我去收拾。」

「不礙的、不礙的，順手也就收拾了。」被喚作小澤的少女笑了，她把藥瓶擺好，這時猛然看到易廂泉用來包裹手的碧綠翠竹繡帕，上面沾了血。

她似是看不清，瞇了眼，待看清後卻猛然一顫，湧上失落之情，沉默不語。

易廂泉盡收眼底，一看便知是怎麼回事了，頓生幾分歉疚，心裡暗罵夏乾，於是想要轉移女子注意，笑道：「敢問姑娘不會姓曲吧？」

小澤抬頭一愣。「你怎會知道？其實我也是沒有姓的，我——」

「小澤，不可無禮。」傅上星責怪卻不失溫和。「這是易公子，易廂泉。」

小澤立刻好奇地看著易廂泉，目光卻盯著另一個方向。

這個少女沒有纏足，雖然嬌小卻沒有江南女子的溫婉，有這年紀獨有的朝氣。但仔細看，少女美麗的眼睛裡卻是空洞的。這種空洞的眼睛幾乎只有失明的人才會有，但小澤顯然不是完全失明的。

傅上星催促她休息。小澤沒有吭聲，摸索著走出去了。

「曲澤……」易廂泉似是同情地搖了搖頭。「她是夜盲症嗎？」

傅上星嘆道：「差不多，但不是。她白日裡的眼力還可以，但是晚上，幾乎完全看不清。」

傅上星轉而用一種好奇的眼光看向易廂泉。「易公子真是厲害，居然能猜到小澤的名字。」

易廂泉沒有回答，起身道：「今日謝過，在下還有要事，不再打擾，告辭。」

「這燈贈與你，路上漆黑，小心為上。」傅上星匆忙遞過燈去。

易廂泉付了藥錢，走到門口卻又停下了。他沒有離去，似是猶豫地轉身，冷不防問道：「請問上星先生，人為何會中毒？」

傅上星一驚。「易公子何出此言？」

「只是想知道人中了毒，究竟是通過何種途徑？」

傅上星搖搖頭。「太多了。就毒物本身來說，有些毒物過了一些時日就會失去毒性，無毒的東西放了一些時日就會產生毒性。而對於不同的人，作用也不同。常見的毒物主要來源於飲食、水源。」

「早聽說銀針是無法檢測出所有毒物的，除此之外還有無他法？」

「不是銀針不起作用，而是毒物的種類過多。要是懂毒物的人來下毒，那簡直是防不勝防。」傅上星言至此，眉頭微皺望向易廂泉。「不知公子是否碰上了麻煩？」

易廂泉搖頭。

傅上星憂心地望著他。「我見你面色欠佳，又問這種問題，是不是……嗯，可否讓在下診脈？只怕易公子……」

易廂泉擺擺手。「只是疲憊，不勞掛心，告辭。」

說罷他就離開了。

就在此時，夏乾帶著方千從庸城府出來了。只待他們到了醫館，卻見燈雖然亮著，裡面卻沒有動靜。

見找不到人，方千便回去休息，畢竟明日還有更加重要的事情要做。

而夏乾心中惱火，這易廂泉又不知道去哪兒了？

自己本是一個閒人，如今卻忙得不可開交。剛剛把吹雪送回去，又向方千報告發生的事，隨後又調遣守衛……

夏乾有些不悅，獨自一人回家去了。

今夜的風依然很大，雨卻忽然停了。烏雲已然消失不見，月亮竟又悄然出現。月光下，幾名守衛在街道上提燈巡邏。

夏乾自然安心許多。剛剛碰到那樣的事，他相信險後則安，這段路應當是安全的。就在快要到家時，夏乾又看到了易廂泉。

「你怎麼在這兒？」夏乾先是一愣，卻又氣惱起來。「你如此隨興，害我們一通好找！」

易廂泉提燈而立，另一隻手上纏著白紗布，面帶倦容，只是仰頭，雙目無神地望著街燈。

這是一盞老式的雕花木燈，刷了防火的朱漆，在高高的朱紅木質燈柱上懸掛著。這裡的街燈與那小棚子前的一模一樣。大道上都會有相同的街燈，數量不少，全城燈火點點，各巡邏據點也有。狂風不停歇，街燈一晃一晃的，與他們遇到青衣奇盜時的情景一樣。

見這情景，夏乾不由得打了個寒顫，而易廂泉率先開口道：「你是不是打聽到方千那邊出了什麼事？」

夏乾趕緊點頭。「方千他們被愚弄了！今日守衛本來照常，方千去取些藥留作明日備用，回來卻接到信件，說今夜守衛的人數不變，只是地點、時辰略變。信上精細地列出了所有守衛的變更，方千看了一下，只是微調，就照做了。」

「哪來的信？」

「在方千房裡的桌子上。整封信寫得十分詳盡，各個街道標示異常清楚，落款……是你。」

易廂泉嘆氣。「區區小把戲，他竟然相信了？我當時人還在庸城府沒離開，為何要拿書信給他？」

「你一向行事古怪，他為人忠厚老實，當然相信了。」夏乾無奈道：「信上說，今夜調動部署，事關重大，務必祕密進行。只要將變更後的時間地點告知守衛首領，到時行動即可。此事不可與他人商量，不能把內容寫下來，不得給任何人看，在庸城府不能提起此事，包括跟你談論也是不可的，而且……」夏乾嘆氣。「信裡寫著讓方千在下雨的時候把信焚毀。」

易廂泉眼睛一瞇，有些惱怒。「他照做了？」

「最後一點沒有照做，不過你別生氣，畢竟咱們沒有什麼損失。方千說，他也懷疑過，只是那封信上邊的部署十分精確而謹慎細緻，外部人員哪知道得這麼精細？」

易廂泉苦笑。「後來呢？」

「後來，就電閃雷鳴下雨了，方千說，他當時還欣喜著『易公子果然料事如神』，隨後就拿出字條準備焚毀。就在字條點燃時，他突然發現字體的顏色似乎淡了。他一下子懵了，覺得事情隱隱不對。」夏乾開始在懷中摸索。「他決定撲滅火焰。但是字體都淡了，只留下信首稱謂方千的『方』字還能看得清楚些。」

夏乾掏出兩張紙片，一張是普通紙，上面是「方」字，顯然是夏乾趁著字跡尚未消失的時候臨摹的；另一張紙片很小，是原件，圓形小片周圍有燒焦痕跡，一點字跡都看不見了。

「方千不想給我，說是要交給大理寺。我管他什麼大理寺、小理廟，趁他不注意，拿來給你看看。」

易廂泉沉默一會兒才道：「此事不可聲張，之後有人要問起這信的事情來，就說是我寫的。」

夏乾點頭。「不過，話說回來，單憑這一個『方』字，實在不好看出筆跡，只是，如果硬要看寫字風格的話，這倒像——」

「王羲之。」

易廂泉拿起紙張，對著明亮的街燈，細細地看著。

「簡直像王羲之真跡。論身手、論學識，青衣奇盜均屬上乘。他還精通香料用法，極擅謀略，這種人為什麼作賊？」

他將紙張揣入懷裡，顯得有些擔心。如果青衣奇盜真的與師父、師母的案子有關，那麼這個對手不但狠辣異常，而且極擅謀略。

夏乾看出了他的憂心，寬慰道：「明天不會有問題的。」

明天不會有問題，不會有任何問題。

這就像是一場戰事。庸城府衙的所有人此刻都在緊鑼密鼓地備戰。他們有最精銳的部隊、最優秀的將領、最出色的謀士。

易廂泉站在街燈下，一身白衣被燈染成了淺黃。他的眼睛裡閃著燈光，這是街燈的光、大盜的影、庸城的綿綿陰雨、官府裡來去匆匆的人。這些人和事在他的腦海中閃過，像圖畫一樣慢慢變得清晰……

大敵當前。

易栢泉突然笑了，他似乎有了別的主意。

「你夏宅甚大，容我一間可好？」

夏乾一愣，沒想到易栢泉會突然這麼問。

「你不是決定在客棧落腳嗎？為何變了主意？今晚就去？」

「今晚即搬，若無意外，一直住到城禁結束，吃食與下人同樣即可。」

「就住我隔壁好了。至於吃食，樣式簡單就不可能了。我爹不在，你也知道，我娘絕對不可能虧待你。」

「但願明日一切順利。」易栢泉輕聲說道，像是對自己的勸誡，又像是對明天的訴說。他抬頭仰望，中天懸明月，不知陰雲秋雨何時再來。

二人決定就此離去歇息，走到一半，吹雪也悄悄跟上來了，跳到了易栢泉肩頭。

庸城是揚州最安全的地方，而夏宅更是庸城中最安全的地方。站在門口，只覺得如普通人家大門一樣。但是夏宅院子極大，屋舍不知道有多少間，家丁用人輪番守夜，燭火更是徹夜不熄。

易廂泉站定了腳步。他突然覺得，二人似乎是順著灰牆一路走來的，走了很久很久，那灰牆卻綿延至此，開了一扇朱漆大門。

「這一片……都是你們家？」

「是啊。」夏乾輕描淡寫。「剛才翻牆就能進，但是翻牆容易被當成賊，會被狗咬。我曾經偷懶翻牆回家，被自家的狗咬過。」

易廂泉震驚道：「幾年前來過，不記得你家變得這麼大。」

「我們東西太多，去年把隔壁人家院子直接買了。」夏乾睏倦，打著哈欠進了門。「進門了，你快跟緊我，跟不上會迷路。」

夏乾引著易廂泉進了門。院中設假山池塘，花樹成蔭，燈火通明，石板路鋪得整齊。雖然雅致，卻似乎並無什麼豪華之處。

但易廂泉依稀記得，這以前可都不是夏家的院子。

「這都是直接買了隔壁宅子之後砌牆連通的？」

「是啊，要不然怎麼辦？庸城地皮稀少，我們家在外城還有三處宅子，因為城牆在，都連不起來了……」

恰逢幾個端著洗漱盆的年輕丫鬟從樹蔭下走過，時不時往這邊偷瞧，多數都在瞧她們的易公子。

易厢泉禮貌地笑笑，丫鬟們覺得更開心了。

「易公子肩膀上的那隻小白貓是吹雪嗎？白白的真是可愛！眼睛也漂亮！」幾個丫鬟湊上前去，把易厢泉圍住，伸手要抱貓。

這一鬧，半個府的丫頭都湊過來了，打著燈籠，東瞧西看，嚇得吹雪直瞪眼。

「看什麼看？以前又不是沒見過。」夏乾有些嫌棄，扠腰道：「穀雨，我爹這幾日不會回來吧？我娘睡了嗎？」

「少爺，你又偷跑出去，夫人氣急了。如今被哄得睡下了，說今日的帳明日再算，又要罰你抄書。」一名喚穀雨的丫鬟有些不屑。她側過頭，視線繞過了夏乾，看向易厢泉，熱忱地問：「易公子來啦？餓嗎？渴嗎？」

「他不餓。」夏乾有些生氣。「妳們怎麼不問我餓不餓？」

「誰問你啦？」一群丫鬟嬉笑一陣，一個個都在看易厢泉。

夏乾生著悶氣，把她們轟走，帶易廂泉去了書房，讓他湊合著睡一張小榻。

「別的客房太遠了，大晚上就別過去了。」夏乾隨意地給他鋪了床。「別讓那些小丫頭進來。誰進來，說不定就被我娘指給你成親了。」

易廂泉原本還在打量房間，聽聞此話臉色一變。

夏乾打著哈欠。「別不當真。我娘身體不好，只有我這麼一個兒子。我爹不肯納妾，我娘就逼著我娶親。你看看，我現在過的是什麼日子……還有，你沒事就幫我抄抄書。我娘只讓我抄《論語》，上次罰的抄完了，你幫我多抄點，下次再罰時，我就可直接用了。」

書房整潔，日日有人清掃，但是書籍上卻落了灰。書架上掛著一幅文與可的墨竹圖，墨竹圖旁邊則掛了一把弓箭。弓箭下面供奉了財神爺，這是夏府每間屋子都有的擺件。旁邊，藍色哥窯花瓶裡插著一些孔雀羽毛。

易廂泉抽出了一根。「家中還擺著這些？」

「是呀！」夏乾彎腰鋪了被子。「求個吉祥。小時候跌落山崖時，看見一隻孔雀從空中飛過，掉下來的那根孔雀毛，我也一直帶在身上。這麼多年，什麼災病都沒有遇到過。」

「你辭退了這麼多教書先生，又不愛讀書，非要跑去書院。家大業大，為何不去看店？」

「讀書還能在書院睡覺，看店可睡不成。床鋪好了，你睡吧！」夏乾哼唧著踢了床鋪一腳。「沒事千萬別招惹我府上那群小丫鬟。」

易廂泉看了看書桌，只見桌下有個盒子，裡面是快要溢出來的字條。他隨手拿了一張出來，竟然是欠條。滿滿一大箱子，竟然都被夏乾隨便丟棄。

「這些都是……」

夏乾有些睏倦。「都是欠條。反正也沒多少錢，堆在那兒留個紀念。」

易廂泉掃了一眼，每張欠條上寫的可都不是小數目。此刻他突然明白為什麼夏乾被人叫做瘟神了。

其實他不是瘟神，而是庸城諸多人的債主。

易廂泉只是歪頭笑了一下，話鋒一轉。「那……你敢不敢去捉賊？」

夏乾剛要出門，聞聲驚訝地抬頭，睏意消了一半。這是什麼意思？

「如果碰到今天這種情況，換作是你，在我沒出現的情況下，你會當機立斷而毫不畏懼，盡你所能去抓捕青衣奇盜嗎？」易廂泉語速很快，嚴肅地看著夏乾，像是在等他發誓。

「在確保安全的狀態下，可以；如果情況極度危險，絕對沒門。」

「你相信我嗎？」

夏乾打了個哈欠。雖沒答話，卻像是默許。

「我知道你比府衙的那些人更相信我。」易廂泉自問自答，警惕地瞧了瞧四周，隨後進屋走到桌邊。「這樣我便放心了。」

他隨手剔亮了紅木花腿桌上的燭芯，掏出身上的筆，開始研墨。

夏乾一愣。「你現在就開始幫我抄了？」

燭光下，易廂泉認真而嚴肅，彷彿在做一件天大的事。而他只是寫下幾個字交給夏乾。「明日此刻此地，不見不散。不論發生何事，一定要到，縱使我無法赴約。雖然只是以防萬一，但這是我唯一的『後招』。」

夏乾慢吞吞地接過紙片，只見上面寫道：

子時城西三街桂樹

夏乾看著易厢泉的字體。「你這柳字寫得不錯，嚴正工整。你的『後招』就是半夜把我叫到那兒去道晚安？還好這地方容易找，全城就這麼一棵——」

「別多嘴，小心隔牆有耳，看完就把它燒了！」

夏乾嗤笑一聲，打著哈欠來到紅燭前面，將字條焚毀了。

易厢泉望著火焰，喃喃道：「我總覺得明天要出事。」

「不會的，一個小賊而已，你不要烏鴉嘴。」夏乾眉頭一皺，但他也有些憂心。

易厢泉往往說什麼應驗什麼。

「走吧、走吧！不要打擾我休息。」易厢泉竟然反客為主，將他趕了出去，吹熄了燭火。

窗外，傳來夏乾罵罵咧咧的聲音。月光清亮，穿進了窗戶。

牆上文與可的真跡可謂價值連城，可如今落灰蒙塵，顯得有些可惜。

它旁邊的弓箭卻在月下微微發光。

易廂泉看著弓箭，心如明鏡。

書房懸弓本是不妥，夏乾被逼著讀書卻心有不甘，一進書房便是假惺惺地以讀書為由去擦拭弓箭。

易廂泉笑了一下，抬手慢慢將弓箭取了下來。

不一會兒，夏家下人端來了洗面香湯和漱口的茶水，點上了驅蚊的香。丫鬟想進來鋪床，卻被易廂泉死死攔住，直到把吹雪交給她們才肯甘休。

待洗漱完畢，他自己將床重鋪一遍，還在枕頭底下發現夏乾窩藏的幾本小冊子，都是《離魂記》、《聶隱娘》之類的故事。他笑了笑，最後才在小榻上躺了下來。

有的人白天忙碌，只是不想面對夜晚。白天有很多離奇的事情可查、可想，夜晚就沒了；白天有很多人可看、可聊，夜晚也沒了。自從師父和師母死後，這些年他一直孤身一人，但夜晚越是安靜，他越是睡不著。孤獨就像錐子，扎得人輾轉反側。

今夜不一樣。

易廂泉聽著窗外丫頭嬉鬧的聲音、下人們走動的腳步聲，並不覺得喧鬧，反而有些溫暖。

他已經沒有家人了，夏乾就像是僅存的家人，也許夏家就是自己的另一個家。

他翻了個身，竟然慢慢睡著了。在青衣奇盜來臨的前夜，睡得安穩又舒服，似乎夢到了師父、師母和善的臉，也夢到了面容模糊的親生父母。

次日清晨，夏乾是被下人推醒的，他猛地跳起來，發現暗紅緞子的床幃外一片光亮，真的日上三竿了。

他慌忙找茶水漱了口，自己睡得再沉，他也清楚今天晚上會發生大事，如今這一上午卻睡過去了。

夏宅是庸城最大的宅子，夏家的下人數量很多，而其中還算能幹的不足二十人。於是把這二十人的名字重新命名，以二十四節氣稱謂，不足的便空著，以待晉升。喚醒夏乾的僕人叫夏至，是夏家的大管家之一。

「易廂泉還活著嗎？派小滿偷偷跟去了嗎？」夏乾帶著睡意問道。

「人家易公子作息規律，好幾個時辰前就吃完早飯出門了。早聞易廂泉大名，智慧無雙，本以為比老爺略小幾歲，沒想到竟然如此年輕。你看看人家，再看看你喲！」

夏至嫌棄地拉著夏乾起床，又道：「榖雨那幫鬼丫頭甚是喜歡易公子，想把早膳端進房。哪知易公子非要親自去廚房，跟下人們一起吃，吃飯時，似乎用了銀器。」

夏乾眉頭一皺，睡腫的臉映在手中茶杯上，沒再吭聲。

夏至接著道：「易公子吃了很多，又用酒葫蘆裝了一大壺茶水，之後便出門了。我讓小滿悄悄跟在他後面。易公子先去了城西三街，隨後繞到庸城府衙，只待了不到一個時辰就出來了，然後進客棧。就在進客棧之前，小滿……被他發現了。」

夏乾恨鐵不成鋼地道：「這得扣小滿月錢！」

「這可怪不得他。易公子進客棧之前，突然回頭，看著小滿笑著說，與其跟著自己浪費時間，不如去幹些正事，幫他找一根一人高的竿子。」

夏乾漱了口，一抹嘴，問道：「要竿子做何用處？」

夏至苦笑道：「不知道。要說那小滿真是跑腿的命，傳上星先生在清晨來給夫人問診，又順便問了昨日易公子受傷的事。穀雨那丫頭一聽易公子受傷了，便非要拉著小滿去送藥——」

夏乾聽得不耐煩了，蹬上鞋。

夏至最怕他穿鞋，因為這是準備溜走的前兆，匆忙攔住道：「夫人說了，如今外頭亂，少爺你必須在家待著。」

夏乾冷笑一聲，深吸一口氣，拔腿就跑。他從後院翻牆出去，運氣很好，狗居然沒叫。

重本抑末[2]思想在大宋有了巨大改變，工商亦為本業的思想得到宣揚。庸城地處揚州中心，水運交通便利，商業也逐漸發展起來。夜市素來熱鬧，而待五鼓鐘鳴，早市也開始了。做買賣的都是一戶挨上一戶，但此時卻因為城禁的緣故全盤打亂。

2 重本抑末：指中國古時重視農業，限制工商業的政策及思想。

今日就是青衣奇盜偷竊的日子，百姓們都不敢出門，除了夏乾。

他一路小跑到了風水客棧。這是衙門對面的客棧，易廂泉之前就下榻此處。老實巴交的周掌櫃獨自一人坐在老榆木檯子前頭。周掌櫃早已過了古稀之年，雖耳背，眼卻不花。如今客棧空空，只有易廂泉一個客人。

夏乾進門，扯著嗓子問掌櫃，易廂泉是否還在樓上。問了三遍，周掌櫃才笑呵呵地表示肯定。

待他推開易廂泉房間的門，只見窗戶大開，淡青色的床幃在秋風的吹拂下微微地動著。幃帳邊不遠處，易廂泉的行李、包袱全在。房間門口有根一人高的竹竿，這是小滿拿來的。桌上還放著藥瓶和紗布，旁邊倒著一只葫蘆，卻不見人。

夏乾走過去，下意識地拔開葫蘆的塞子，裡面是茶水。

他認得自家的茶葉，葫蘆裡的茶水被喝掉了一部分。他又看看桌子，沒有任何書信或其他東西，易廂泉就這麼放下東西走了，沒有留下任何音信。

他去哪兒了？

他疑惑頓生，又細細打量起整個房間，地板濕滑，像是被人擦過。

夏乾蹲下來，看見上面有水漬，雖然已擦過了，還未乾。地板的狹縫裡還夾雜著細碎的茶葉末，取一點輕嗅，與葫蘆中的茶一樣。

「掌櫃的，易公子當真沒從屋裡出來？」夏乾從房間出來下樓，大聲問起周掌櫃，因老人家耳背，夏乾又重複了好幾遍。

「當真沒出來！」老掌櫃布滿皺紋的臉上綻開笑容，聲音沙啞，嗓門卻很大。「易公子自從進去就沒下樓來！老朽我一直在這兒守著呢！」

夏乾心裡一涼，又問了幾句也沒得到什麼結果，索性出門離開，直接去了庸城府衙。此時已近未時，秋日裡，太陽去得早，有歸西之意。

庸城府衙守衛森嚴，趙、楊二位大人還在衙內的空地上。

夏乾經過三道檢查，之後穿過九曲迴廊，過去行禮。只見趙大人坐在雕花蓮葉托手的太師椅上。

他一身黑色錦衣繡著芙蓉金邊，面目嚴肅。

楊府尹挺著大肚子站在一邊，綠色官袍、黑烏紗帽子活似硬生生套在一尊彌勒佛上。小瞇眼掃過夏乾，點頭問好。

大理石桌上白瓷盅裡盛著參茶，只用了些許人參鬚。京城大官來審查，自然要上點好東西。然而用整枝人參定然擺明了自己平日裡受賄，於是只用了少許人參鬚。楊府尹是聰明人，大宋的很多官員都這麼聰明。聰明人多了，就成了一種風氣。這種風氣在廟堂之上蔓延，漸漸地就生了事端。

遠處，一身戎裝的方千正一臉喪氣地站在那裡指揮著。昨日被青衣奇盜利用的事讓他神魂未定。

夏乾想去和他說說易廂泉失蹤的事，可是想著說了也沒用，大家也不上心，畢竟易廂泉一向神出鬼沒。

守衛們正在搬運，謹慎地將一萬零二根犀骨擺放在院中，一根一根地排列整齊。

趙大人坐在涼亭裡，卻沒有閒著，突然指了指不遠處，問道：「那角落裡的大水缸是做何用處的？」

只見角落有四個大水缸，由普通陶土燒製而成，分別坐落在各個角落裡。

旁邊的侍衛抬頭一望，道：「今天下午剛搬進來的，放在門口，送東西的人說是易公子讓擱置在院子裡的。」

趙大人看了方千一眼。方千眼眸一閃，立刻會意。

「打開看看。」方千下令，快步走過去。

守衛放下手中的刀，開始猛提水缸的蓋子。

夏乾上前定睛一看，蓋子竟然像是被蠟封死了。

方千劍眉一擰，走到最近的水缸邊，握緊邊緣，用力揭蓋子，直至青筋暴起卻仍打不開蓋子。

「封得真是嚴實。」方千擦汗道。

夏乾也皺皺眉頭。「要打開缸蓋，怕是只有打破水缸了。」

他們只得走向另一只水缸，試著打開。

方千走去用力一提，蓋子一下打開了。「這是……水？」他吃驚地說道，輕輕撩起一點水，嗅了嗅，沒有異味，是清水。

守衛道：「興許是易公子考慮周全，防止火災，特備水缸。」

方千點頭。「有道理。可是易公子人呢？」

夏乾愁眉苦臉道：「丟了。正想讓人去尋呢！」

「無妨，易公子行事一向如此，估計不久便能回來。」方千也苦笑一下，與夏乾交換了一下無奈的眼神便沒再說什麼，去門口看了看守衛。

方千比夏乾高了大半個頭，生得也比夏乾健壯。看著他夕陽下的影子，夏乾隱約想起兒時一起踢蹴鞠的情景。

方千跑得快，踢得又高又遠，但本性善良，從未傷過人。這樣的人去了西北戰場，既合適又不合適。一將功成萬骨枯，方千善良卻要見白骨纍纍。如今能衣錦還鄉，是最好的了。

夏乾不再多思，便又看著水缸。他總覺得有些奇怪，便快步走到水缸前，用力抬起蓋子——缸內的確是清水。可是水缸極深，看不見底。他挽起長長的衣袖，伸手去碰觸缸底，看看是否還有異物藏在底端。缸底什麼也沒有，只是不光滑，像是有沙子。他並不清楚其中的緣由，也沒想報告方千，想著等易廂泉來了直接問他比較好。

未時三刻，太陽歸西，一切太平。

街上守備森嚴，百姓統統回家避難。一萬零二根犀骨筷已經在院子裡鋪滿。守衛各司其職，屋頂的弓箭手蓄勢待發，兩位大人也坐在院子邊上屏氣凝神。

一切準備就緒。眾人皆在，獨缺易廂泉。

「他竟然還未到？」夏乾在庸城府門口呆呆地看著院子，心裡越發不安。方千的鎧甲在夕陽下泛著淡淡血色，他臉色蒼白，顯得很緊張。「青衣奇盜夜黑而出，正是戌時。如此，還有不到一個時辰，就恐怕……不過，易公子這麼聰明，不會有事的。」

「你胡說什麼，怎麼會有事？罷了罷了，我去找找。」夏乾也著急了，扭頭要走，突然想起什麼，回頭問方千道：「聽說早上易廂泉來過府衙，他說過什麼嗎？」

「交代了部署事宜，還在門口看了一下，似乎是看了一下街燈。」

夏乾順勢抬頭看燈。那燈很高——庸城的木質燈杆一般都是極高的。他突然想到，易廂泉讓小滿找竿子，莫不是想把燈摘下來？這像極了易廂泉的作風，守著八十個精兵不用，非要自己用竿取。

「可否躍起將這燈摘下予我一看？」夏乾直接向方千求助。

「自然。」話音未落，方千攀住燈柱，身法靈活，一躍而起，輕輕摘下了街燈。

「這是新的，兩天前才掛上去的。本想用燭，但價格昂貴未免奢侈，這次為了捉賊，街上用了不少油燈。」

在方千疑惑的目光下，夏乾將燈籠接過，細看一番。

街燈杆子上有遮雨的粗木擋板，而燈罩的上端是開口的。

他拿下了燈籠罩，看著燈油。

一股撲鼻的氣味衝了出來。

「什麼味道？有點香，但是不太好聞，是不是？」方千說了一半，剎那之間卻覺得有些恍惚。

夏乾也察覺到了，立刻蓋上蓋子，冷汗涔涔。

「這本應該是普通的燈油。」方千也察覺到了不對。「好奇怪，其中混雜了什麼？我去拿給楊府尹，再找懂得藥理之人問問清楚，興許摻了什麼不該摻的東西！」

夏乾趕緊點頭。「找人辨認是最好的，天黑莫要點燈，你且派人去看看附近幾個街道的燈油是不是也是如此……我去找易厢泉！」

二人立刻行動，夏乾快步返回客棧，周掌櫃並不在，卻見不遠處房中似乎有人影在動，正要開口詢問，卻有聲音傳來。

「是夏公子嗎？」那人聲音很尖，讓人聽著不太舒服。

「是。」夏乾趕緊應道。

「周掌櫃怕見賊，鬧出事端，就回家去了。」

「那易公子可曾回來？」

這時聲音尖細的小二從房中出來，身材矮小，抱著一堆雜物走進另一間房。「一直未歸呢，東西還在客房。」

雖然只是黑影一閃而過，但夏乾覺得這小二眼生，身材矮小，聲音還尖得奇怪。酉時一刻，太陽幾乎已經落山。屋子裡很暗，那矮小的身影又藏匿在黑暗的角落裡，不肯現身。

夏乾嘀咕了幾句，摸黑上了樓。推開易廂泉的房門，仍然是空空如也。太陽最後一絲光熄滅了，整個庸城籠罩在黑暗之中，而從南街開始，燈一盞盞地亮了。

夏乾一驚，突然明白了幾分。

青衣奇盜在昨日下午就仿造易廂泉的書信，讓方千把守衛調整了，隨後在當夜盡可能地將昨夜的燈油調換。白天人多，定然不能隨意行事，只有在夜間行動，卻碰到了吹雪，於是將其迷倒，但之後被自己和易楯泉發現。

燈是遍及全城的，燈油燃燒氣味濃烈，聞到之人必然暈眩，守衛必然倒地不起。

夏乾想到此，感到了徹骨的涼意。但是細一想卻又感覺不對。

青衣奇盜擅長用藥，這也是守衛選在露天之處的原因。倘若街燈裡真的摻了什麼迷藥，街道也並非封閉空間，縱使藥性極強，怕也無法使人昏迷。

如果他的意圖是迷倒城中所有侍衛……那也太愚蠢了！因為這是根本不可能發生的事。

換言之，他冒著危險，入夜偷換全城燈油，而此舉卻一點意義也沒有，反而被自己和易楯泉逮個正著。

這便奇了。

昨日街燈是點著的。若想換掉燈油，需要吹熄燈火，倒掉燈油，注入新油，再度點燃。而縱使昨夜風大，燈火忽明忽暗，縱使全城守衛被打亂，青衣奇盜熄了燈再點，守衛也在不遠處。而且這麼多街道，就沒人發現可疑之處？

而最終發現青衣奇盜的，偏偏是自己和易楣泉？

夏乾揉著腦袋，覺得很多事超出了自己的思考範圍。興許自己一時的淺思，易楣泉早就想到了。

夜色漸濃，一定要在戌時之前找到易楣泉。

夏乾趕緊起身，點燃了燈火照明。燈影搖晃，紫漆木板門簡單雅致卻普通至極。夏乾卻忽然看見糊門紙的一角隱隱發黑。

那是一個小洞，似是燒焦了留下來的。

夏乾繼續提燈照著，他眼力很好，很快就發現不遠處又有小洞，細細數來，竟然有將近十個洞。

他驚出一身冷汗。記得小時候聽戲文，頻繁出現同一樣神奇的東西，兒時的夏乾總是吵著要弄來。他爹是生意人，家裡有錢，自然什麼珍奇玩物都有，唯獨此物他爹卻說弄不來。

那東西，便是迷香。

夏乾問他爹，世上究竟有沒有迷香？他爹的回答是「戲中胡言，此生未見過」。

但那只是說明難以見到，不代表沒有。香道同茶道一般，除去文人雅士喜歡侍弄，也有一些醫藥功效。有些香料能幫人放鬆，煙霧繚繞，渾身舒暢，有極大的助眠作用。

在封閉空間裡吸入過量香氣，人可能會變得嗜睡。

夏乾看著門上的小洞，想起易廂泉昨日說過的話——吹雪抓傷了易廂泉。

相較於人，貓的鼻子更加靈敏。怕是半夜守著主人時，吹雪嗅到了不同尋常的氣味。而易廂泉的臉色甚是難看，怕是多多少少吸入了香氣的緣故，變得疲憊。

夏乾看著這些小洞，一陣戰慄。

這些洞密密麻麻將近十個。而易廂泉才來了庸城不過幾天而已，且只有夜晚回到客棧。可想而知，在他熟睡時，有人悄悄從門外往屋子內注入大量迷香。但是那人次次失敗，失敗之後又重試——數數小洞就知道，這個人到底嘗試了多少次！

幸好，幸好有吹雪！

夏乾的目光落向易廂泉的那個葫蘆。易廂泉看似痴痴呆呆卻比任何人都要機敏，他定然是有所察覺了。

他清楚自己的身體情況，也斷想有人屢屢加害自己，所以才會搬入夏府，只因為那裡更加安全。吃食隨眾人，又使用銀器驗毒；甚至睡覺時也讓窗戶全開，派人守夜。

想到此，夏乾突然喉嚨發乾，他又看了看那些小洞，有人要害易廂泉，而且是接連好幾天了。不論多少次的失敗，仍然在嘗試，近乎瘋狂地一次一次嘗試，直到易廂泉倒下方才罷手！

青衣奇盜，一定是青衣奇盜！因為易廂泉太礙事了，所以這幾天來一定要加害於易廂泉，他處心積慮、欲除之而後快！

夏乾右手狠狠抓緊袖子。易廂泉在哪兒？易廂泉究竟在哪兒？他這次絕對不是獨自跑掉的，千防萬防，還是出事了！

一股熱血湧上夏乾的腦袋。他霍然站起，臉色蒼白，人如風中燭火，跌跌撞撞地跑下樓，險些跌倒。

那賊究竟是個什麼樣的人？易廂泉若落他手，只願沒有性命之憂！

第三章 大盜巧施連環計

街道上燈火熒熒。

夏乾看到街道上重新燃起了燈火，才猛地一個激靈，拔腿跑到庸城府衙。

「怎麼燃燈了？不是燈火有問題嗎？」夏乾抬頭望去，只見街道上燈火點點，便顫抖著手抓住身邊一個守衛，直勾勾地盯著他問：「誰讓你們點的？」

「夏公子大可放心，守衛們的動作很快，燈油已經全部換過。方統領已經在院子裡了。危急關頭，莫要驚擾為好。」回答的居然是趙大人，他威嚴地步行過來，吐字清晰，浩氣凜然。

趙大人黑色的錦衣與黑夜融為一體，星目含威。夏乾頓時覺得心安。他與趙大人不過幾面之緣，卻對此人異常信賴。如今，包公已逝世將近二十年，百姓再無青天老爺可信奉，憑夏乾推斷，趙大人官位不及包拯，智慧不及他，甚至名諱都不為人知。但是夏乾視其目便知道他認真嚴肅、踏實肯幹，非楊府尹等泛泛之輩。

夏乾趕緊道：「是我唐突了，但——」

趙大人看了他一眼，似乎對他的印象好了不少。「適才多虧公子發現了燈油有問題，這才一一換過。隨後我便親自帶人去了一趟醫館查證。」

夏乾一愣。「您親自去的？」

趙大人點頭。「我素來喜歡親力親為，立刻帶幾個人去了醫館。醫館的上星先生看過燈油，頓時雙眉緊鎖，問我們這東西哪裡來的。他說，憑著氣味，就知道裡面加了劑量不小的麝香，還有曼陀羅細粉。」

夏乾吃驚地問：「有麝香？」

「對，這一點很難解釋。」趙大人皺著眉頭。「加曼陀羅易懂，那本來是盡人皆知的——」

「迷藥。不過那不都是口服才會產生功效嗎？點燃能有什麼用？」

趙大人道：「也許可以製成烈性迷藥。上星先生也說了，曼陀羅的葉子本身有淡淡的麝香味，也許兩種東西混合點燃之後會讓人昏迷。但這只是推測，也不見醫書有這種記載。曼陀羅本身非中原盛產，他把東西留下，打算再做研究。」

「怎麼，趙大人您也覺得那燈油會致人昏迷？」

趙大人一怔。「大家應該都會這麼認為吧，夏公子你不是也聞到了？只是聞到未燃的燈油就有暈眩的反應，何況點燃呢？氣味這麼刺鼻，離它不遠都能聞到，不是迷藥那又能是什麼？」

他頓了一下，道：「何況，我們在短時間內查了所有街燈，發現大部分都被換成了有問題的燈油。燈油香味甚濃，聞了就覺得不對勁——」

「不對，不對。」夏乾竟然打斷了他的話，皺著眉頭道：「昨夜我與易廂泉碰到青衣奇盜時，他應該在換燈油。」

「這又如何？」

「證明燈油是他昨晚偷換的。注意時間——是昨晚！可是在那之後，那燈油還燃了一夜。」

趙大人雙眼瞪得銅錢般大。「那怎麼可能？那可是有問題的東西，點燃一夜怎會平安無事？」

夏乾摸摸後腦杓。「我也不知道。誰知道他要幹什麼？冒著生命危險換了全城的燈油，可是那東西除了有香味，一點作用也沒有！」

趙大人皺眉思索了一下，道：「會不會因為沉澱？剛剛上星先生似乎提到了，燈油輕，這些藥物重，下面濃度會大一些。」

夏乾一想，覺得有些道理。

二人默契地沉默了，因為他們頓時有種危險的感覺，誰也不敢對此再妄加評論。

許久，趙大人道：「罷了，現在一切無事就好。不過，易公子人呢？」

夏乾愁眉苦臉。「八成是遇到意外了。我派下人去找了。趙大人，您可以再派點人手跟著找。」

楊府尹此時已經快步走來，趕緊安慰夏乾道：「有人找就好。馬上便是盜賊的偷竊時間了，衙門的人也是抽不開身的，再說青衣奇盜不害人性命，估計事件結束，便會放他回來。」

趙大人覺得有理，點頭道：「守衛都是定了人數和位置的。易地而處，如果此時是易公子在此，定然不會抽調人手去找人。」

兩位大人互相點了點頭，意見竟然頗為一致。

夏乾看著他們，突然有些心寒。

他們說的話的確有道理。但是，於他們而言，這場抓捕就像是在下棋。如今既然已經提前設好了妙局，只得按規矩走，哪怕在廝殺中丟了一子、半子，也應該顧全大局，絕對不可亂了陣腳。從大局而言，此舉是對的，他們想要贏。

只是夏乾此時才知道，在這場廝殺中，看似重要的易廂泉就是這「一子、半子」。他一介布衣，無權無勢，智慧用盡之後恐怕會遭人丟棄。

草民、草民，棄如草芥。夏乾心裡越發覺得悲涼，卻不知道該如何是好。

夜越發沉寂黑暗，街燈與銀杏葉子長相守望。節氣將至，夜色越來越涼，庸城府衙的氣氛顯得更加壓抑。

遠處傳來更夫的腳步聲，卻不見打更的人來，興許是繞道了。

梆、梆、梆，一慢兩快，連擊三次。戌時。

院子中有幾十個人，竟然沒有一個人說話。梆子的聲音在安靜的夜裡顯得有些可怖，刺激了所有人的感知。戌時已到，青衣奇盜隨時可能現身。

在一片死寂的院子裡，夏乾放眼望去，這輩子也難以忘懷這種畫面——侍衛靠牆而立，卻宛如一尊尊銅像，一動不動。地上的犀骨筷白花花的一片，整齊地排滿整個院子。今夜無風，昏黃的燈光似乎給一切染了一層顏色，只覺得似在雲霧裡，亦真亦幻。整個院子裡染著雨後潮濕的氣息，泥土氣味飄散空中。

夏乾往前慢慢地走著，彷彿進入了一片奇異的森林，明明有這麼多人站在他的身邊，他卻只能聽見自己的喘氣聲，好像自己才是森林中的唯一活物。

守衛不多，卻是從軍隊中精選出來的。西北戰事不斷，軍規更是森嚴，如此才會有戰無不勝的隊伍。

夏乾想去到兩位大人所在的八角琉璃亭，要走過一段路。待夏乾走進亭子，才發現四四方方的院子屋頂上蹲著不少人。

他們都是最精良的弓箭手。

弓箭手——夏乾也是可以擔任的。他是異常出色的弓箭手，可以百步穿楊，他也有很多把極好的弓。在這麼多弓中，有一把弓是最好、最耐用的，那就是掛在自家書房上那把柘木弓，夏乾總去擦它。

他向上望去，屋頂上守衛的位置很好，視野極佳。院裡、院外皆在掌控之中，任何風吹草動盡收眼底，意圖不軌的人怕是插翅難逃。

只要青衣奇盜一現身，就會被亂箭射成刺蝟，非死即傷。

夏乾想著想著，越發覺得安心了。但是他實在是難以想像，在這麼嚴密的守衛之下，青衣奇盜居然連續成功了十四次。

「夏公子！你快看——」

夏乾聽得此言，冷汗冒出。這是出了何事能喚到他？趕緊轉過頭去，只見方千指著院子裡一棵高大粗壯的銀杏樹，樹上蹲著一隻嬌小的白貓，蜷縮成一個白團，把小腦袋塞進自己身體蜷的卷兒裡，活脫脫一個雪球。

那貓通身雪白，個頭大小倒與吹雪相差無幾。

「那是不是易公子的貓？」

眾人皆望去，夏乾趕緊上前觀望，焦躁道：「怎麼又是牠？」

夏乾嚷著嚷著就有些生氣了。貓跟主人一個樣，該來時不來，不該來時一個勁兒瞎晃。

趙大人起身道：「那易公子是不是也在附近……」

有可能。眾人聞之皆喜，這貓生得可愛，倒打破了這眼下的肅靜。卻不承想，方千突然一聲大吼。「弓箭手！樹上有動靜！」

眾人目光慌忙向樹上移去，院內傳來弓弦拉緊的聲音。

樹上的確有異動，葉子不正常地搖晃著。不是別的樹，正是吹雪所在的那棵。

隱約有影子在樹梢間閃過。那不是人影，倒像是……一大群貓。

方千盯緊了樹梢，做了個收回弓箭的手勢。

吹雪所待的那棵樹上似乎有不少貓在不停晃動。牠們皆非白色，都是花貓，個頭大。而吹雪一身雪白，在夜晚格外顯眼。

楊府尹笑了，他剛剛被眾人的舉動驚到，肥胖的臉汗津津的。「原來是貓，方統領太過緊張，未免草木皆兵啊！怕是易公子的貓發情招來的。貓夜行倒是常見，不過這數量……快十隻了吧？那賊戌時之後才來，不知具體時間，半夜三更再來偷也說不定。方統領，先讓易公子的貓從樹上下來。」

趙大人沒笑，仍目視四周，一語不發。

楊府尹的話頓時讓眾人安心了不少。

夏乾先走上前喚著，可是吹雪並未理他，還是在樹上老實地待著。

「這貓中邪了？平日裡可不是這樣。」夏乾嘟囔著，又開始張牙舞爪揮動雙臂，貓就是不下來。

「我捉來便是。」方千把劍向後一推，準備上樹。

「算了，這一隻貓還好說，一群怕是你也應付不來。」楊府尹笑著，想挪動椅子，卻胖胖地陷在裡面動彈不得。「我們等一等，說不定一會兒貓群就散了。」

他說得有道理。夏乾也跟到亭子裡，一屁股坐在涼亭的圓墩上。漫漫長夜，青衣奇盜不知何時才來。他和兩位大人大眼瞪小眼，氣氛很是窘迫。

周圍又恢復了死寂。

正當夏乾被這寂靜催得雙目渙散、昏昏欲睡時，門外的守衛忽然跑了進來。

「不必慌張，有事即報。」趙大人站起，漆黑錦衣上的金線閃著燦燦微光。

守衛匆忙行禮。「夏府的下人來了，在門外找他們公子。」

夏乾一聽，以為是有了易廂泉的下落，遂立刻起身到門外。只見穀雨正站在那裡，燈光在她嬌俏的臉上投下淡淡紅暈。

她急匆匆道：「少爺，夫人讓你回家去。」

夏乾氣極了。「還妳來就為了說這個？」

穀雨嘆氣，轉而眼裡竟有盈盈淚光。「就知道公子你不回家。易公子沒有消息，連貓也沒找見呢！少爺你說易公子他……不會……會不會有事？」她狠狠地抓著手中的粉白絹子，帶著哭腔。

夏乾暗罵一聲——妳不擔心自家少爺，擔心易公子？卻又不得不陪笑，好生勸著。這穀雨比他小上一歲，深得夏夫人喜愛。夏夫人總是派穀雨管住夏乾，時時通報兒子動態。

夏乾寬慰她道：「妳瞧瞧吧，吹雪就待在那棵樹上呢！白色的那隻，找貓的事就不必了。」

穀雨身子嬌小，踮起腳尖瞪大雙眼朝著樹上望去，吃驚地說：「白的？易公子的貓是白的？我今天凌晨還看見了呢，明明是黑白相間的。」

「凌晨？」

轂雨點頭道：「就是淩晨沒錯。我去給夫人收露水的時候遠遠看見的，隔著池塘卻看得清楚！易公子當時蹲在地上，好像點著了什麼東西，還在冒煙呢！旁邊蹲了一隻好大的花貓，有狼狗一般大小，尾巴很粗，上面是一環一環的黑白花紋。」

夏乾一愣。「聽起來像是狸，妳難道沒有見過城外的狸貓？」

轂雨搖頭。「我一年前才從北方府宅跟來庸城，狸貓都在山裡，我也不怎麼認得。居然不是貓？是狸貓？但是真的很像呢！」

夏乾懷疑。「妳確定那是易廂泉？」

「錯不了。」

「可是怎麼會呢？那可是淩晨，小寒還在他門口守著呢！易廂泉自己怎麼可能跑出來？」

「少爺真笨。」轂雨嘟囔道：「小寒一向貪睡，少爺又不是不知道！不過，除了那隻大貓，我記得易公子還拿了個大箱子。」

「妳回去和我娘說，今夜我不回家。還有，繼續讓人找易公子，別再管我了。」

夏乾思緒有些亂，草草交代幾句便頭也不回地扎進府衙院內。

轂雨哼一聲，也沒再理會，急急地去找易廂泉了。

夏乾不知道，就在自己剛出去見轂雨的時候，通報的守衛又接著向趙大人彙報了三件事。

「大人，城東發現有人昏迷，似乎昏迷了很久，是打更的更夫……」

趙大人臉色陰沉，斂容屏氣，沉默一下才道：「如此說來，那剛剛經過這裡的更……是誰打的？」

楊府尹也覺得事關重大，不敢吭聲。

趙大人隨即面色凝重。「去查一下打更的更夫，立刻去！」

那一句「立刻去」格外洪亮，甚至可以說大得嚇人。這樣安靜的院子裡，這一聲命令充分暴露出了趙大人的不安。

侍衛本就精神緊繃，如同即將遇到猛獸的獵人，而突如其來的任何聲響，都給內心的緊張與恐懼加了重重一筆。

那個彙報的侍衛頓時也不安起來，顯然還有話想說。

他警覺而又敏感地壓低聲音。「還有一事未報，庫房失竊了。」

「什麼時候的事？可丟了什麼物品？」

「東西似乎沒怎麼少，但來不及細細清點，不能完全確定。門似乎是被炸開的，發現門口有木炭、硫粉、硝石的粉末，都被雨淋過。」

趙大人道：「這麼說來，怕是昨夜風雨之前所為，火藥的爆炸聲與雷聲混了。」

楊府尹笑道：「無妨，不是什麼嚴重的東西。怕是一般的小賊，查出來就好。」轉而笨拙地扭向趙大人笑道：「下官覺得，這種小事就不煩勞大人掛心了。」

庸城不能算是大城鎮，每年商人來往頻繁，打架滋事不少，但是大事沒有出過。楊府尹在這樣一個地方過得安逸，油水自然撈過不少，但是大事卻也不曾參與過。眼下之景未免太過令人緊張，他真的希望事件早些結束，保住官職即可。這些雞鳴狗盜之事能少入高官耳朵，那是最好。

楊府尹衝侍衛使了個眼色，如果沒事，趁早離開為妙。

侍衛猶豫一下，卻是沒動。他想了想，又道：「還有一事……城西一個姓張的老闆，說他的原料被偷了。」

楊府尹瞥了趙大人一眼，心裡暗暗叫苦，恨侍衛看不懂自己的眼色，壓抑怒氣道：「哪個張老闆？」

侍衛低聲道：「那個賣酒的張老闆，就是那個……偶爾販些私釀的。他混幫派，販賣私釀，我們也不好說什麼。」

楊府尹緊張地看了趙大人一眼，把侍衛叫到一旁。「他什麼東西丟了？」

「沒細言，等青衣奇盜的事情完結，他想讓我們去一趟。似乎丟的是活物。」

楊府尹震驚。「活的？難道是蛇蠍不成？」

守衛呆呆的，搖頭表示不知。

楊府尹趕緊讓侍衛下去，瞥了一眼趙大人，只見他神色如常，便暗暗吁了口氣，心中不快。這侍衛真是不長眼，這時候打什麼小報告？

這時，夏乾剛剛打發走穀雨，正從外面走過來，與那個倒楣侍衛擦身而過。

此時月上柳梢，卻被黑夜染得不見銀色，只留絲絲清冷月影幽幽灑下，極盡秋寒，不憐草木。

戌時一刻，一切平安。

夏乾心中亂成一團。易廂泉為什麼會惹上狸貓？

他心裡盤算著，越想越迷糊，慢慢進了草木苑裡，便循著卵石路往前瞎走。貓頭鷹咕咕地叫著，輕輕飛上了樹。

貓頭鷹上樹是很正常的，貓上樹也正常。可是若是一群，就顯得不正常了。

夏乾抬頭看了看吹雪待的那棵樹。吹雪安靜地趴在樹上，竟要昏昏沉沉地睡去。再一細看，樹上的其他「夥伴」竟然都不見了。

那群花貓一隻不剩，此時竟然只剩下吹雪。

夏乾突然生出了一個奇怪的想法，他疾步上前拽拽方千的袖子。「方千，你站得比我近，樹上其他貓去何處了？」

「大約是散去了。」方千無比緊張，無心理會他。

夏乾緊張地說道：「那樹上的不是貓？是不是比普通的貓還要大上一點？」

「似乎是……」

夏乾低聲道：「是不是狸貓？城外的山上有不少七節狸，一般城裡沒有這東西。」夏乾頓了一下，奇怪地道：「你與我自小長大，為何會不認識？你剛剛莫不是沒看仔細？」

「那依夏公子的意思──」方千狠狠地攥著腰間佩劍，指節發白，盯著高牆外漆黑的夜空。

夏乾知道他實在是緊張。青衣奇盜一事鬧起來，無數地方官遭了殃。他一個小官，根本擔不起任何失職的風險。

夏乾趕緊離開方千，自己倚靠著院子裡最大的銀杏樹，聞著夜晚散發出來的樹葉的清香，那些亂七八糟的思緒瞬間從自己的腦海中抽離。

狸貓、街燈、易厢泉──夏乾的腦子亂成一團，這些官連易厢泉生死都不在乎，自己為什麼要在乎犀骨筷？

夏乾又移動了幾分，挪到了院子的角落。這個角落是最安全、最不容易出事端，而且又能夠看到院子全景的地方。他的眼前，就是一個大水缸。

夏乾事後回想，極度悔恨自己當初選了這麼個破地方待著。

時間馬不停蹄地流逝。院子裡依舊沒有任何說話聲。

風輕秋涼，夏乾在心中唸著「易厢泉平安」，唸著唸著，已然有了睡意。

就在夏乾即將睡去的那刻，卻聽見「咣噹」一聲，像是什麼東西破碎的聲音。

夏乾一驚，四下張望，卻緊接著又是一聲。

這聲音太過突然，卻又清晰可聞。眾人皆愣住。

方千後退一步，瞬間拔劍出鞘，只見寒光一閃，隨即大喝一聲：「準備！」屋頂上弓弦在此刻被拉緊。夏乾緩慢地後退到牆邊，兩位大人也是立刻站起，不禁向後退去。

侍衛全部抽出了刀劍，院子裡頓時寒光四起，大家警惕地看著周圍。

「是什麼聲音？什麼東西碎了？」楊府尹顫顫巍巍地站起身，胖身子牢牢貼到柱子上。

正當大家向四周看去的時候，一絲恐懼悄然爬上夏乾心頭。因為只有他知道，剛剛破碎聲傳來的那一剎那，腳邊感到有輕微的震動。

那是水缸受力而產生的震動。

夏乾心裡七上八下，大氣不敢喘。所幸的是腳邊水缸依然完好。他剛要鬆口氣，細細看去，見水缸上面赫然插著一枝類似於箭的東西，幾乎整根沒入，有小小一截黑色羽毛是露在外面的。

夏乾立即傻了，第一反應就是——這箭絕不是人力所射，而是弓弩所為。

就在這短暫的一瞬，又聽見遠處「咣噹」一聲響。夏乾正回頭看聲音來自何處，只覺得一陣風從自己耳邊「咻」的一下吹過，如同刀子一般刮過面頰。

這分明是什麼東西擦著自己的臉過去了！

他下意識縱身向後一躍，只聽又是一聲——又一枝箭沒入水缸！

隨即而來的是咻咻兩聲，這次夏乾看清了——又一枝箭射進了眼前的水缸。

「箭！趴下！快——」方千突然喊道，院子裡的守衛迅速臥倒。

一共響了四聲，兩枝箭沒入夏乾眼前的水缸，另兩枝沒入另一個水缸了。

夏乾大口喘氣，眼睛呆呆地向前望去。眼前的水缸幾乎被箭穿透了。那黑色羽毛帶著令人膽寒的氣息，給水缸文上了裂紋。

裂紋越來越大，嘩啦一聲，水缸徹底裂開了！

一股黑流從水缸湧了出來。

夏乾的腦袋「嗡」的一下，他僵住了。

「天！這是……螞蟻？」不遠處的方千臉色變得蒼白。

就在院子的另一角，侍衛大聲道：「這一缸也裂了……這……也是螞蟻！」

「你個殺千刀的——」夏乾罵著，胃裡一陣翻騰，他一躍而起，撒腿就跑，迅速退到院子外面，連他都不知道自己能跑得這麼快！

出了林苑，夏乾仍然感到一陣噁心，卻見院中守衛下意識後退，但除了退後，所有人都像僵住的木偶。沒有人出聲，沒有人下令，沒有人有任何行動。

誰見過這種場面？

水缸完全破了，那螞蟻不是一小片，是一大群，如流水一樣地冒出來，一下子越來越多，黑浪滾滾，覆蓋在白色的犀骨筷上。乍一眼望去，好似白色與黑色交織流動著的沙，可是那卻是活物，千萬隻螞蟻在燈影下像不斷從地獄湧出的死亡河流，啃噬著慘白的骨頭。

十足令人噁心。

在這一瞬間，院子裡是絕對的安靜，只聽見千萬隻螞蟻蠕動的聲音。

楊府尹嚇得僵住了。他的腦袋雖然不靈光，此時卻明白了一切——守衛彙報過，賣私釀的張老闆丟了釀酒之物。

就是這兩缸螞蟻啊！

趙大人先反應過來，怒視前方，但他喉嚨動了動，卻未出聲。

他需要迅速做出判斷。驅蟻，用火是不行的。他不知道犀骨碰到火會怎麼樣，也不知道其他的會不會也耐火。但水呢？不行，萬一有什麼詭計，豈不中了圈套？

「都別動！原地待命！」趙大人大吼，掃了一眼眾人，聲如洪鐘。「切忌慌亂！不過是螞蟻，螞蟻能偷走什麼？誰敢擅離職守，嚴懲不貸！」

「那就……這麼看著？」楊府尹呆滯地望著，又驚恐地盯著八角琉璃亭，想轉身像夏乾一般跑出去，無奈不可，所幸離那「螞蟻窩」最遠。

趙大人冷聲道：「庸城府衙有無樟腦、薄荷一類的物品？」

「府衙哪有這些東西啊？」楊府尹汗如雨下。

「那做飯加的香料呢？花椒、八角、茴香一類的？情況危急，不如——」

「有、有的！」楊府尹點頭道，忙抬起胖手差遣人去拿。

幾名守衛立刻從院子裡衝出來，不一會兒，他們就拿來一些驅蟻之物，全數撒在院子裡。

吹雪此刻還在樹上，牠似乎醒了，舔舔爪子，空洞地看著眼前的一切，像一尊雪白的雕像。但是誰也無心去理會牠。

院子中撒滿了藿香、樟腦，甚至茴香和重陽用的茱萸葉子——總之是什麼帶香氣的東西都一股腦兒用上。守衛們雖然心中慌亂，卻又秩序井然。

夏乾不禁感嘆，守衛首先要紀律嚴明，臨危不亂，如此方能成就大事。

雖然反應慢點，但都是戰場上派下來的人啊！

庸城府衙的院子裡幾乎都是魏晉的石燈，刻著蓮花花紋。燈火安靜地燃燒著，流火點點。

四下只有守衛播撒驅蟻之物發出的啪啦啪啦的聲音，只瞧得、聽得人心底發涼。

夏乾越發覺得恐怖了。

他常聽母親叨唸便也知道，這《六祖心經》有云：「一燈能滅千年暗。」遠看蓮花紋石燈如同一個個小亭子安靜地被螞蟻啃噬卻一動不動，似乎這佛意也遭了難一般。

然而細細望去，石燈映照下，蟻群竟然一點點地退去。庸城府衙院子大，樹多、土地也多，螞蟻就這麼漸漸地爬走了。

不知道是那些香料起了作用，還是鬼使神差地，蟻群自己退去了。遠處，趙大人眉眼泛起喜色，嘴角上揚，輕蔑道：「不過是小把戲，還好並未用水火。」

夏乾在門口的石頭臺階上坐下，卻一聲不吭。燈油也好，水缸裡的螞蟻也好——如此大費周章，卻不知為何。青衣奇盜就像個變戲法的，這蟻群說招就招來了，說退就退了。

院子又安靜了，守衛們的呼吸都變得順暢了。

戌時三刻，青衣奇盜未見人影。

夏乾知道，剛剛引弓弩擊破水缸的就是青衣奇盜。想來，青衣奇盜已經在附近。他手裡持有弓弩，且能在黑夜裡遠距離地擊中水缸。

夏乾打了一個寒顫，弓弩絕對是殺人不眨眼的利器。那賊既然就在附近，為何不動手？乾脆把人都幹掉倒也省心。

他在等什麼？

亭子裡，楊府尹笑著奉承道：「趙大人好定力，料想那賊小小招數也不能怎樣，怕是只想擾亂我們罷了。」

趙大人面無表情，雙眸緊盯院子。「也許。還好驅蟻的方法挺有效，楊府尹日後可就苦了，怕是這府院日後要鬧蟻災。」

楊府尹哈哈一笑，臉上的肉一抽一抽地。「不礙事，收起糖來便是，螞蟻最愛那甜的東西。我們以後帶糖的甜食都不食用了——」

趙大人剛客氣地笑了一下，卻突然一僵，瞪大了眼睛打斷道：「楊府尹，您剛剛說什麼？」

不等楊府尹說話，夏乾就匆忙接話道：「如果我沒記錯，這真正的犀骨——」

「真正的犀骨筷長年拿糖水浸泡過的。」趙大人沉聲道，臉色驟然變得鐵青。

「快找！」

楊府尹詫異道：「找什麼？」

「既然筷子長年浸泡於糖水中，找現在還黏著螞蟻的筷子！那是真貨！」趙大人氣喘吁吁，怒目橫眉，只差沒拍案大罵了。

方千聽聞，蒼白著臉，立即吩咐守衛們迅速燃了火把，滿院子地尋找。

這誰又能想到螞蟻是這種作用！青衣奇盜居然用這種方法辨出真貨，真是聞所未聞。院子裡又安靜了，所有人都知道這意味著什麼，如果犀骨筷就此被辨認出來，那麼今夜的勝算就大大降低。

夏乾心裡七上八下，在場的哪個人不是這樣？

他甚至覺得自己出現了幻覺，覺得院子裡有一縷非常淡、非常淡的香氣，不是樹木的清香，不是花的香味。香氣在不知不覺中襲擊了整個庸城府衙。

樹上的白貓突然動了動。

夏乾的鼻子和眼睛都非常好使，他聞到了院子裡的香氣，頓感大事不妙。

青衣奇盜擅長用香，所以總是……

難道他來了？但四下張望，除了黑夜還是黑夜。

青衣奇盜剛剛能射破水缸，證明他早已經潛伏於四周；能精準射擊，表明庸城府衙的一切動向都暴露在他的目光之下。他為什麼不動手呢？

夏乾望著、想著，覺得心都揪緊了。

那詭異的香氣漸漸鑽到每一個人的鼻子裡，越發濃烈。

突然，一陣鈴鐺聲傳來，清脆而清晰。夏乾下意識地朝樹上望去，卻看見那白貓從樹上跳下來了。

「是易廂泉！易廂泉來了！」

夏乾心裡猛然驚喜萬分。然而左右張望，卻沒看到什麼白色人影，倒是吹雪跳下樹，在院子的角落停住了。就是那個放了螞蟻水缸的地方。

角落幽暗，吹雪快速地跑過去，停住，叼起附近一根筷子，迅速跳上了樹。牠動作輕巧卻快如閃電，嘴裡的那根筷子上面沾滿了螞蟻。

在這短短的一瞬，夏乾看清了那隻白貓的眼睛顏色。

吹雪的眼睛是一黃一藍，但那隻貓不是，這隻貓的眼睛是幽幽的綠色！

夏乾一愣，就在這一瞬，他徹底明白了。隨即感覺如當頭一棒！

「快！快攔住牠！」夏乾嚷著，心急如焚，他覺得自己聲音都啞了。

「弓箭手——方統領，快追！那隻貓——」趙大人大吼，他顯然也是看清了。

「那根本不是易廂泉的貓——我早該想到，誰說白貓就一定是易廂泉的？天下貓長得都一個樣！那貓的眼睛是綠的，牠剛剛趴在樹上，我竟然也沒注意到眼睛顏色不對，我居然沒——」

在一片慌亂中，緊接著，就是好幾聲「咻」的聲音。屋頂上的弓箭手速度極快，箭已發出，似乎未射中。

貓是極度靈敏的，牠早就貼著牆邊溜走，鑽到老城牆根底下去了，那裡是弓箭射不到的死角。眾人只能看見牠白色的影子，如小小的幽魂，朝城門跑去了。

方千果斷一揮手，迅速帶了十幾名侍衛追出去。

夏乾癱坐在椅子上，一切來得太快了，他神魂未定，卻又隱隱有幾分自責。

這下麻煩大了！這件事太過愚蠢，居然在這麼多人的眼皮子底下讓一隻貓把東西叼走了，傳出去也不好聽啊！用貓辦事，青衣奇盜這一招絕對是跟易廂泉學的！

楊府尹驚慌道：「這……貓不會要跑出城吧？城門底下有挺大的排水的洞，貓一鑽就過去了。那我們——」

「那就只能追出城。」趙大人臉色鐵青，飲了一口涼透的參茶。「城外不遠就有座山，進了山就麻煩了。」

楊府尹問：「會不會有人藉機混出城？」

「只好小心防備了，守衛都來自同一個軍營，彼此相熟，要裝成守衛出城怕是不可能。」

趙大人眉頭緊鎖，片刻之後神色一凜，猛然對守衛道：「再派十個人去，把方千叫回來守著。」

楊府尹驚道：「這……只加派十人？可能要搜山，人數是不是太少了一些？而且就數方統領武藝最強，叫他回來，怕是……」

「不搜山。」趙大人只吐出了這三個字，卻鏗鏘有力。

其徐如林，不動如山。趙大人顯然不是武官，也不是朝廷重臣，而氣度卻是不凡。出了事，夏乾好幾次都想溜掉，但是這位大人卻從來沒有。

守衛帶了十個人走了，院子裡的人慢慢靜了下來。突如其來的安靜卻更詭異，似有聲音在微微響起，非人語、非風語，說不清方位，看不見人影，只見得燈下樹木搖曳。偶爾聞得幾縷香氣，輕柔地扯爛了靜謐的夜空，讓人寒毛豎起。

青衣奇盜在注視這個院子，在看著他們。

趙大人淺坐在太師椅裡，彷彿隨時要站起來，他手指蒼白地交疊，下意識地輕輕搓著。

「冷靜想想，偷竊手法在意料之外，卻合乎情理。螞蟻嗜糖是自然規律。青衣奇盜根本不用露面，就讓我們自亂陣腳，輕而易舉地把東西偷走，並帶出城去。」

趙大人似乎只是想找點話說，楊大人也不知道如何搭腔。

夏乾沒有吭聲，他感覺到古怪，卻又說不出來哪裡古怪。

「但是——」趙大人猛然低聲道，似乎是笑了。「犀骨是筷子，兩根，但是貓只叼走了一根。」

夏乾陡然一驚，還真是這麼回事！

楊府尹小眼瞇起，喜上眉梢。「當真如此！我是沒注意到。大人真是神機妙算，那樣算來，豈不是……」

「那賊要麼只是要一根，要麼會再來偷一次。」趙大人輕鬆一笑，卻依然有些侷促不安。

楊府尹藉此機會不停地奉承著。

夏乾不理會他，只覺得自己的腦子很亂，他找個藉口從小徑溜出門去，偷得片刻清靜。

街上守衛不少，燈火明亮。夏乾深吸口氣，靜心思考，越發覺得事情奇怪。

又一陣香氣飄來，夏乾皺了眉頭，極不喜歡這種氣味。他習慣了庸城潮濕的泥土氣息，也習慣了夏花、秋陽以及樹葉帶來的自然香氣，然而此時庸城瀰漫的卻是另一種氣味。這是一種煙塵味，混雜著異樣的香氣。這不是曼陀羅花的氣味，也非麝香。

他快步走到上風口，想呼吸新鮮空氣，卻又聞到一陣香氣傳來。夏乾厭惡地捂住鼻子，想去掏手帕出來，卻發現未帶在身上。

忽然，一個人從街角跑來，跟夏乾撞了個滿懷。

夏乾站穩，只見是一個守衛。那守衛急匆匆道：「夏公子，大人在府內嗎？」

「都在，發生了何事？」

守衛喘著氣。「失火了，城東失火！火勢真大，正要跟大人請示派人去！」

夏乾愣住了，這才往前看去，只見遠處隱隱約約升起一股濃煙，今夜無風，它便一柱擎天。他瞇起眼睛細細瞧著。「不對啊，起煙的明明是城北，那是北邊啊！」

守衛卻並未看一眼，跑進院子了。夏乾又望了一眼。的確是城北起煙，再往東望去，發現城東也有煙升起。夏乾心裡湧上一陣涼意，兩處，這是怎麼回事？剛要踏進府內問個究竟，卻見遠方又有守衛跑來。

「怎麼，城北也失火了？」

守衛上氣不接下氣，吃驚道：「夏公子怎麼知道？城北三處都起火了！」三處？怎麼又成了三處？等夏乾回過神來，跑進門去找趙大人，卻看到趙大人也是一副震驚的樣子。

「你們說什麼？失火？城東、城北同時失火？」趙大人眼睛瞪得如銅錢般大，短短的鬍鬚也在顫動。

守衛道：「大人，當務之急是派人增援！燃燒的是樹林，火勢迅猛，再晚一些怕是難以控制。」

趙大人閉目，沉聲道：「你們帶人速去，庸城樹多，河流、湖水也不少，找附近的水源應該可以控制，切不可耽誤！」

趙大人著實冷靜，夏乾不禁暗暗佩服。但他抬頭卻見附近也起了煙。

「趙大人，您看！」夏乾驚呆了，指了指遠處，下意識扯住了趙大人的袖子。離庸城府不算太遠的城南街道似乎也有煙升起。

趙大人愣住，隨後幾乎是怒吼了。「這到底怎麼回事？什麼人有三頭六臂在城裡這麼多地方放火？」

楊府尹垂頭小聲道：「那裡的守衛還沒來……要不要先派人去滅火？」

煙塵吞噬著庸城的屋簷與垂柳，似乎是一條煙塵聚氣而成的龍，卻是不祥之物，降臨在庸城的古老城牆、池塘、燈火之上。如此惶惶夜晚，百姓定然夜不能寐。

夏乾突然覺得心疼起來。庸城是他的家鄉，他原本不喜歡也不討厭這個小城。此時庸城被煙塵籠罩，夏乾卻覺得心痛和憤怒。

不過是一雙不值錢的筷子而已。

事實和茶館中的說書段子竟然差異這麼大。他居然第一次清醒地意識到青衣奇盜不是在做華麗的表演，而是赤裸裸的犯罪。

趙大人氣憤又無奈，他蹙眉抱臂，又指派一隊人去滅火。

恰巧就在這時，門口出現一個挺拔的身影，方千回來了。夏乾便趕緊走過去問情況如何。

方千沉穩，是個老實人。他此時倒是冷靜，只是臉色難看。「我們跟著貓，眼看著牠從城門底下鑽出了城，三十個將士出城找了，我站在城門口，看到城外的南山上有燈光。」

夏乾問道：「趙大人不是說不搜山嗎？這時候山裡有人點燈？」

「眼睜睜看著犀骨筷被叼出城門，怎可不搜？那隻貓被射傷了，跑不遠。至於點燈……我們也覺得可疑，故而決定去點燈之處找找，說不定有線索。」方千嘆了口氣。

「總之希望渺茫。」

夏乾安慰道：「如果有人可以安排貓的行走路線，八成就是那山上的燈做指引，或者說沿途留下氣味。說不定，真的能有線索……」

夏乾越說越覺得可能不大，索性閉了嘴。他遠看趙大人似乎在跟什麼人交談，便幾步走過去，只見一個守衛在趙大人身前，渾身都是灰塵，還有一股煙燻味。

趙大人挑眉，厲聲問道：「你們究竟怎麼回事？究竟是怎麼起火的？」

守衛一身油煙，卻仍然亂而不忘禮節，低頭答道：「是屬下失職。只是……起火的時候周圍根本就沒人。」

趙大人更氣憤，壓住自己的怒火。「沒人？火是自己燃起來的？」

「是自燃……也不是自燃……」

「到底是不是？」

守衛忙道：「兩人守衛一條街，就在我們背過身的時候，遠處起了火。街上的燈翻了下來，我們當時感覺街上暗了一下，就回過頭去看燈，發現……」

「發現什麼？」

守衛言及此，不敢看趙大人的表情，只是低頭彙報：「街燈旁有隻花貓，而我並未看得很清，燈就翻了下來掉在地上，瞬間起火！火苗竄得極高，那旁邊就是樹林……花貓見了火，立刻跑掉了。」

「荒唐！真是荒唐！」趙大人疾言厲色，卻搖頭嘆息。「若非怠忽職守，火怎會一下燃起？花貓？哪裡來的花貓？依我看，你們定然是不想做這差事了！」

守衛一聽這話，立刻跪下。「屬下不敢胡言！不僅是我們，城北似乎也是如此，花貓在側，街燈掉落，火勢一下子就起來了，根本來不及撲滅！」

「你說的貓，」夏乾立刻上前插嘴道：「是不是體形比一般的貓大，身上有斑點，尾巴上是一截一截的環狀花紋？」

守衛一愣。「夏公子怎會知道？」

「你們北方士兵恐怕也沒見過這七節狸，本地人知道，城外的南山上就有。」

趙大人道：「那夏公子怎麼會——」

「我家下人今晨看見易廂泉和一隻七節狸在一起，他還點燃了什麼東西。」

趙大人問道：「那七節狸可是狸貓？狸貓怎麼會在城裡？」

夏乾道：「本地人有時候從城外捉來養著，七節狸的皮毛不錯，能賣個好價錢。據說從牠那兒得來的靈貓香也是價值不菲的好東西。」

趙大人驚訝道：「七節狸就是靈貓？這靈貓香可是好東西。」

夏乾見趙大人像是有所了解，便詢問靈貓香之用。

「靈貓、海狸、龍涎香以及麝香，乃四大動物香料。貢品倒是有不少，就是近幾年這些好東西都外送了。」

夏乾聽到「外送」一詞，偷偷瞟了一眼趙大人的臉色，有著隱隱的不屑與憤怒。大宋領土不斷被侵犯，不得不靠外送大量物資以保國家安康，這是一個大國的最大悲哀。趙大人顯然難過，眼神漸漸黯淡了下來。

楊府尹急急地問守衛道：「一共幾處地方失火？」

「目前所記，八處，在全城的各個角落。」守衛補充道：「依我之見，似乎起火原因都是一樣的。怕是狸貓根據香氣所引，去推翻了燈火。」

夏乾道：「言之有理，早上易廂泉似乎也在點燃什麼東西，然後七節狸就被引了過來。」

楊府尹一驚。「點燃什麼能把狸貓引過來？」

「還能是什麼？」趙大人不耐煩地回答：「靈貓香。此物是從靈貓香囊袋裡提取而出的，燃燒後氣味濃烈，與公的七節狸放出氣味吸引母的，是一個道理，故而能引來狸貓。」

夏乾點頭，這種香料價格昂貴，非普通人家用得起。趙大人是京官，知道靈貓香也理所當然。

事情越發複雜，夏乾此刻是真的一心想把賊抓了。

青衣奇盜的目的到底是什麼？利用動物的天性做了這麼多事，犀骨筷被盜，自己卻不曾露面。青衣奇盜果然不是普通的賊，手段高明，令人捉摸不透，整個府衙的人都被耍得團團轉。若是易廂泉也在，那就好了。今夜怪事連連，若能終結在此刻，再好不過，但是天不遂人願。

就在此時，又一陣刀劍相碰之聲傳來。然後「咣噹」一聲，似是什麼東西墜地的聲音，有人在附近打鬥。

方千此時正在門口，聞聲立刻拔劍閃了出去。幾名守衛緊隨其後，劍拔弩張，一閃也不見了。

只聽見一陣雜亂的腳步聲、吵鬧聲，還有箭離弦發出的聲音，還可聽到有人大喊：「往那邊跑了！」

「快追！」

楊府尹慌了神。「又怎麼回事？今夜這都是怎麼回事？」

「聽起來像是有人打鬥。」經歷了這麼多事，趙大人也是疲憊不堪，庸城府衙現在亂成一團。

「又出了什麼事？」夏乾朝人群跑過去。他本以為方千應在這兒守著，眼下見方千也不在了。

守衛喘氣道：「剛剛，我們看見……青衣奇盜！他……他朝西街跑了！」

「什麼？」夏乾瞪大雙目，一臉難以置信。「你確定是青衣奇盜？他出現了？打鬥聲怎麼回事？那你們還不追？再不追他跑遠了！你們圍在這兒幹什麼——我的天！」

夏乾臉色一下子變得慘白。眾人舉著火把將街道圍成了一個圈，火光掩映下，圈子中央躺著一個人。夏乾木然而僵硬地推開人群，吃驚得忘記了言語。

只見地上那人一身白衣，昏倒在地上，手裡握著劍，身上還淌著血。

是易厢泉。

第四章

府衙內陷入迷局

「這……這是怎麼回事？」夏乾推開人群，目瞪口呆，有些語無倫次。「他怎麼會在這裡？怎麼會……」

白衣、白帽的易廂泉倒在血泊裡，腿上受了傷，脖子上的白圍巾也被扯落，露出了一道紅色的疤痕。這條疤痕從下巴延伸到了脖頸，泛著微微的紅。

旁邊的守衛一愣。「他脖子也受傷了？這可不得了，這是大傷……」

「不是，那是他小時候的舊傷。」夏乾趕緊上前來，額間冒汗。先將易廂泉脖子上的圍巾拉攏回去，彷彿那是一塊遮羞布，隨後焦急道：「快來個人！和我一起將他抬到醫館！」

「讓開！」趙大人趕來，推開人群，一看地上的人，頓時吸了一口涼氣。「易公子？怎麼會是易公子？他怎麼了？」

旁邊的守衛見狀，答道：「剛剛我在巡邏，聽見這個角落有刀劍碰撞之聲，我們趕來，就發現易公子滿身是血地倒在這裡。在不遠處，我們看到了一個人，他……他蒙著面，背對著我們，穿著青黑色的衣服。方統領已經帶人去追了！」

「就那幾個人怎麼夠？能去幾個去幾個呀！西街這麼大，搜起來不是鬧著玩的！」楊府尹擦了擦汗。

在場的人們如今才明白青衣奇盜放火的意圖。本來守衛各司其職，還算是有序。如今各處著火，守衛連忙前去救火，青衣奇盜現身之後必定抽不出人手，就給足了他時間逃脫。

夏乾沒聽他們說什麼，只探著易厢泉的氣息，呼吸並不微弱。他閉目著，眼珠微微轉動，似乎隨時會醒過來。夏乾緩緩地吁了口氣，擦了擦汗。周圍的兩名守衛立刻上前，準備把易厢泉架起，抬去醫館。

「你們腳程快，先把人送過去。」夏乾將易厢泉慢慢扶起。

就在此時，「啪」的一聲，從易厢泉身上滑下來一個盒子。

剛剛沒人注意到這個盒子，似乎是誰扔在他身上的。這是一只木製盒子，精緻狹長，上刻奇特的鏤空花紋。

這是配套的裝犀骨筷的盒子。

楊府尹一直在一旁，這時候愣住了。「這……這盒子不是在庸城府衙嗎？」

趙大人眉頭緊鎖。「那日將犀骨筷混入贗品之後，盒子就放於後衙小案之上，沒人再去看它了。」

守衛答道：「當時，我們看見青衣奇盜背對著我們。他似乎一開始是蹲著的，看見我們趕來，他一下子站起來，從盒子裡拿了什麼東西，又把盒子扔回易公子身上！這時候，我們看見他手裡……握著白色的……」

「白色的犀骨筷？」夏乾吸了一口涼氣。「青衣奇盜手裡握著犀骨筷？你們確定那是——」

趙大人厲聲打斷他。「怎麼可能？青衣奇盜手裡的東西怎會是犀骨筷？」

「我不敢確定，不過那樣子看來的確像是犀骨筷。我們沒反應過來，根本沒意識到那就是……就是青衣奇盜！」

守衛滿臉泛紅，有些語無倫次。

「青衣奇盜見我們趕來，垂下了手，微微側過頭，我們才看出這人蒙了面！他速度太快，一下子跳開，影子一閃，翻牆跑去西街了……」

「真是一群廢物！」楊府尹怒斥道，用肥大的手臂甩了一下袖子。他轉而嚴肅地問趙大人。「大人，您怎麼看？」

趙大人卻沒動，略加思索，問守衛：「你們見青衣奇盜手裡的筷子有幾根？」

「一根。」守衛低頭答道：「我們就看見了一根。」

「如此就可以解釋了。」楊府尹一改焦慮之色，得意地笑了起來。「顯然，易公子為了保險起見，把原本是一雙的筷子分開放了。其中一根與萬根贗品混合放在了院子裡；另外一根放在了自己那裡。然後等到晚上，自己躲起來。這樣，能同時偷走兩根的可能就大大減小了！可惜……」楊府尹遺憾地搖了搖頭。「被青衣奇盜識破了，終究還是功虧一簣。」

楊府尹的話確實很有道理。易厢泉行事謹慎，採取這種方案也不足為奇。

趙大人沉思一陣，面色灰暗，似乎又不想承認失敗，於是向夏乾問道：「西街是什麼地方？他們追到了西街，逮捕的可能大不大？」

趙大人知道夏乾是最了解庸城的，但夏乾失望地搖了搖頭。「西街是煙花巷子。青衣奇盜真是聰明！城禁了，夜晚活動全部停止，獨除了這煙花巷子。庸城經商的人不少，也都不缺銀子，本來就愛去那種地方。現在城禁了，他們有錢、有閒，最近娛樂又少，所以天天去那裡。」

趙大人怒道：「他們居然目無王法？城禁了還敢營業？」

楊府尹一聽，頓時額頭冒汗，緊張地回答。「大人有所不知，下官一直比較頭疼這個問題。那煙花巷子不比尋常地方，黑白兩道通吃，認錢不認人……」

夏乾幫腔。「那地方確實不好搜查，大人最好親自前去。」

趙大人冷哼一聲。「那我親自去一趟，我就不信這天下沒有王法！青衣奇盜是欽犯，他們膽敢糾纏！」

楊府尹接話道：「那您可小心水娘，那女人掌管西街，她在那巷子地位可不小，又難纏……」

夏乾白了楊府尹一眼，心想：你要不是經常去，能知道這麼多？

他看了看兩位大人，問道：「要不要等廂泉醒了，問問他下一步做何打算？」

他這句話顯然有些可笑，也無人應和他。如今青衣奇盜去了西街，當然要派人前去捉拿。而易甯泉在今晚最重要的時刻缺席，兩位大人本身就不悅，何必等他醒來再做安排？

易甯泉兜兜轉轉，手下的小兵其實只有夏乾一人。

趙大人臉色十分難看，帶著一隊人去了西街。

楊府尹見其臉色不好，連忙也跟上去，因為胖，走得慢些。

一隊人馬遠去，巷子裡又安靜下來了，真有人去樓空的意味。剛才還一團亂的庸城府衙只剩下燈火孤寂地燃著，似乎在宣告著行動的失敗。

夏乾到客棧的井邊取些清水，洗過手，打算立刻去醫館看看易甯泉的情況。

今日多雲，月光時有時無的，此刻月亮卻出來了。老舊的井軲轆轆轆轆轆地轉著，秋空明月懸掛高空，月光映在了木桶裡。

夏乾把手伸進木桶，水紋波動，攪了那輪月。

手上的鮮血被洗掉了，鮮血卻染了水中月，致使月亮似乎也不這麼亮了。什麼美好的事物沾上點血腥，終究是不再美麗了。

夏乾一聲嘆息，卻藉著月光看見地上有發亮的東西。是劍。劍是好劍，只是年頭久了些。

夏乾向來識貨，他彎腰撿起，劍的主人似乎相當珍惜它，經常擦拭保養，但卻不常用。

夏乾吸了一口氣，看看劍柄，這花紋樣式很是眼熟——這分明是易厢泉的劍啊！

二人認識數年，易厢泉從未把這劍從劍匣中拿出來，更沒有說過這劍的來歷，但是夏乾卻知道得一清二楚。

易厢泉五歲的時候被邵雍領養，劍和扳指都是他從親生父母那裡帶來的，但是他對親生父母沒有什麼印象了。如今那枚扳指惹來了殺身之禍，劍卻依然安好。易厢泉從來沒有用過這劍，只是一直裝在劍匣裡隨身帶著。

按照常理推斷，青衣奇盜和易厢泉發生激烈打鬥，易厢泉抽出了劍卻不慎脫手飛出。二人打鬥不久，青衣奇盜就傷了他，又用什麼東西使他昏迷，隨後取了他放在身上的犀骨筷。就在這時候，守衛追來了。

夏乾皺了皺眉頭，事情好像不太對。

只有夏乾知道，這把劍是易廂泉的寶貝，他從來都收起不用，只用那把古怪的金屬扇子。

夏乾下意識地看向周圍。他覺得倘若劍在，扇子應該也在附近，畢竟那才是易廂泉的武器。

然而周圍什麼都沒有。

明月高懸，夜深人靜。燈火依舊燃燒著，卻燃不盡夏乾心中的疑問。

他起身去醫館，畢竟只要易廂泉醒了，疑問也就清楚了。

此時，易廂泉已經醒了。

兩個守衛抬著架子，將他抬到醫館去。

在顛簸中，易廂泉慢慢睜開了眼。映入他眼中的是沒有星星的夜空和一輪皎月，在煙塵中顯得有些朦朧。耳畔傳來風聲，吹得落葉沙沙直響。偶有餘煙從街道飄過，將街道染上了令人倍感焦灼的氣味。

易廂泉眉頭一皺，討厭這種氣味。

他躺在架上，有些恍惚，分不清自己是在現實還是在夢境裡。這種感覺就像是兒時第一次被師父邵雍領回家一樣，他趴在師父背上，有些迷惘，有些悲傷，卻又記不起之前發生過什麼事，記不起之前遇到過什麼人，也忘記了自己身處何方。

「易公子，您醒了！」抬著架子的守衛看他睜開了眼，有些欣喜地呼喊：「醒了就好、醒了就好！青衣奇盜，他……他……」

易廂泉還是有些渾渾噩噩，但是聽到「青衣奇盜」幾個字，似乎慢慢想起了事件的前因後果。

「青衣奇盜得手了，跑了！」守衛抬著易廂泉，有些懊惱。「趙大人他們去西街追了！」

守衛的話有些沒頭沒尾，直接略去了一大段過程。易廂泉皺起眉頭，想說些什麼，卻覺得嘴唇發麻，說不出來，身上的傷口劇痛無比。

「青衣奇盜用螞蟻找到了犀骨筷，之後又在你身上找到了另一根。總之，他跑了。」守衛說著說著便到了醫館門口，他們趕緊叫門。

傅上星披衣來迎，焦急道：「發生了何事？」

守衛忙把易痾泉抬入屋子，傅上星立即號脈，沉聲道：「中毒。小澤，熬些甘草汁來。」說畢，他開始檢查易痾泉的傷口，準備止血。

小澤很快就端來藥湯，想給易痾泉服下，卻見易痾泉似乎陷入麻痺狀態，很難進食。她著急道：「先生，他開始渾身麻痺了。」

「這就奇了。」傅上星額間冒汗，手上沾滿鮮血，一邊包紮一邊道：「他身上中了兩種毒，而且……」

「噓——」小澤讓他止了聲，因為她覺得易痾泉有話要說。

易痾泉雙目瞪得很圓，口舌麻痺，卻費力說了兩個字：「夏乾。」

小澤急道：「他找夏公子！」

守衛趕緊道：「夏公子應當馬上就到……」

易痾泉的嘴唇又動了動。小澤附耳聽去，卻是眉頭一皺。

「他說，不要梨。」小澤有些詫異。「這是什麼意思？」

易痾泉卻皺緊了眉頭，瞪大了眼睛，使勁盯著床對面書架上的書。

小澤趕緊過去，問道：「你要書？你要哪本？」

她的手在書架上面掃著，直到掃到某一本。易Madl泉狠狠地眨了眨眼。

「這個？」小澤抽出了書冊，很是震驚。「你要這本書？」

易廂泉只是看著她，像是有話要說。

慢慢地，他閉上了眼。

此時夏乾正快步走向醫館。他路過庸城府衙，只見稀稀拉拉的幾個守衛。犀骨筷丟了，照這個情形看，青衣奇盜大概是抓不到了。

遠方的煙霧似乎小了些，可是仔細一看，似乎起煙的地方多了。

夏乾走著走著，便注意到有一盞街燈倒在地上，幾乎燒得焦爛。街燈掉落的地方，有燒過的痕跡，那痕跡一直延伸到幾尺外的小樹林。樹林冒著餘煙，顯然大火已經被撲滅了。幸虧周圍有湖泊，院子裡也有活水，否則後果不堪設想。

此地和昨日他們碰見青衣奇盜的地方布局相似，都有低矮的棚子、街燈和樹林。在街燈掉落的地方，還有一排小小的腳印。這不是貓的腳印，而是狸貓的——看來侍衛所說屬實，是狸貓竄過來，撲倒了燈，燈墜落到地上，這才起了火。

夏乾蹲下，順手撿起了燒焦的街燈。燈油早已沒了，只剩下一些黃色的膏狀體還黏在上面。有點麝香的味道，但不是麝香，果然是靈貓香！

點燃靈貓香將狸貓引來後打翻了燈，燈掉落燃起大火。真的有人故意縱火，還是用這種奇特的方法！夏乾嘆息一聲，便匆匆趕往醫館，卻看見只有曲澤在醫館裡，傅上星先生不知去哪兒了。

曲澤是幾年前隨著傅上星來到庸城的，那時她還小，聰明能幹，大家都喚她小澤。她在夜晚眼力就會不好，但是伶俐得很。夏乾覺得她與自家穀雨的性子有些相像，幹什麼都急匆匆的。

她看見夏乾，眼眸微閃，趕緊讓他進門。

只見易廂泉躺在床上，傷口已經被處理過，他昏睡著，一動不動。

「你說你做什麼去了？易公子方才還喊你。」小澤給他倒上茶。「方才好險，你是沒看到他流了多少血！」

夏乾倒是萬萬沒想到。「他剛才醒了？」

「易公子被送來的時候，其實是清醒的。」

「那他說了什麼？」

「他根本沒說兩句話！嘴巴幾乎都張不開！」小澤臉急紅了。「第一句是叫你，第二句很奇怪，似乎是什麼『不要梨』什麼……」

夏乾愣住了。「什麼梨？哪有梨？」

小澤搖頭。「不知道。我家先生說，易公子似乎是昏迷了很久。昏迷的人一旦受到疼痛刺激，就很容易醒來。換言之，易公子被砍傷之後本來是要疼醒的，但是新傷口沾了毒，才陷入二次昏迷。」

「會不會有生命危險？」

「不會有危險的。脈象看來，易公子這幾日就似乎食用過，或者聞過什麼導致昏迷的東西，興許是曼陀羅、羊躑躅[3]之類的。今日，我家先生檢查了傷口，上面沾著烏頭磨成的粉末。所以，他中了兩種毒。」

夏乾沒有說話，像是在想事情。

小澤以為他不明白，繼續解釋道：「這烏頭雖然不常見，不過夏公子可聽說過附子？母根生烏頭，旁根生附子。中毒的人會麻痺，之後才昏迷。我家先生說，這藥用不好會要人命的，可是這劑量卻剛剛好！先生還感嘆下毒的人究竟在藥理上有何等造詣……夏公子，你在聽嗎？」

夏乾沒有仔細聽她說話，覺得心裡涼颼颼的。按照傅上星的診斷，易廂泉在受傷之前是昏迷狀態，一個昏迷的人是怎麼和青衣奇盜打鬥的？

「你們確定沒有弄錯？」夏乾懷疑地問。「廂泉是在受傷之前昏迷的？」

「當然錯不了！易公子就是受劍傷刺激才醒的，也正是因為受劍傷而染毒，才會再度陷入昏迷。」

「上星先生去哪兒了？我有話問他。」

小澤這下更生氣了。「別提了，他給易公子診治完，就去了西街。是急診！要說先生也真是心善，還去那種地方給那種女人看病！還是大半夜裡，外面又不太平……」

「易廂泉什麼時候能醒？」

「最快也要到明日，慢了要後天。」

夏乾又沒仔細聽了，內心有些煩躁。

「要說這麻痺，先是從手指開始的，易公子眼睛還能動呢！一個勁兒地看著書架。」小澤走過去，抽出一本冊子。「他看的是這本《史記》。他要做什麼？」

夏乾不知，上前翻了翻，這薄薄的一冊並非全本，只是〈項羽本紀〉。

夏乾覺得如此等待沒有什麼結果，索性坐下開始翻閱，等著易廂泉醒來，也等著西街趙大人的消息。

小澤一臉喜悅，興沖沖地又給了他一些其他的書籍，又端來蠟燭，光映在夏乾的側臉上，顯得很好看，他的孔雀衣在燈火中熠熠生輝。

小澤見他的模樣，自己柔和一笑，夏乾卻渾然不知。

夜靜了許多，但是令人心神不寧。更夫似乎消失了，不知夜已經深了。

「夏公子，青衣奇盜的事……就這麼完了？」小澤搭著話，有些睏倦。

「完了。」夏乾把冊子一丟，伸了個懶腰，內心卻有些難過和失落。

3 羊躑躅：又名黃杜鵑、羊不食草、鬧羊花、老虎花。一種落葉灌木，屬杜鵑花科植物。花辛、溫，有大毒。《神農本草經》記載可治療風濕性關節炎、跌打損傷。在醫學上常作為麻醉、鎮痛劑使用。

抓賊、封賞……易廂泉和他說過的那種可能似乎煙一樣消失了。

「易公子說的『不要梨』，指的不是梨，是不是讓你別離開他？」小澤托著腮，睡眼矇矓。

她的話頗有道理，但夏乾仍起了一身雞皮疙瘩。「不可能，絕對不是這個意思。」但是他卻打算在這裡守一夜。與其回家抄書受罰，倒不如待在這裡來得自在。想來想去，竟然產生了奇怪的念頭。

如今抓賊無望，自己又該怎麼辦呢？會不會結了婚、娶了妻，也可以自在一些？夏乾胡思亂想著。

小澤收回書冊，放回到架子上。「這講的是項羽的英雄故事？」

夏乾回過神來。「正史無趣，聽了野史之後才覺得項羽特別傻。」

小澤嘟囔。「他是英雄。」

「他就是傻。劉邦才奸詐，用了張良的計策，在項羽被困垓下時，用蜜糖在地上寫下『霸王死於此』，最後項羽就自刎了。自刎的人都傻！」

小澤搖頭。「胡說。西楚霸王看到蜜糖寫的字就自刎？」

夏乾閉著眼。「哎呀！說了是野史，妳沒看過？也怪項羽迷信，不動腦子。妳不知道，那字是蜜糖寫的，結果就招來了——」

夏乾一下子坐起來，瞪大眼睛，冷汗直冒，睡意全消。

小澤被他嚇了一跳。「招來了什麼？」

夏乾臉色蒼白，下意識地望了一眼昏迷中的易廂泉，喉嚨動了動。「之後，就引來了成群的螞蟻。」

「那又如何？項羽之後怎麼了？」

「之後……之後就和今天一樣。是我們弄錯了，完全弄錯了！」夏乾有些激動，霍然站起。「我們被青衣奇盜愚弄了！」

他有些語無倫次，卻剛剛明白今日的一切都是圈套，只是他沒有補救的辦法。

夜晚很安靜，火光照在小澤的眼睛上。她模模糊糊地看著夏乾，是那麼擔心。

夏乾卻無心理會，只是臉色蒼白，一言不發，開始在屋內來回踱步。突然，他似乎想起了什麼。

「什麼時辰了？」夏乾突然問道。

「嗯？」

「現在是什麼時辰了？」夏乾神情緊張。

「估計快子時了。今日城亂，沒有打更的。夏公子你——」

夏乾聽完，二話不說，立刻出門去，並未搭理在身後呼喊的小澤。

他想起來了，易廂泉昨日交代的那句話：子時城西三街桂樹。

月亮越發明亮，明晃晃地照著街道，照亮了庸城的一簇簇餘煙。在混亂的街道上，夏乾匆匆走向城西三街，他要找到那棵桂樹。

他明明知道易廂泉昏迷在醫館，明明知道易廂泉根本不會在樹下等他。但這時候，所有的守衛都在忙碌，只有夏乾一個人堅持完成易廂泉的囑託。

他知道，要想扭轉乾坤，唯有相信易廂泉。

夏暑已散，而庸城的天氣依然多變，不變的是一日日的涼。朗朗皎月高懸，庸城慢慢颳起了風。

夏乾冒著風，覺得腦中的疑霧一點點被風吹盡。他一邊思考著，一邊走向西三街。途中，卻路過了一個地方。

這裡是一個庫房，門口站著一名守衛。

門口全是泥土，門被生生炸開了。

夏乾雖急，但仍然覺得此事可疑。「怎麼回事？」

「失竊了，門被炸開了。」守衛認識他，索性講了實話。

「丟了什麼？」

「鹽。」

夏乾驚訝道：「鹽？這庫房是放鹽的？」

「除了鹽還有別的東西……」守衛垂下頭去。「燈油也被人換過了。趙大人方才追去西街的時候路過此地，把一切都弄清楚了。今天清晨換燈的燈油是從這裡取出的。新的燈油有股淡淡的香味。」

夏乾慢慢明白了。

他趕緊繼續趕路，心中卻越發覺得可怕。他需要把思路再整理一下。

伴著狂風，夏乾很快便走到了西三街。

桂花樹很美，今夜多風無雲，空中有著很美的月亮，泛著柔和的光，把桂樹的影子拉得很長。在這個滿城煙火、守衛盡散的夜晚，似乎只有這棵樹是安靜的。

狂風吹盡，樹葉紛落，一切在月光的洗禮下變得透明。

在易廂泉的提示下，夏乾明白了青衣奇盜的詭計。

易廂泉顯然是明白的，他聽說了庸城府衙的事，迅速做出判斷，在渾身麻痺時卻依然努力盯著〈項羽本紀〉。

這就是易廂泉的提示。

野史記載，劉邦採用張良的計策，在霸王被困垓下時以蜜汁書寫「霸王死於此」，遂招致螞蟻。螞蟻嗜糖，於是圍成了字形。項羽不知，又過度迷信，以為天真要亡己，軍心渙散、回天乏術，不久失敗，自刎烏江。

古人、今人都逃不過心理的暗示。縱使歷史的教訓數不勝數，也依然難以走出如此循環。螞蟻嗜糖不過是自然現象，項羽信天，見此徵兆必以為天要責罰。

此事與今日的事件過於相像。

青衣奇盜正是利用這一點。

犀骨筷被糖水浸過，而螞蟻嗜糖。於是青衣奇盜放螞蟻來辨認，最後由貓從守衛中把犀骨筷帶出來——如此理論，天衣無縫。

項羽迷信上天徵兆，而庸城府的所有守衛呢？辨案之人往往「迷信」於自然規律。青衣奇盜在庸城府的偷竊，根本是個騙局。

犀骨筷是春秋末期、戰國初期的東西，保存千年，是否被糖水長年浸泡也未可知。就算真的被糖水浸泡過，放了這麼久，又能殘存多少甜味？

螞蟻縱然嗜糖，當億萬螞蟻布滿萬根犀骨筷，依肉眼所見，真正的犀骨筷與贗品所沾螞蟻數目的差別，根本就不會太大。

那隻貓是如何快速辨認出真品的？

不能辨別。那隻酷似吹雪的白貓叼走的根本就不是真品。

這種盜竊方法聞所未聞，一切又發生得如此之快。

螞蟻嗜糖本是自然規律，貓的出現，對於誤導守衛的思考產生了推波助瀾的效果。守衛先有了螞蟻嗜糖的定見，腦中所想就會順著這條思路走下去，認為自己的猜想「青衣奇盜就是利用螞蟻嗜糖辨認出了真品」是正確的。

於是事情繼續下去，就演變成了幾十人出城，拚命追趕那隻貓的鬧劇。

青衣奇盜這一招非常冒險，但是在當時的情況下卻極易讓人走入圈套。

官員和守衛在府衙忙了好幾日，今天又在院子裡連站了好幾個時辰，心思高度集中，精神緊繃，任何風吹草動都會讓人陣腳大亂。此事和用兵打仗又完全不同。守衛根本不知道敵人在哪兒，不知道他會做些什麼。當戌時來臨，一件又一件意外發生，給他們思考的時間又太短，而且幾乎沒有交流的機會。

這就是青衣奇盜的狡詐之處。手法越華麗複雜，得手的可能就越小。青衣奇盜上演的幾齣大戲根本就偷不走犀骨筷，但只要在短時間內騙過了衙門的人，他就能成功。

在白貓叼走犀骨筷之後，守衛頓時陷入混亂。趙大人心細，發現了白貓只叼走了一根犀骨筷——他臨危不亂，夏乾很是佩服，卻遺憾他沒有深想一步。

正因為這一根犀骨筷，青衣奇盜又謀劃了第二個騙局。

曲澤反覆強調，易廂泉在被發現之前，一直身處昏迷之中，是受傷才疼醒的，又因傷口沾毒再度陷入昏迷。

這樣，事實就清楚了。

易廂泉早就陷入昏迷了，之後才被青衣奇盜帶到巷子裡去，將其隨身的劍拔出——讓大家以為他們有了打鬥。

青衣奇盜故意讓人看見自己從易廂泉那兒取到了另一根犀骨筷，讓守衛追趕自己，跑到西街。

可是這究竟是為什麼？

夏乾想起了那天晚上自己與易廂泉的對話。他問易廂泉，究竟如何才能把犀骨筷辨認出來並且帶走，易廂泉回答，沒有任何辦法，唯有一根一根地辨認才行。

那兩根真正的犀骨筷是真的混在了贗品中，包括易廂泉本人也難以辨別。青衣奇盜在巷子裡從易廂泉身上拿的那根犀骨筷，也是假的。楊府尹對於犀骨筷被易廂泉分開放的推論，不成立了。

青衣奇盜上演的第三齣鬧劇，就是用靈貓香引來七節狸推翻街燈，導致全城多處失火。這是一個徹頭徹尾的圈套。

昨日深夜，夏乾和易廂泉在街上碰到了青衣奇盜，這不是巧合，青衣奇盜為的就是將大家的目光引到街燈和香料上來。

今日在府衙，夏乾和方千聞到燈油的濃烈香氣，知道是曼陀羅的殘渣，就斷定這燈油有問題，故而決定將舊燈油倒去，換上新的。這也是青衣奇盜加入麝香的原因：單純的曼陀羅香氣不重，麝香濃郁刺鼻，只要一聞，更讓人覺得這燈油會導致人昏迷。

一切全是誤導。

其實舊燈油是沒問題的，新的燈油才有問題。顯然在昨日庫房失竊的時候，青衣奇盜直接把靈貓香摻入庫房的新油中去。

趙大人斷定舊燈油有問題，必定下令全部換新的，殊不知正中青衣奇盜下懷。青衣奇盜既要放火，就要換掉燈油；而他半夜三更親自往所有的街燈中放入靈貓香，定然不實際。最省事的，莫過於借了守衛的手，行自己的方便。

前一晚青衣奇盜在棚頂現身，也是做給夏乾和易廂泉看的。

夏乾如今回想，更是寒毛豎立。青衣奇盜昨日現身，除了讓人以為是燈油的問題，還有更重要的一點——

易廂泉打了青衣奇盜一鏢。

那麼青衣奇盜中鏢了沒有？夏乾覺得，沒有。

如果他們展開全城搜索，目標過大，因此會尋找手臂受傷的人來縮小搜查範圍。官府一旦如此行事，那麼青衣奇盜就會逃過一劫。

真是一舉兩得。

夏乾突然覺得一切都很可怕。易廂泉說過，青衣奇盜只有一天的時間去思考對策，但是對方竟然設計出了這種複雜的圈套。

如此紛繁的手法不能掩蓋住一個事實——青衣奇盜自有他的目的。

如果三起事件合起來看的話，就不難得出最後的答案。

庸城府螞蟻事件的最後結果，是三十個守衛出城追捕；全城縱火事件，調動了大批守衛去滅火；巷子裡的易廂泉昏迷事件，使最後一部分守衛，包括方千和兩位大人，去徹夜搜查西街。出城、滅火、搜街，八十名守衛各有任務。

如此算來，現在還守護在庸城府的有多少人？五個？十個？

一切都清楚了。

青衣奇盜的三齣戲碼，就是為了調虎離山。

在派人追去西街的時候，官府已經很難再派出空閒人手了。如今真正的犀骨筷還在庸城府衙內，卻沒幾個人看守。只要放倒那幾個侍衛，青衣奇盜就可以明目張膽地在院子裡進行偷竊。

易廂泉說過，辨認真品最快也要八個時辰。夏乾不知道是不是真的，打著燈籠一個個地辨認真偽，他覺得不止八個時辰。可是遠觀煙霧，火並沒有增大的態勢，縱使今日風大，要撲滅火焰，八個時辰，到時候天都亮了。

最多留給青衣奇盜三個時辰。

三個時辰，青衣奇盜到底要怎麼做呢？

夏乾搖了搖頭，不對，現在不是關心青衣奇盜的時候，而是自己應該怎麼辦？如果火被撲滅，也許就會有守衛回到庸城府；西街追捕不利，也許也會有人回到庸城府；易廂泉醒來，事情敗露，還會有人回到庸城府。總之，若青衣奇盜執意偷竊，就會知道夜長夢多，必須在有人回來或者發現之前速速行動。

夏乾心慌了，一刻也不能耽誤！現在庸城府就如同空城，是下手的最好時機。

可是自己能做什麼？叫人來不及，而且人馬各有任務，根本調動不了多少。況且人多容易打草驚蛇。難道坐以待斃？現在，自己是全城唯一有時間、有可能阻止青衣奇盜的人。但是自己腦子沒有那麼好使，而且手無寸鐵，如何對付身手非凡的江洋大盜？

實在不行……去看看也好。

他起身，打算去看看大盜長什麼樣，再回家睡覺。這才是夏乾的作風。

但他剛一抬眼，就看見了樹下的木箱子。

記得他下午來這裡時，這個箱子就在。箱子做工精緻、體量大，上面有古老的花紋。夏乾細看，箱子分外眼熟。

這是他家的箱子，就放在自家的書房裡，存放長年積攢的欠條。

端起箱子，感覺不重，裡面似乎放了分量挺輕的東西。

藉著月光，夏乾打開了箱子——

裡面是他的柘木弓。

夏乾的父親早年在洛陽拜了赫赫有名的邵先生為師，即易廂泉的師父。那時邵雍還年輕，夏乾的父親更加年輕，不務正業，倒是對象數、算卦之類頗感興趣，故而拜師。不久後就不再學習，反而開始從商，竟然攢下萬貫家業，成了江南有名的大戶。

在這個尚文的年代，各路文人輩出，尤其是江浙一帶，風流才子數不勝數。夏乾縱然受過良好教育，但他不想讀書、不想經商。看店的時候說要讀書，讀書的時候嚷著要看店做生意，實則碌碌無為。

夏乾終日不求上進，不理家業，夏母時常抱怨自己的兒子是個典型的敗家子。從另一面來說，他雖然呆呆傻傻，但是為人正直，好奇心旺盛也敢於冒險。若說技能，當數射箭為上乘。

夏家家大業大，夏乾用得起好的弓箭，請得起好的師傅。孩子的唯一一點正經喜好，做父母的並不反對，乃至最後一發不可收拾。

天資聰穎又感興趣，久而久之，夏乾的箭術在江南一帶也是小有名氣。然而夏乾沒有實戰經驗，隨著西北戰事愈演愈烈，夏乾也「蠢蠢欲動」，父母自然不肯讓獨子有這種念頭，遂禁止他再攜弓狩獵。

夏乾沒有辦法，只好在自家的院子裡引弓射箭，白日去射柳葉或者杏花，或者讓弓箭沒入石牆。

縱然是這樣足不出戶，他的技藝仍越來越精湛。

此時，夏乾背著弓箭，悄悄地從庸城府衙遠處的小巷子裡繞回客棧。他觀察過庸城府衙四周，只有這家風水客棧位置最好。

而整個客棧視野最好的房間，就是易廂泉住的房間。

他摸黑進了客棧，放眼望去，一個人也沒有，周遭一片漆黑。那個矮個子的尖聲小二不知道跑哪兒去了，夏乾也不想驚動任何人，便輕手輕腳地踩著樓梯溜上了二樓，「吱呀」一聲推開了房門。

房間還是和他上次來的時候一模一樣。

夏乾上前，把窗戶打開了一條縫，窺探著外面。清幽的月光瞬間照進房間。

今日風大，而此時卻減小了不少。且這房子的朝向正好背風，夏乾慶幸這天時地利，否則窗戶一下被風吹開，事情就不好辦了。

眼下已是秋，這樣寂靜的夜晚令人感到絲絲涼意。

夏乾有些驚慌。他小心翼翼地看著庸城府衙的整個院子，月華如水，庭下如積水空明，然而樹影交錯遮住月光，院子倒是黑暗，唯有樹影輕輕晃動。

沒有任何異常。偶爾有零零星星的燈火飄過，那是楊府尹的家丁而非守衛。

遠望城裡煙霧不斷，燈火卻在逐漸熄滅。夏乾知道，興許是大人下了什麼命令，如果再燃著燈火招來狸貓，怕是這大風之下，火勢更加難以控制，乾脆把街燈全部熄滅。所有人都認為青衣奇盜向西街逃跑了，全城點燈守夜也無甚用處。

看著全城一點點暗下來，如同被黑色侵蝕覆蓋而不見天日一般，夏乾頓覺呼吸急促、雙手微顫。他深吸一口氣，只有不停觀察四周，以此來減緩焦慮。

只見西街燈火通明——煙花巷子，那是離庸城府最遠的街道，夜夜笙歌。不知大人他們進展如何？只怕是竹籃打水。

夏乾心裡七上八下的，庸城府衙還是沒有動靜。他心裡嘀咕，莫非自己想錯了？

他低頭看看自己手中的弓，是柘木所製，漆得光亮卻無裝飾，乍一看只是普通的弓；然而夏乾知道，柘木的弓身、水牛角貼於弓臂內側、上好的牛脊附近的筋腱以及使用黃魚鰾製膠黏合，才得此弓。看似普通的組合，實際上卻是殺人的利器。

夏乾手有些顫抖，他不打算殺了青衣奇盜——殺人，這一點他想都沒想，只希望射中青衣奇盜的腿，使其行動不便，定可以擒獲。

月朗而風不清，秋月慘白，映著夏乾與皎月同色的臉，嘴唇也是蒼白的。

無論結果如何，就在這一箭了。如此重要的任務非他夏乾莫屬。

名垂青史……夏乾閉起了眼睛，心開始狂跳。

名垂青史其實不是他想要的，功名利祿於他而言什麼都不是。他只是想藉這個名頭，用自己僅有的射箭本事來換取自己人生的一點自由，儘管這點自由可憐又奢侈。

今晚的事會讓他受到母親的責罵，會被罰抄很多遍《論語》，但是只要他抓住大盜，哪怕沒有封賞，也許父母會認為他有出息，也許會讓他背著弓箭踏出家門去，也許會去很多很多地方，也許會認識很多很多的人……

他拚盡全力，為的只是這點「也許」。

他架起了弓。

庸城府衙門口的燈滅了。那裡距離夏乾很遠，看不清到底是什麼原因。正在他凝神屏息觀望之際，卻見另一盞燈也滅了。

燈火的位置在庸城府衙的正門口，距離遠，看得不真切。那燈火滅得詭異，悄無聲息。每一盞燈火都是家丁提著的，如此熄滅，必有蹊蹺。接著，又一盞燈火滅了，整個庸城府衙的大門到院子一片漆黑。

夏乾納悶——出什麼事了？

庸城府衙的院子十分古老，石燈的火一直燃著，一個個小亭子般孤獨地亮著，夏乾甚至看得清上面的蓮花紋飾。就在石燈的旁邊，一個灰色衣衫的家丁提著一盞白燈籠，似乎在做常規巡查。

燈火正好照在家丁臉上。

就在那一瞬，夏乾赫然發現那家丁身後的樹上有個黑影。

他心裡一驚，但是看得不真切。只見那黑影迅速跳下，無聲無息地一掌劈在家丁的後腦。

家丁立刻倒下了。夏乾暗暗驚呼，卻見黑影迅速用手帕摀住家丁口鼻，一手托住燈籠——動作太快了，真的太快了！

片刻他吹熄了家丁手中的燈籠，隨即把人拖到深深的草叢裡。

那黑影的手法之快，夏乾幾乎看不清。

黑影隱到樹林裡去了。

眼看庸城府衙後院還剩一個家丁。他提著燈籠守在後院，渾然不知自己是庸城府衙唯一一個還在巡視的人。而庸城府的四周街道再無他人。

夏乾心裡暗道大事不妙，卻見那黑影突然冒出，如同鬼魅一般落在了最後一名家丁身後。不久那名家丁也倒地，那黑影手法之快，同剛才如出一轍。

這裡是距離那黑影最近的地方，夏乾可以清楚地聽到燈籠掉到地上的咣噹聲。

在燈火的照耀下，黑影不再是黑影。

那是一個穿著青黑色衣服的人。

看身量，應該是個男人，他的大半張臉被面巾蒙住，額前碎髮導致夏乾看不清他的眉眼。

他未梳髮髻，只是拿青黑色的帶子略微繫上，如此行動倒是方便；也沒有帶弓弩，只帶著佩劍，然而劍鞘上沒有圖騰，此外沒有多帶別的東西。

他彷彿是來自黑夜，此時正站在那棵銀杏樹下，青黑色的衣裳質地貼身柔軟。青黑衣衫似乎是黑影與落葉交織而成的產物，在秋風吹拂下輕揚，與月光完美糅合，從而構成了一幅令夏乾終身難忘的畫面。

敏捷的身手、烏黑的頭髮……

夏乾很是吃驚，名揚天下的青衣奇盜居然這麼年輕！

第五章 夏乾夜間抓盜賊

縱然蒙面，但迄今為止看清青衣奇盜真容之人，恐怕只有他夏乾了。夏乾緊張之情頓時一掃而空，取而代之的是發自心底的激動。

「名垂青史」四個字像一個咒語，在他的腦海中轟然炸裂開來，變成一股又一股的熱血。彷彿從今夜開始，自己的命運會變得有所不同。

他略微探探腦袋，想看真切一些。現在不多看看，以後可看不見了——連當今聖上也難見青衣奇盜真容啊！

整個庸城府衙沒有人再點燈籠，一片漆黑，只有院子裡的石燈還燃得明亮。青衣奇盜堂而皇之地從正門走到後門，從陰暗到光亮，根本無人阻攔。

風起雲動，天象又變了。

風吹得窗扇動來動去，嘎吱響動，空氣中略有潮濕的泥土氣味。夏乾知道天氣變化無常，也許又快要下雨了。他順手拎起桌上的葫蘆，卡在窗戶邊上，這樣窗戶就始終敞開而不會突然閉合。

箭在弦上，夏乾不敢點燈，藉著月光瞄準院子。

他必須選好放箭的瞬間——天空不可有烏雲遮月，青衣奇盜必須完全暴露在視野之下，人箭之間不能有樹木遮擋，且二人的距離越近越好。

夏乾屏息看著，等待著時機，卻見青衣奇盜跑到了院子角落水缸邊。

夏乾心裡一驚，緩緩放下弓弦，這才想起那水缸的問題。

按照兩位大人的說法，水缸是易廂泉用來裝水防火的。易廂泉早上親自讓人送來一缸水，下午送來三缸水——而下午這三缸無疑是青衣奇盜送來的。三缸中的兩缸裝滿了螞蟻，已經破掉了。那麼，還剩下一缸水。

夏乾眼看著青衣奇盜掀開水缸蓋子，並把不遠處的犀骨筷集中，一捧捧地扔到了水缸裡。

夏乾心裡一涼，頓時就明白了——水缸中的白色物事是鹽。

這是一種古老的辨識物品的方法。同樣大小的鐵塊與木頭扔到水中，一個下沉、一個上浮。換作犀骨，也是同樣的道理。易廂泉在做仿冒品的時候並沒有細細秤重，只是用差不多的材質仿照了大小形態，密實程度自然就有差異。

使用密實程度來辨別真偽，非常可靠。青衣奇盜的方法就這麼簡單。用石頭和雞蛋比喻，將同樣大小的石頭與雞蛋放入水中，二者都會下沉；但如果放入一定濃度的鹽水中，雞蛋就會上浮，而石頭依然下沉。這與犀骨筷的道理相仿，依靠贗品上浮而得知其差異，如此方能辨別真偽。

夏乾搖了搖頭，覺得不可思議。昨夜他已問過易廂泉，若把真品、贗品投入水中，會不會一個上浮、一個下沉？

易廂泉的回答是，他試過，全部下沉。

犀骨筷本身小，體量相似，材質相仿，所以根本就不會差別太大。正是因為這種差別過於微小，易廂泉才只用清水來簡單排除辨識的可能。

清水不可辨，而鹽水可辨。夏乾覺得奇怪的正是這一點，鹽水的鑑別有個致命的弊端。

若一缸水放入一勺鹽，真品、贗品都無法浮起來；如果一缸水加入一缸鹽，真品、贗品就都會浮起來——鹽、水的比例決定著鹽水濃度。真假犀骨筷的密度相差無幾，要想辨別，必須讓鹽水的濃度極度精確，才會造成萬根下沉、兩根上浮的現象。

所以，這根本就是不可能的。青衣奇盜根本就無法事先預知能篩選犀骨筷的鹽水的比例。多加幾勺，都會出問題，夏乾用腦袋擔保他絕對不可能成功。

夏乾冷笑一聲，抬起弓箭。他還以為青衣奇盜有多高明。

青衣奇盜每次把一捧筷子扔進水缸之後，會緩緩看一會兒，看有沒有真品浮上來，再去抱下一捧。忽然，他停滯了一下，似乎已經「鑑別」出了一根，從水缸裡撈起揣在了懷裡。

夏乾有點慌了，這怎麼可能呢？

夏乾不知真假，也不管真假。他只是等待放箭的機會。水缸在角落，而角落幽暗難以放箭。犀骨筷是堆滿整個院子的，水缸在東邊角落裡，夏乾看著，等到青衣奇盜把犀骨筷收到最後幾捧時再放箭。那裡除了一棵在旁邊的銀杏樹之外，沒有什麼遮擋。

就在此時，風突然吹動，窗戶「嘎吱」一聲吹開了。

這一晃動，葫蘆翻滾了一下，塞子掉了下來，葫蘆裡的茶水滴到了窗簷上，順著牆面嘩啦啦地流了下去。

這聲音可不小。若有人在這幾丈之內絕對聽得一清二楚。

夏乾慌忙把葫蘆扶起來，下意識地望了青衣奇盜一眼，還好距離遠、風聲大，青衣奇盜不可能注意到這邊的動靜。

他默唸「老天保佑」，又架起弓箭。

青衣奇盜已經把庸城府衙院子裡的大半犀骨筷收進了水缸。

夏乾拉緊了弓弦，心裡一陣興奮，他快要走到那棵銀杏樹那裡了。

差一點，就差一點。

可是青衣奇盜卻慢下來了。這一次，他在水缸那裡看了許久，終於撈起一根犀骨筷放到懷裡。

夏乾愣住了，暗叫不好——兩根犀骨筷已全都找出，或者說，青衣奇盜認為自己全部找出了。

不論青衣奇盜拿到的是否是真品，他都會立刻打道回府！到那時候一切就完了！

青衣奇盜的速度極快，拿到東西之後絕不久留！

不能再等了，就是現在！夏乾高度緊張，平定氣息，弓箭回拉，兩指猛然鬆開，只聽「咻」的一聲，箭飛了出去！

這一下太快了，夏乾從頭皮到手臂都感到一陣發麻，只見箭從青衣奇盜的左腿上擦了過去。夏乾暗自懊惱——今日有風，他本來是想射穿青衣奇盜的腿，這樣他便無法行動，要是再向右偏離一點就好了！

青衣奇盜立刻閃開，說時遲那時快，夏乾當機立斷再發一箭！又是「咻」的一聲，箭已離弦，弓弦還在顫抖，箭卻一下射入了青衣奇盜的左腿！

夏乾大喜，這第二箭不能說正中，卻也達到了目的。

青衣奇盜發出一聲呻吟，迅速躬下身子，拖著腿退到陰影裡，留下一小灘血跡。

夏乾腦袋嗡嗡作響，青衣奇盜跑不了！他太激動，以致沒有聽到走廊上傳來了輕微的嘎吱聲。

那是人走過的聲音。

夏乾背著弓箭，迅速向外跑去，他欣喜若狂，智者千慮必有一失，青衣奇盜要落網了！真的要落網了！他終於要揚眉吐氣了！

夏乾腦袋一熱，立刻踏出房門——

就在這一剎那，角落竄出個黑影來。

夏乾什麼也沒看清，還不知所以地往前狂奔，可在這瞬間，他腦後被什麼東西猛打了一下，頓時眼前一片漆黑，沒了意識。

同時，趙大人正帶著人趕往西街。

與之前庸城府的安靜詭異形成對比，西街一派熱鬧之景。

青樓女子們皆是一襲長裙，顏色豔麗，上身多是抹胸配以羅紗，也有人穿著窄袖短衣、穿著褙子。一群群女子飄過，整個街道似有神仙過市，嬉笑聲也令人心神蕩漾，絲竹管弦之聲更是不絕於耳。

趙大人很少下江南，這青樓之地更是沒來過。原來以為不過是一群庸脂俗粉，卻不曾料到是這種景象。

若不是大家都看見青衣奇盜往這邊跑來，誰也不相信這種地方竟然藏著一個朝廷要犯。守衛一路追來，只見那黑影一閃，就躲進了這燈火通明的街道。所有守衛都覺得，青衣奇盜一定是跑到這條街道，藏匿在某個閣子裡。

西街的青樓、酒肆、賭坊倒是不少，家家富麗堂皇，門首皆縛彩樓歡門，樣式繁多複雜；滿街掛滿了各式各樣的花燈，裝飾著絲綢的緞子。

方千追在前頭，燈影映在他滿是汗水的臉上。剛踏進西街，便被一名身穿鵝黃色羅裙的女子用手中小扇攔下了。

女子看見方千一身武者打扮，倒是不懼，盈盈一笑，招來幾名小廝。

「敢問官爺到此地何事？」黃衣女子聲音如同三月黃鸝，羅扇掩面，微微行禮。

守衛本來緊張的心情一下子被這抹鵝黃沖淡了。他們雖然武藝高強，但碰見突然冒出的青樓女子，竟不知如何是好。

方千在隊伍前頭，一時不知如何答話，而此後的守衛也跟了來。女子見狀，向旁邊的小廝擺擺手，小廝就跑進閣子裡去了。

方千定了定心神，知道時間不可耽誤，遂上前問道：「敢問姑娘，可有穿青黑衣服的人跑來這裡？」

鵝黃女子依舊羅扇掩面，咯咯笑了。「不知官爺說的哪位穿黑衣的人？這裡客人多，我哪裡都記得？更何況——」

此時趙大人過來，一下攔住方千，雙眸微怒，威嚴地道：「麻煩妳讓開，官家辦事，妳膽敢阻攔？」

鵝黃衣服的女子放下了手中的羅扇，揚起下巴。她二十餘歲，長得有些寡淡，卻很是端莊。眼睛不是很美，但很特別，像庸城燃著煙塵的黑夜。

她先是輕輕掃了趙大人一眼，目光是那樣淡、那樣不經意，也缺了青樓女子應有的柔媚，在這目光之下暗含的竟是一絲輕蔑。

「大人您可是折殺奴家了，這小小的西街做的是本分生意，今兒個因城禁的緣故，客人本就不多，哪裡會有什麼可疑人來？奴家可是什麼都沒看見。」她故意嬌滴滴的，實則是在敷衍。

趙大人剛要發火，方千趕緊說道：「姑娘行個方便，我們這是朝廷大案，拖久了姑娘怕是擔待不起。」

鵝黃衣服姑娘眼珠一轉，目光如黑夜湖水一般深不見底，看著趙大人道：「不知這位大人名諱？今日這場子被一位大人包下來了，不是奴家不讓搜，是怕掃了那位大人的雅興。」她輕言慢語的，是京城口音。

趙大人臉色越發難看，用眼神示意方千，不要廢話，直接搜。

楊府尹見機，慌忙衝上來。「使不得、使不得！大家好好商量……」

「喲！聽這音，這不是楊府尹嗎？今兒得空來我們這小地方，也不怕折了您飛黃騰達的官氣！」卻聽一個聲音從不遠的樓上傳來，那聲音婉轉圓潤，雖然略帶嘲諷，卻又如此順耳，如同絲線一般從樓上拋下，輕輕地撫在眾人的臉上。

眾人皆往樓上望去。不見人，只見一襲水紅色紗衣，似是一直在樓上的琉璃珠簾後頭望著，轉而飄到樓下來了。

不知為何，趙大人心裡一涼。

鵝黃女子噗哧一聲笑道：「到底是水娘撐得起場面，眾位官家還是跟她說吧！奴家不打擾各位雅興。」說罷，她便退到樓裡去了。

趙大人眉頭一皺。「怎麼回事？誰如此無禮？」

楊府尹低聲道：「聽這聲，就是水娘了，西街都歸她管。這女子當真不好惹，大人您還是……」

「喲，楊府尹平日裡不是官架子不小嗎？今兒這是怎麼了？」只見水娘嫋嫋婷婷地走來，面容姣好，眉眼略上挑，見其外貌必是精於世故之人。

楊府尹立刻閉了嘴。

水娘一笑，笑得成熟嫵媚，卻又隱隱透露出涼意。她搖著手中的青白扇子，指節發白，動作看似輕柔，實則卻有力度，一下一下搧著，彷彿把一切都抓在手中了。

這種女人，說好聽了，是煙花巷子的管事；說難聽了，就是老鴇。趙大人冷笑一聲，他向來不把這種女人放在眼裡。「讓開，我們要搜查。」

水娘的目光落在趙大人身上，趙大人倒是穿了一身好料子，氣勢是有的，但是不奢華。一身正氣卻又兩袖清風的人，往往不是大官。如此，水娘不屑地笑了。

「恕奴家照顧不周，這城禁幾日，場子都被官家包了，奴家也不好說什麼。」水娘笑著，語氣生硬。「怕是官爺也累了，不妨早些回去休息。」

楊府尹氣急。「放肆！什麼官家人，趙大人難道不是京城官家？大人辦案，容不得妳個婦道人家造次！」

水娘冷眼道：「京城？小女子淺薄，不知輔國將軍與閣下這……京城來的趙大人相比，是不是更加位高權重呢？」

楊府尹一聽輔國將軍，胖胖的臉都皺成了一團，驚道：「此話怎講？」

水娘看都不看他一眼，只是盈盈一笑。「奴家若是沒有弄錯，這輔國將軍再往上，恐怕也沒有幾人了。」

眾人一陣沉默。本朝雖然重文人，但因為西北戰事吃緊，武官也分外重要。尤其是這種刀尖上滾過來的人物，脾氣暴躁不說，一個不小心惹怒了，事情就難辦了。

水娘自是看出了眾人的心思，便朝遠處的西閣望去，笑道：「我看將軍也並未休息，這倒還好，水娘替大家賠個不是，這事也就過了。」說罷，她媚眼一瞪，朝趙大人望去。「大人覺得這樣可好？」

趙大人面無表情，街上燈火熒熒，但他的黑衣卻未染上任何流光色彩。靜默片刻，他以波瀾不驚的口吻問道：「輔國將軍可是馮大人？他為何在此？」

水娘不悅。「將軍遊玩至此，在園子裡飲酒，誤了出城時日。」

楊府尹想給大家找個臺階下。「在這西街看來搜不出什麼，既然大將軍在此，眼看那青衣奇盜也不敢造次，我們還是早些——」

話音未落，趙大人一個手勢將其打斷，明顯不賣他這個人情。「準備搜街，我先去拜會將軍。」

水娘沒想到趙大人會這麼說，先是一愣，隨後嘴角上挑，冷哼一聲。「大人，您可想清楚了——」

「不必多言，此街必搜。」趙大人不再多說什麼，直接向西樓大步走去。

水娘一急，挑起裙襬想跟在後面，卻被趙大人攔住。「其他人等一律不准入內，我與將軍談完再說。」

水娘無奈，眼睜睜看著趙大人步入西樓。

這趙大人一進去，就遣散了樓內的幾名侍女與舞姬。

水娘雙眼一瞇，惡狠狠地對小廝說：「給我看好了，有什麼動靜趕緊進去。武將出身之人脾氣大得很，這要鬧起來，還不得砸了我的場子！」

氣氛變得困窘。方千一直望著樓上，默不作聲，也不知道想著什麼。

楊府尹低著頭來回踱步，他也覺得自己窩囊，整張臉都沒在陰影裡。他本身就胖，這一趟跑來更是大汗淋漓，也沒有女子願意遞個帕子。只有那鵝黃女子默不作聲地遞過去，隨後搖著扇子，並未吱聲。

楊府尹道謝並抬起眼，似乎想找點話題拉拉關係，衝鵝黃衣裳女子道：「以前從未見過姑娘，敢問姑娘芳名？」

水娘聞言雙目瞪住，沒好氣地道：「喲，這樓裡還有楊府尹不認識的姑娘？」

楊府尹窘迫異常。

鵝黃女子禮數周到。「小女子名與這羅紗衣裳的顏色一樣，就叫鵝黃，京城人士，來庸城看望舊識，不曾見過大人。」

她躬身行禮，大方得體，毫不做作。

水娘白了楊府尹一眼。「不要說鵝黃了，這紅花綠柳、鶯鶯燕燕的，楊府尹能記得多少？縱使記得，也是因為大人您常來的緣故，您說是不是？」

鵝黃扯了扯水娘袖子，而水娘似乎喝多了酒，醉醺醺的。

楊府尹氣急。「水娘，妳……」

水娘面色微紅，猛然轉身，望向方千。「方統領以前不也常來嗎？幾年前就差沒住在這兒了。喲，看方統領臉色可不太好，是不是累著了？要不要進去歇歇？」

方千看著最遠幾處破敗的閣子，不動聲色，臉色極差，半天才吐出「年幼無知」四字，輕若游絲。

水娘嘖嘖一聲。「看來這楊府尹也是年幼無知了？」

楊府尹臉色鐵青。

鵝黃識趣，知道水娘喝酒胡言，立即扶她到不遠處的亭子坐下，遠離眾人。所有人都在西街口等著，等趙大人談完歸來。水娘與鵝黃在亭子裡吹風。

水娘一到沒人處，便換了那驕縱的表情，面如槁木，呆呆地看著遠處。

遠處就是黑湖，因到了夜晚，這裡過於漆黑，以致與夜色融為一體，故此得名。黑湖的一部分被圍在一座小院子裡，見不得全景。院子裡的樹木偶爾能探出幾根枝椏來，如此望去，能看到零星樹枝和一座破舊的樓子。

「鵝黃，妳對今天的事怎麼看？」水娘盯著亭子遠處的黑湖，斜倚著亭柱子。

鵝黃目光沉靜，看著遠處的樓。「搜就搜吧！搜一次也不會壞了生意。那趙大人……我總瞧著不對勁。做官，有的是靠科舉，有的靠權勢，有的靠戰功。但凡大官，若想仕途光明，就不可能不做些拉幫結派、攀龍附鳳的事。再看那位趙大人，有些高傲，似乎不喜歡那些官場往來，但他竟然身居高位……姐姐，還是小心為妙。」

水娘輕嘆。「妳說得對。剛才是我衝動，近年來得罪不少人。罷了，過會兒出來，我跟大人賠不是。妳說妳呀，也不知日日忙些什麼，怎麼就不能留下來陪我？自從碧璽走了，也就沒人和我說這些話了……」

水娘向前走兩步，望著湖水。今日風大，湖水在月光下波動著，竟然這麼美。然而天空卻是斜月沉沉，湖月照人影，顯得越發淒清。

「歲月不饒人，總有一天看著姐妹離去，自己也人老珠黃。」水娘似乎很冷，緊了緊紅色的羅紗，仰頭，不易察覺地流下兩行淚。「我真的很想念碧璽，她和妳一樣，謹慎又聰明。要是她身體好一點……我們這種女子，都是苦命人，可那些當官的，一個個都不是什麼好人！」

鵝黃沒有答話，此刻，突然「啪啦」一聲，傳來一陣瓷器破裂的聲音。

水娘一驚，向西樓望去。「怎麼回事？」

鵝黃忙扶水娘過去，道：「西樓什麼東西碎了？那是將軍住處，我進去看看，是不是大人脾氣不好，兩人起了爭執？」

水娘冷笑道：「起了爭執又怎樣？大不了不做這生意了！自從幾年前西街出事，我就——」

「姐姐胡說什麼？」鵝黃雙眉一蹙，有些責備。「舊事莫提。」

她只說了短短一句，就把水娘攙扶回了樓門口。

西樓的門卻「嘎吱」一聲開了。趙大人面無表情，緩緩地走出來。

楊府尹急急問道：「出什麼事了？」

趙大人答道：「無妨，一個茶杯摔碎了，將軍要休息，不必去打擾了，我們準備搜街。」

他再無他話，從容地關上雕花木門，下了臺階，就如同沒有發生任何事。

水娘雙頰透著醉酒的紅暈，微微詫異。「當真搜街？將軍同意了？剛才的茶杯怎麼破的？」

趙大人沒答話，看也不看她，轉身對方千道：「好在西街封鎖了，耽誤多時真是不妙。快準備搜，每一處都不要放過。」

水娘不悅道：「要搜可以，有個房間你們不要搜了，有病人，病得非常嚴重，最好不要——」

「越是這種房間，越要搜。方統領，你還在等什麼？」趙大人冷漠的言語，令周遭都染了寒氣。

水娘要爭辯，楊府尹打圓場道：「罷了，不打擾病人便是，是哪間房子？」

「望穿樓。」

水娘指了指不遠處。那兒有個很高的樓，破舊得很，就在黑湖湖畔。

整個西街毗鄰黑湖，而黑湖的一半又被圍牆圍起來。圍牆圍出一個獨特的小院子，望穿樓便佇立於此。它處在西街的邊緣，面朝著湖水。

楊府尹見氣氛不妙，玩笑道：「『白頭吟處變，青眼望中穿。』好名字、好名字！」他乾笑幾聲，卻是無人應答。

水娘嚷道：「那樓裡就住著一個姑娘！身體不好，你們要搜，我也是沒辦法。但你們若還顧念著自己的富貴命，就不能進屋去！那姑娘有肺癆！院子也鎖了，一定要搜就去拿鑰匙吧！死了我也管不著。哼！她可是我們以前的頭牌，雖然沒當幾天便出事了。要是她有什麼三長兩短，我可不管你們是不是大官！」

趙大人沒有理會。楊府尹低頭沉默，方千背對眾人，一動不動。

水娘酒勁上來，不管有人聽不聽，還在嚷。

鵝黃拉她不住，只聽得她語無倫次，大聲罵道：「青樓的姑娘也是人！她今天還得看病呢！我就知道你們這群當官的根本不把我們當人看！哼，你們這群——咦？怎麼回事？」

水娘望著高樓，面色突然由緋紅變得蒼白，簪花「啪嗒」一聲掉落在地上，花瓣碎了一地。

眾人本來有部分是背對著房子的，看到水娘面色如此變化，紛紛轉過身來望向那破舊的高樓。高樓上站著個人。

那是個女子，看不清她的五官，似乎戴了面紗。她並未綰起頭髮，黑髮飄飄，穿著一身火紅的衣服，站在破舊的窗臺邊上，面朝著一片黑色的湖水，似乎在凝望什麼。她身體微微探出欄杆。

她身段美麗，身上的衣裳也華麗。一身火紅的衣裳如同黑夜中燦爛的火球，正在絢爛燃燒。

「紅、紅信……怎麼站在……她幹什麼？那會掉下去的呀！」水娘喃喃地叫道，在這一剎那，卻只見那火紅的影子縱身一躍，眾目睽睽之下，竟然從窗臺上跳了下去！

只聽撲通一聲，是物體落水的聲音！

眾人都嚇得愣了，幾名女子尖叫一聲，水娘瞬間臉色一白，喉嚨哽住，一下子便昏了過去！

「快去！快去湖裡救人！都杵在這裡幹什麼？救人！」趙大人大吼道。

清晨已至，一縷陽光照在了夏乾的臉上。他覺得自己的頭要裂開一般，摸摸後腦杓，緩緩地爬了起來。

陽光從窗戶縫隙灑了進來，夏乾瞇起了眼，看清了四周。

他還在客棧。這裡是易廂泉的房間門口，東西都在，周圍的一切都沒有變。

夏乾揉了揉腦袋，覺得後腦杓腫了起來。自己昨夜好像引弓射中了青衣奇盜，然後跑出了房間，隨後……

不太記得了。

他覺得一陣暈眩，有些反胃，暈暈乎乎地下樓。可客棧一個人都沒有。

現在是庸城的清晨，遠處還有煙未滅。露華未晞，只令人覺得陰涼。天空灰色與乳白色相融，沒有朝霞，顯得陰沉沉的，街上寂寥無人。

夏乾拖著步子如同在夢中行走，想要走到醫館。他勉強走了很久，才倦怠地敲了醫館的木門。

「夏公子來了！正巧，易公子剛醒。」曲澤疲憊，卻笑著來開門。晨光灑下，她瞇了一會兒眼睛，睫毛顫顫的。

夏乾眉頭一皺，隱瞞了自己的傷勢，暈暈乎乎道：「醒了是好事，只是小澤，妳怎麼了？臉色這麼差。」

曲澤搖頭。「無礙。我一直照顧易公子……夏公子你知道嗎？昨日西街鬧騰一夜，我家先生也沒回來。外面天涼露重，進來說吧！」

夏乾覺得一陣頭暈，但是忍住沒告訴曲澤。曲澤把他帶進內室。

易廂泉坐在床上，似乎在閉目養神。

「你醒了！」夏乾有些欣喜。

曲澤上了茶，用的仍然是那套乾淨簡單的白瓷茶具。夏乾知道，那是醫館最好的茶具了。

易廂泉看了一眼夏乾，沒說話，卻轉身望向曲澤，微笑道：「昨日辛苦姑娘了，我感激不盡。現在他來了，姑娘可以歇歇。」

夏乾衝曲澤點點頭，她也沒多說什麼，疲憊地走開了。

熹微的晨光照進屋子，窗外安靜得只能聽見清晨的鳥啼。庸城不知不覺地迎來城禁第四日的清晨。

曲澤一走，易廂泉就立刻眉頭緊皺，緊盯著夏乾道：「你受傷了？」

夏乾順勢滑在了榆木椅子上，仰面朝天苦笑道：「可以呀！這望診的功力不錯。我頭部的確是受傷了，還好不重。」

「重與不重不是你說了算的。上星先生不在，我也無法行動，待回來——」

「你無法行動？什麼意思？」

「下肢麻痺。」易廂泉略掀開衣襬。「醒了以後，雙腿沒什麼感覺了。」

夏乾「哎呀」一聲，仰臥在椅子上長嘆。「看看咱倆，一個被砍、一個被打，誰也沒個好結果！那青衣奇盜當真不好對付！」

易廂泉笑了。「連你這瘟神都覺得他難對付，可見那是什麼樣的角色。」

他居然還笑得出來！夏乾口乾，摸來茶杯大口飲茶，頓覺精神好了幾分，這才覺得自己昏沉的原因不是傷口作祟，只是休息不夠的緣故。

於是他定了定神，開始將昨日情況詳細講述一遍，唾沫星子橫飛，生怕遺漏任何細節。夏乾的記憶力極好，什麼人說的什麼話、什麼人的動作神態都講述得一清二楚。

易廂泉只是聽著，一言不發，看著窗外。

窗臺上有些雜亂，不知堆積了什麼細小的雜物。

「事情就是這樣。那賊受傷了！案子就快結束了。讓官府全城搜查，誰腿上受了箭傷。庸城在幾日內解禁，不待開城之日必會找到，那賊人定然跑不了！」他對昨日的表現還算滿意，如今認真講上一遍，更覺得意。這件事日後怕是要講上很多遍。

易廂泉仍然看著窗外。窗戶微微透著光，這是一種屬於江南的光線，是秋日清晨的光芒，溫婉又溫暖。

夏乾覺得自己浮躁的心突然靜了下來，自己好像一直忽略了什麼。

他想著，覺得又有些暈眩，便喝了口茶水，覺得整個事件有些令人捉摸不透。

聽畢，易廂泉竟然鼓了鼓掌。「昨日我受傷昏迷，府衙一片混亂，你竟還做了這等大事，唯有掌聲可以褒獎。但是……」他搖頭嘆息了一下。「離名垂青史有些遙遠，你父母可能不會因此放過你。」

「別說了，不要烏鴉嘴。」夏乾臉色微變，垂下頭去。

「你一夜未歸，夏夫人派穀雨來尋了。」

「我可不回去找罵。」夏乾堅定地搖搖頭。「絕不回去。」

「穀雨不僅僅是來尋你的，而且帶來了新消息。」易廂泉回到床上坐了下來，沉聲道：「西街出事了。不然你覺得上星先生怎麼到現在還未歸來？」

二人誰都沒注意到，門外的地板微微響了一下。

「昨天這麼多人追過去，不出事那才叫奇怪。」

易廂泉認真道：「不只是青衣奇盜的事。你是不知昨日發生了什麼。就在要搜查之時，他們親眼見到一個紅衣女子從樓上跳到了黑湖裡。」

夏乾挑眉。「有人尋死？是誰？青樓的女子？哎呀，煙花女子自盡是常有的事，幾年前——」

夏乾說到這裡，臉色突然變了，端著茶的手顫抖了一下，濺出些許茶水。

他想起來了。

易廂泉見狀一下笑了，繼續說道：「對了，這就對了。穀雨說起此事，也是這種嚇傻的表情。」

夏乾卻一言不發，只是讓他說下去。

易廂泉繼續道：「那女子似乎是想要在眾目睽睽之下自盡，不等大家反應過來，一下子就跳了下去，落水聲也是聽得一清二楚，只是……」

「只是找不到屍體。」夏乾煩躁得單手搗住腦袋。「無論派多少人，無論怎麼搜，卻找不到那死去的女子，對不對？穀雨恐懼也是有道理的，這件事發生過，就在幾年之前，就是西街，就是黑湖！」

門外發出「嘩啦」一聲，小澤站在門外，臉色蒼白，腳下是打碎的盤子，還有掉落的點心。

「是水妖。」小澤面無血色，嘴唇動了動。

夏乾聞聲，趕緊起身幫她收拾碎盤子。「女孩膽子怎麼這麼小？鬼神從來都是假的，不信妳問易公子。」

小澤臉色仍然不好，默默撿起點心。「那我家先生……不會有事吧？」

夏乾道：「妳既然信水妖的傳說，就應該知道水妖只害女子，又不加害男子！」

小澤惱怒，臉上恢復血色。「這我當然知道！我只是怕我家先生受到牽連！」

易廂泉最愛聽這些涉及妖魔鬼怪的事，抬頭問道：「你們全都沒有和我這個外地人說清楚，水妖到底是什麼？幾年前發生了什麼？」

夏乾哼一聲。「什麼水妖？只是有人相信而已，無稽之談！」

小澤嘆氣。「公子有所不知。幾年前，西街有一女子，名叫碧璽。她當時身體不好，沒多久就死掉了。不、不對，是失蹤了，就在正月十五那日……」

「我同廂泉講，小澤妳去休息吧！」夏乾道：「不過妳肯定不會休息的，去趟西街看看有什麼消息也可。」

曲澤點頭，急匆匆地出門了，看樣子是不想聽。

夏乾見她一走，立刻把腳蹺了起來，閉眼對易廂泉道：「好像就是前兩年的事。那年正月十五，大家都在賞花燈，最好的燈就設在西街，有燈山呢！還有吞鐵劍的、弄傀儡戲的、踏索上竿、蹴鞠百戲、沙書地謎……最漂亮的是彩帶裝飾的文殊菩薩，有趣吧？煙花巷子掛著菩薩！」

易廂泉知道夏乾有愛閒扯的毛病，遂打斷了他。「你要說重點。」

夏乾話說多了，心情甚好，也不跟他生氣。「那天天氣很冷，似乎前夜下過小雪的樣子。戌時左右，突然——」

易廂泉問道：「都有誰去了？」

「很多人，基本上有權有錢的人都會去，不分男女老幼。雖然是青樓，但是也沒法阻止賞燈看熱鬧的老百姓。」

「官府的人當時也去了？」

「除了有守衛任務的人，基本都去了。除了賞燈猜謎，還有舞龍以及歌舞表演。

賭場、酒肆營業得非常好，總之，魚龍混雜。好在楊府尹在，才沒有人鬧事。」

「出事的時候楊府尹也在場？」

夏乾點頭。「當然，他就在我旁邊。我記得很清楚，當時他有點喝多了，我和他正站在酒肆門口說捐銀錢的事，說到一半，突然就聽到一聲慘叫。」

「慘叫聲從哪裡發出來的？」

「西街後面的一個小院子，院子圈著個破舊的樓。叫聲異常淒慘，而且不是短短一下，像是要把天空劃破。別問我到底是什麼聲音，我描述不出來。」

「楊府尹立刻帶人過去了？」

「聽這聲音他酒醒了一半，立馬派人過去了。當時一片混亂，有的人往回跑，有人想去院子裡看看發生了什麼……對，我說的就是我自己。」夏乾知道自己是個看熱鬧的，摸了摸頭。「我記得……水娘也衝下來了。她醉醺醺的，不過臉色煞白，我聽到她似乎跟旁邊的人說『聽那聲音，好像是碧璽』。」

「聽慘叫聲就能聽出來是誰？」

夏乾一愣，沒想到易廂泉居然這麼問，也試著慘叫了幾聲。

易廂泉皺著眉頭。「別叫了，熟人可以聽出來。你接著講。」

夏乾清清嗓子，繼續道：「碧璽是西街裡最有才情的姑娘，算是花魁。她跟水娘一起長大，以姐妹相稱，後來突然生病，就住在偏僻樓子裡，幾乎不怎麼見人了。我跟著官兵過去，眼見前面一個黑漆漆的小院，鎖著的。所有人都圍在外面，準備衝進去。水娘當時很緊張，似乎很擔心。她說，碧璽得了很重的病，她還說要自己進去，或者帶人進去，讓所有官府的人都守在外面。」

易廂泉終於又開口了。「那位叫碧璽的姑娘得了什麼病？是誰醫治的？」

「大家都說是肺病。」夏乾嘆氣道：「給她看病的不是別人，正是傅上星。」

易廂泉點頭。「怪不得小澤要擔心。當時上星先生在嗎？」

「好像不在，我不記得當時見過他。水娘阻攔，楊府尹也沒再說些什麼，畢竟這是在西街，水娘的面子要給。於是只有水娘進去了。你也覺得奇怪吧？女子單獨查探，總要帶點人進去才好。我就在那兒看著，門黑漆漆的，從門縫裡能瞥見遠處的湖水，陰森森的。」

夏乾繼續喝了口茶，只見茶見底了。他晃了晃茶壺又倒出一點。「大約過了一炷香的時間，水娘出來了，她急匆匆和我們說碧璽失蹤了。失蹤了，不見了，人沒了！碧璽本來一直住在裡面的，足不出戶，水娘說送晚飯的時候明明還在的。」

易廂泉疑惑道：「碧璽是個病人，卻無人照顧她？」

「有的，有個貼身丫鬟，但是晚上不住在那個院子裡。」

「這是隔離。」易廂泉沉思一下，道：「她沒從院子裡出來？」

「沒有，如果她自己跑出來，西街人山人海，不可能沒人看到她。你說她得的是不是肺癆？好好的一個人，怎麼可能憑空消失？楊府尹當時就派人進去找了，我也跟了進去。等我們進院子一看——」

夏乾講到這裡，卻帶著幾分侷促不安。

「易廂泉，你相信這個世界上有水妖嗎？」

水妖？易廂泉的面部抽搐一下，像是想冷笑。

夏乾自知他雖然愛聽這些事，卻不信鬼神。自己也沒有追問，只是有些不安。

「那慘叫聲聽起來真像是失足掉進了湖水裡。當時整個院子黑漆漆的，我打著燈籠跟進去看，可以清楚地看到黑湖。黑湖已經結冰了，冰面延伸到很遠，四周非常完整，毫無破損之處。」

易廂泉皺了皺眉頭。「毫無破損？不一定，江南一帶的湖水不像北方那樣可以凍得很結實。」

「她不可能掉進湖裡，真的不可能！」夏乾說得很堅定。「我們試了，冰面很薄，在離岸邊幾丈的地方就撐不住人，會破裂的。如果碧璽走在冰上，冰面這麼薄，她掉了進去——可是離岸邊比較近的地方總得有個冰窟窿吧？沒有，什麼都沒有。」

「直接派人下去搜呢？」

夏乾嘆息一聲。「天寒地凍，又趕上正月十五，老百姓都在過節，要想從碼頭借調小船也是很困難的。三日之後，一切才安排妥當。」

易廂泉聞言，眉頭一皺。

樓裡沒有，陸地上沒有，湖裡也不可能——一個大活人，究竟去哪兒了？

易廂泉眉頭一皺，沒有妄下斷言。

夏乾繼續道：「但是我們找到了碧璽的玉佩，就在離岸不遠的冰面上。當日，我們搜索了一切能搜的地方，但是……沒人。三天之後，我們鑿開冰面，划船在湖中搜索，然而湖面的冰下什麼也沒有。冬天湖面有冰，湖下淤泥多，即便是搜查不力，屍體過幾天也會自己浮上來的，可是……什麼都沒有找到！」

夏乾緊接著說：「就在之後的幾天裡，庸城就開始有奇怪的傳說，碧璽被水妖拉進了湖裡。」

易廂泉終於扭頭看了夏乾一眼，感興趣地道：「水妖？什麼樣的？」

夏乾哼道：「你這人啊，真是奇怪！別人都問水妖害不害人，只有你問水妖是什麼樣的。那水妖，是人首蛇身，上半身是個傾國傾城的女子樣貌；下身非常長，如蛇、如蚯蚓。牠就住在黑湖的淤泥裡，看到漂亮姑娘在湖畔徘徊，心生嫉妒，就從湖心探出頭來。水妖的身子頎長而且力大無窮，凌空把岸上的人拉進水中，直接吃掉！」

易廂泉默不作聲。

夏乾瞇起眼睛，故作神祕地繼續道：「還有人說，男子見了水妖，則表明桃花運旺盛；反之，女子見了水妖就會喪命。庸城裡有很多妙齡女子都害怕水妖，正是因為這傳說。」

易廂泉沒有接話，繼續問道：「事情就這樣結束了？」

夏乾一個勁兒地搖頭。「沒有，沒有！來年夏天發生的事才古怪呢！黑湖中心突然長出了一些蓮花，但是蓮花顏色與往常所見不同，有點泛出金色，是名貴品種。出現蓮花之後，楊府尹就又派人去黑湖搜索。你知道為什麼嗎？在碧璽失蹤之前，水娘曾經給過碧璽金蓮種子，讓她可以種在湖裡。」

易廂泉沉思道：「你們一定覺得，如果碧璽把蓮花種子放在身上，自己當晚掉進湖中心，那麼來年夏天，有可能在湖心——」

「長出金色蓮花來。事實就是這樣啊！你難道覺得不對嗎？」夏乾搖搖頭，喪氣道：「所有人都是這麼想的，發現金色蓮花當天，官府就派人開始在湖裡徹底搜索，以為會撈到屍體。」

「聽你的語氣，似乎一無所獲。」

夏乾哀嘆一聲，彷彿他自己才是庸城的地方官。「你猜得沒錯，湖裡沒有！沒有什麼屍體！我們都快把湖翻遍了，最後只是在金蓮生長的淤泥裡找到了碧璽的簪子和一隻鞋。」

易廂泉沒有說話，緩緩閉上雙目。

「從那之後，人們更加相信水妖的傳說。你想，玉佩是在冰面上的，蓮花、簪子和鞋都能說明碧璽曾經是掉進湖裡的——可是那怎麼可能？距離遠不說，湖邊四周的冰面根本毫無痕跡，碧璽是怎麼掉進湖中心的？她屍體在哪兒？」

易廂泉十指交錯，疊於胸前。「當時湖面上有小舟嗎？」

「當然沒有。碧璽出事的時候，湖面什麼都沒有，後來我們要去湖裡搜索，借了三天才弄來了小舟。」

夏乾又想喝茶，卻一滴都沒了。

易廂泉「嘎吱」一下推開窗戶，推來推去，像是覺得窗戶很好玩。

「西街掌事的人是誰？是那個水娘？」

「對。」

「她是不是喜歡祭拜女媧？」

易廂泉問得突兀。而夏乾聞言，臉色都變了。

「你怎麼知道？這是她喝醉了和我說的，說男人沒什麼好東西，還說女人可補天造人，應該給女媧多立廟祭拜，你、你——」

易厢泉冷笑道：「水妖不害男子的傳言應該是青樓管事散布出去的，也就是水娘了，只為了讓青樓接著有生意。夏乾，不是所有傳聞都是空穴來風的。人要編故事，總會選擇自己熟知的故事加以改造。水妖這種形態和女媧很像。」

夏乾怔了片刻，怒道：「她和碧璽情同姐妹，用姐妹的失蹤來造謠招攬生意，不怕遭報應？」

「其實人人都很奇怪。」易厢泉的聲音聽不出任何波瀾。「既然你對西街熟悉，那麼，你認識紅信嗎？」

夏乾反倒一愣，流利答道：「知道，但不認識。水娘本想捧她做頭牌，但是她沒有掛牌多久，就被撤下來了。你問她幹什麼？」

「她失蹤了。」易厢泉面無表情。「昨天掉到湖裡的就是她。」

夏乾一下子愣住了，過了許久才緩緩開口：「你知道嗎？紅信……她就是當年碧璽的貼身侍女。」

第六章 西街裡怪事連現

聽了夏乾的言論，易廂泉竟然笑了，突然說了一句：「這下完嘍！」

夏乾不解。「什麼完了？」

「青衣奇盜的案子沒破，又來一個案子。六日之內無法將大盜繩之以法，我們豈不是罪加一等？」易廂泉一邊說著，一邊「嘎吱嘎吱」地玩著窗戶。

夏乾嫌窗臺上髒兮兮的，像是放了好多乾癟的米粒。他拾起一粒，丟了出去，便有鳥雀搶食。

夏乾瞅他一眼，道：「既然你有傷病，有空餵鳥，為何不幫我抄書？」

「抄了。」易廂泉居然語氣輕快。「知道你什麼貨色，《論語》抄了一點，你的功課過會兒也幫你寫。」

夏乾震驚。「你怎麼知道我的功課題目？」

易廂泉只是笑笑。「我什麼都知道。」

夏乾滿足地點點頭，揉揉雙眼，從案桌前拿起紙筆，書信一封，讓他們在城內搜索受過箭傷的人。

夏乾斷定衙門必然抽不出人手。西街出了事，他們必然無法快速抽身搜查全城。青衣奇盜的事要查，水妖的事也不能不管。

怎麼兩件事都趕到一起了呢？夏乾寫畢，裝入信封就差人送去。

易廂泉扯了扯圍巾，也開始寫信。「那就剩最後三天，咱們把案子破了。」

夏乾一怔。三天？

「這是給你的，你拿著它去西街調查。」易廂泉伸手把信遞過去。「我行動不便，定然不可能親自前去調查，拜託你了。具體要調查的東西都在書信中明確寫出，一定要記得把可疑之處回報給我。」

夏乾接過信來，揣入懷裡。「三天破案？」

「一個小案子而已。我已經受傷，無法一家一家去查大盜下落，但小案還是能破的，畢竟人命關天。」易廂泉敲了敲桌子，認真道：「去吧，夏乾，記得認真一些，如果要進樓，一定要摀住口鼻，不要站在密閉的房間太久。」

夏乾想低頭看看信中寫了什麼，卻被易廂泉攔住了。

「到了那兒再看不遲。有一條我忘記寫了，務必記得，所有在西街的人一個都不能放出來，全部拘押在那兒。聽清，是『一個人都不能放出來』。」

夏乾不滿。「城禁就罷了，街都要禁嗎？」

「是的。」易廂泉眼帶笑意。「我幫你抄書做功課，你幫我查案。這筆買賣還算公平，也許這是你第二次名垂青史的機會。」

易廂泉這個人就是這樣。他孤僻、沉默寡言，但他和人交談的時候往往知道什麼話最能打動人心。

他的話很短，但是「做功課」和「名垂青史」這兩個詞，卻一下子擊中了夏乾心中的軟處。一個是眼前的利益，一個是未來的打算，這兩個詞已經足以讓夏乾心動了。

很快地，夏乾索利地出了屋，片刻就踏著晨光來到了西街。

西街比自己想像的還要戒備森嚴，裡外圍了三圈。但是夏乾毫不費力地就進了巷子，沒人敢攔他。剛剛進去，就看到了站在二層樓臺上的水娘。

夏乾想偷偷溜過去，卻被水娘逮了個正著。

「喲，看看誰來了？」水娘站在高處，冷冰冰地把眉一挑，眼眶烏黑，像是徹夜未眠。「夏公子真絕情，當年還很願意來的。最近幾年也不見影子，怎麼的，是顧著讀書考功名，還是學著打點家業了？是看上哪家小姐等著提親？還是我這西街廟小，撐不起你夏家的大門，讓公子覺得無趣呢？這會兒出了事，公子竟然就來了，夏大公子你是何用意？」

夏乾知道水娘愛諷刺人，自己躲也沒處躲，竟然站在樓下被她一通嘲諷，一般人可不敢對他這樣。

青樓女子紅顏易逝，抬頭做人是真，但待垂下頭去，個中辛酸，冷暖自知。

夏乾深諳此理，雖愛玩笑，但對水娘之類的人物也比較尊重，只當她是開商鋪的長輩。如今被諷刺了幾句，全當是被家中燒飯的大嬸數落一頓，左耳進右耳出了。

她不等夏乾答話，橫眉冷眼，又道：「別以為我不知道，你這瘟神最愛沒事找事，到庸城府衙看笑話罷了。這下跑到西街來，當老娘這是戲臺子嗎？」

夏乾本是要去問問楊府尹的，但他今日前去緝拿大盜了，轉念一想，興許能在水娘這邊問出一些情況，於是和她打了招呼，直接上樓。

水娘的房間布置極好，目之所及皆為精品，瓷器頗為雅致，錦被也是頂好的蜀繡；銅鏡明亮，雕刻著桃花與牡丹。

青樓女子做的就是迎來送往的生意，談笑之間最擅長用半實半虛的話語哄人高興，夏乾有些後悔沒有帶酒來，只怕水娘不肯說實話。但等他落坐，才發現水娘已經醉了，看來她自己方才就喝了不少。

青樓女子酒量本來應該是不錯的，只是水娘例外。她還在不停地喝著，雙目迷離，睫毛微動。

夏乾寒暄了一番，說自己本來是打算找楊府尹的。

「楊府尹？他去抓賊了？啊，楊府尹不來西街，庸城的柳樹明天就開花了。」水娘紅著臉咯咯地笑著，玉手輕提酒壺，又給自己斟酒。「每次來都讓湛藍陪著，出手倒是闊氣，行事也低調。當官的嘛，誰都怕落閒話。」

夏乾忙勸水娘少喝點。他嘴上勸著，心裡卻高興得很，水娘這一醉，話匣子就開了，問起來毫不費力。

「要說這男人，誰不來西街？誰沒來過？除了南山寺裡的和尚。我告訴你姓夏的，就……就連你們書院的先生都來過。」

夏乾心裡一驚，真的假的？此刻覺得這趟真是沒有白來，這個消息價值千金。

水娘哼一聲，又去拿酒壺，卻是不穩，夏乾匆忙伸手扶住。「楊府尹以前來西街都幹什麼？」

水娘像是聽到了十分可笑的問題。「能幹什麼？找樂子唄！」

夏乾忙問：「楊府尹可認識紅信？」

水娘鳳眼明亮，瞥了一眼夏乾。「他不認識誰認識？紅信就是他帶頭捧起來的。他以前總帶著侍衛來包場子……」

夏乾聽到這兒，一下愣住了。「那他——」

水娘閉目揉揉腦袋，一頭翠鈿金飾叮噹作響。「楊府尹莫名其妙的，我總覺得他更喜歡湛藍，為什麼總去捧紅信，我也不清楚。哼！胖得要命，膽子也小，區區一個地方小官，哪個姑娘會瞧上他？還不如夏公子你呢！」

夏乾聽得心裡高興，破天荒為水娘倒酒。水娘又喝了一口。「碧璽才是最好的。

我們這一行的，得了病之後容貌沒了，琴也彈不了……」

夏乾驚訝。「肺癆會這麼嚴重？」

「肺癆？什麼肺癆？」水娘又顫顫巍巍地拿起酒壺。

「紅信和碧璽得的是否是同種病？」夏乾低下頭去，暗地裡看易廂泉給的字條。

水娘哼一聲。「當然，她……她怎麼和碧璽比呢？她不過是在碧璽失蹤之後才上的牌子而已，才藝比不上碧璽，這心地、智慧當然也是比不上的……」

「紅信的名字是誰起的？」夏乾又低頭看字條，照著問道。

水娘見夏乾低頭，也抬起頭來看他在做什麼。

夏乾見狀趕緊將字條收進袖去，乾笑一聲。

水娘不屑地撇嘴道：「紅信這名字本來是碧璽起的。碧璽、鵝黃、紅信……我看著不錯，都是好看的顏色，然而碧璽當時覺得不妥，也就沒用。這名字為什麼不妥？我覺得不錯，直接就用了。」

她絮絮叨叨說了一堆，語無倫次，夏乾也很是頭疼。

「紅信可有什麼喜好，或者擅長之事？」夏乾唸出這句，覺得這話也不像是他自己說的，完全是替易廂泉問的。

「讀書寫字吧，那還是碧璽教的。她好像還喜歡養鴿子。我總看見她餵鴿子。」

夏乾皺眉。「鴿子？」

「鴿子。」水娘用蔻丹指甲輕輕劃著桌面。「可不是嗎？你們這輩人都養過。當年庸城來了一群商人，帶了幾船信鴿賣給年輕人，惹得那鴿子滿天飛。這些小動物可是都活不長。」

夏乾一想，似乎還真是，庸城的確時興過養信鴿。

「碧璽可曾有過愛慕之人？」夏乾話音一落，水娘拍案大笑。那笑聲分外刺耳，卻又帶著無限的哀涼和落寞。

「愛？青樓女子還有愛？夏小公子，你這是在戲耍我吧？」

夏乾大窘，連忙賠禮道歉。

水娘擺擺手，目光渙散，嘴角浮起一絲冷笑。

夏乾心裡亂了方寸，只怕自己的言行還有不當之處，惹了水娘，被趕出去可就糟糕了，便從懷中摸出字條來，偷偷摸摸看上一眼。

「碧璽可還有什麼遺物？」夏乾看著字條問道。話一出口，頓覺不妥。

易廂泉這都瞎寫什麼？什麼叫「遺物」？

水娘聞言顫了一下，原本雙眼迷離，突然一下子狠狠瞪向夏乾，怒道：「遺物？什麼遺物！碧璽只是失蹤了！什麼遺物！」她雙目瞪得溜圓，似是一下子變成了護住幼獸的母獅。

夏乾趕緊笑道：「唐突了。我只是……那個——」

水娘眉頭一皺，惡狠狠地拉上珠簾。「夏公子，不送！」

晶瑩的水紅珠簾拚命地晃著，叮噹作響，把夏乾隔在外面，似在嘲笑他的失言。

夏乾灰頭土臉地出來，怨恨易廂泉不會說話，瞎寫一氣。

他出了門，向西街的更西邊走去，那裡是望穿樓的所在地。

望穿樓被一個小院子圍住了。整個院子只有一扇小門，四周高牆佇立，從外面可以看到幾棵參天大樹，顯然沒被修剪過，枝椏自然舒展，錯落有致。

易廂泉信中交代，先要看看院內、樓內情況。

夏乾剛剛來到小門前面，卻被方千攔住。

「夏公子，未經許可不得上樓。」

方千紅著眼睛，臉色灰白得好似今日陰沉沉的天空。自青衣奇盜事件起，接連數日忙碌，西街又出事，守衛們都已疲憊不堪。

「抓賊的事怎麼樣了？」

方千搖頭。「沒有頭緒。我一夜沒睡，一會兒還要換班去抓賊。真是一波未平，一波又起。」

「我受易廂泉託付特來一看。」夏乾攤開了易廂泉寫的信。「你要不要去和趙大人通報一聲？」

「說不可以就是不可以，院子也是不可以進的。」方千搖頭。

夏乾嘟囔一聲，知道方千這人死心眼，於是不再詢問。等到換班之後問了下一任守衛，直接掏了點銀子，立刻就進門了。

易廂泉信中第二條指示，就是讓夏乾以步子為丈量工具，大致測算了院子的牆、屋頂以及樹木與湖水的距離，以及目之所及的湖面大小。

夏乾身長大約是五尺半，還用自己的身長做比例，測量了建築物和樹木的高度。

雖然一一照做，但夏乾很詫異，也不知測這些東西做何用處。

院子呈長圓狀，紅磚綠瓦的圍牆將黑湖的一半圈進院子，也將這些樹木與破舊樓子圍了起來。圍牆的盡頭是與庸城城牆相連的，如此就把這裡死死圍住，除了院門之外再沒有門可以進來。而黑湖的一半圈在院中，另一半則從城下水渠通往城外，形成護城河。城外水清，自有源頭活水來，這黑湖與護城河以及城內百姓用水皆是相連的。

夏乾以步為量，院子雖呈長圓形卻並不十分規則，最寬處不過十五、六丈。樓與湖水的最短距離也有七、八丈遠，這個距離大約占了院子的一半。

幾個守衛在附近徘徊，卻沒有發出任何聲響。整個院子安靜極了，陰森異常。

夏乾不懂風水，但這裡一定風水極差。高牆圍住草木顯然是「困」字，人若在此就是「囚」字了。這是市井小兒都知道的忌諱之事，夏乾不懂水娘為何要建這麼個破院子，依傍湖水，陰氣、濕氣都重，再加上個病懨懨的女子，不出事都難。

「這麼個破地方……」夏乾嘖嘖自語道。

這裡的磚瓦雖然是好物，觀察布局卻有粗糙感，顯然是趕工而成。黑湖旁的銀杏樹以及柳樹大概是吸收了黑湖的水氣，長得高大而茂盛，高樹上還掛著舊舊的繩子，估計是用來晾衣服的。樹下雜草叢生，如此破敗的地方，夏乾真是一刻都不想待下去。

他將所測記在紙上，按照下一條指示，來到紅信最後一次出現時所站露臺的正下方。他被要求找尋木板、繩索、碎片等類似的雜物，如若見到全部帶回給易廂泉看。易廂泉在信中特地交代，如果地上有藥渣，務必帶回，還要看周圍有怎樣的腳印。

近湖水，地面濕，雖然留下了不少腳印，但估計是昨夜搜索的緣故，腳印異常凌亂。夏乾腳下的泥土卻濕得過分了，沾得他滿腳是泥。他狼狽地尋找、記錄著，而易廂泉所說的東西幾乎一樣都找不到，只有幾片破舊的碎片。它們像是便宜的瓦缸上的幾塊殘片，都非常細小。大概是官府已經搜尋過一次了，只留下一些小碎片。夏乾用懷裡的袋子裝起來，覺得自己簡直傻透了。

他站起身來，和守衛說要上樓。對方便拿了帕子，要他摀住口鼻。

人手不夠，樓梯口守衛只有一個人，樓上紅信房間外守著兩人。樓梯有兩個，一個是直接通往二樓的露天樓梯，另外一個是從一樓進入再通向二樓的樓梯。夏乾瞄了一眼一層，陰氣森森。

守衛把夏乾帶到紅信的臥室內，卻並未進屋。「嘎吱」一聲，門開了。

一股濁氣撲面而來。房間處於陰面，並沒有陽光照射進來，只有黑湖的水氣攜帶陰風在屋子內迴蕩。房內懸掛的紅色羅紗簾褪去了顏色，冷風湧入，褪色的紗簾開始不安分地扭動，打在夏乾身上，像是要將他也推下樓去。

梳妝臺正對著門口。桌上沒有鏡子，胭脂水粉散亂地堆著，都是空盒。妝臺左側的牆上有幅畫，畫的是普通的山水。這畫明顯不是大家之作，卻有江南獨有的婉約韻味。落款居然是「碧璽」。

夏乾看了看畫，發現畫上也有灰。但「碧璽」兩個字上卻無灰，似是爪印，也許是有人反覆地伸手抓過這個名字。夏乾靠近床鋪，床鋪髒兮兮的，有一股嘔吐物的味道。他單手拎著翻了翻枕頭、被褥，探頭探腦，終於在床鋪底下發現了一個炭火盆。

現在是初秋，眼下這自然使用不到的。夏乾卻在火盆裡看見了灰燼。

紅信她一個大活人，竟然這麼怕冷？夏乾這樣想著，卻覺得心裡發怵。

窗臺上的白瓷盆裡還有幾株花，不知是海棠還是牡丹，皆已枯萎，泥土的顏色怪異。再看花盆，通身白色，邊緣附著液體殘跡，和墨汁一樣飛濺出來，並未擦去。

夏乾這才意識到，屋子整體是不整潔的，因為東西少，所以才不顯得雜亂。在這樣一個房間裡，夏乾只是覺得胸口悶，於是打開了露臺的門。

要說這建築也奇怪，像個亭子，夏乾這一去露臺，就能看到黑湖的全景。護欄很低，像是隨時都會掉下去。向下看，一層的露臺向外延伸，一層顯然比二層寬了兩丈，大概是為了穩固。

護欄上全都是灰，上面有兩條粗粗的痕跡，像是以前有什麼東西一直在這裡放著，遮了灰塵；或者是原來有灰，後來卻被什麼東西抹去。

夏乾看了半天，一頭霧水。不知怎的，這房間的陳設讓他感到了令人窒息的孤寂與苦悶。屋子就似一個巨大的牢籠，要把人活生生悶死在這裡。

牢籠裡曾經住著兩名囚犯，一個人留下了一聲淒涼的叫喊，另一人留下了墜樓的身影，二人皆不知所蹤。

夏乾看著，突然有人在背後拍他。

「夏公子，此地不宜久留，只怕瘟氣傷人。」另一個守衛上來了，站在夏乾身後說道。

夏乾嘀咕，不就是待了一會兒嗎？肺癆也沒什麼可怕，畢竟人去樓空了。何況自己身體一向不錯，怎麼可能傳染上這種怪病？

他轉身下樓，心想不能就這麼回去。若要探聽一些紅信的病情，恐怕只有傳上星才能知曉一二。畢竟他是無關人士，又是郎中，多半可以探聽出一些有效消息。

顯然官府也是這麼想的。事發當夜，傳上星根本沒進西街的巷口，還是被官府叫來問話，想要探聽紅信的病情，很難。

如今傳上星被安排在離破舊小樓較遠的房間內，那是西街專門的藥房。

夏乾推開門，見傳上星靜靜地站在窗戶前發呆，眼前有一枝梅花。

梅花臘月才開，而南方又會開得晚些，更多的時候都不開的，連花骨朵都沒有。它在庸城成活就很不容易了。現在光禿禿的，沒有朝氣，卻依然優雅地插在白釉花卉紋的瓶子裡。

聽見響動，傳上星緩緩轉身。「夏公子可是來問話的？不知易公子狀況如何？」

夏乾嘆氣。「問話倒算不上，就是被人趕鴨子似的打聽點事。易廂泉他下肢麻痺，無法行動了。」他又好奇地打量著梅花的枝幹。「先生為何用梅枝插瓶？眼下還不到開花的時日。」

傅上星頓了一下，卻溫柔地看著梅花。「我是素來喜歡梅花的，小澤也喜歡梅花。她就是臘月生的，以前在北方，家境貧寒，每逢她生辰，我就只能帶她去山上看看梅花。」

傅上星似乎總是喜歡在夏乾面前提起曲澤。夏乾雖然平日呆傻，但是總能捕捉到這種敏感的小地方。

他沒有接話，而是快速地轉移了話題。「先生可否告訴我，紅信和碧璽得的是同一種病嗎？」

「對。」傅上星點點頭。

夏乾覺得奇怪，繼續問道：「那麼……可否方便告訴我是什麼病？」

「水娘怎麼說？」傅上星轉頭問。

「肺癆。」

「是。她們都不肯吃藥，病也好不起來。」傅上星嘆息一聲。

「為什麼不肯吃藥？這又是怎麼染上的？」

傅上星搖頭。「醫人不醫心，我無法知道她們是如何想的。她們都不願與我多交流，發生這種事，我也感到難受，畢竟是自己的病人……」

「不知先生可否把藥方給我？」

傅上星指了指右手邊的紙包，坦然道：「皆在那裡。」

夏乾見狀，把藥方往懷裡一塞，隨口問：「上星先生覺得紅信為什麼會出事？」

傅上星沉默一下，似乎不知道該不該答。

「先生但說無妨。」

「事發當日，我接了急診，待我趕到西街的時候事情已經發生了。守衛攔住不讓我進，卻讓我來這裡等著問話。也許是官府覺得事態嚴重，想多問些線索。具體情況，我猜楊府尹可能心中有數。」

傅上星為人謙和，但說話一向不算直白。夏乾是很喜歡和人聊天的，這一聊就聽出了旁音。「楊府尹認識紅信？」

傅上星若有所思。「紅信似乎就是他帶人捧起來的。這些事可以去問問青樓的其他人，我也不甚清楚。」

和水娘說的一樣。傅上星的話很重要，建議也挺中肯。

夏乾點頭，覺得自己應該走人了，於是告辭。

傅上星卻問道：「夏公子進了望穿樓？」

「進了啊！」

「可曾用手帕捂住口鼻？」

「當然。」夏乾咧嘴一笑。「我身體好，不會有事的。樓裡沒人，而且我又沒待太久。」

「話雖如此，回去還要勤洗手、洗澡、換衣服、喝湯藥——」

傅上星叮囑了一堆，夏乾只得點頭應和，卻毛手毛腳地碰倒了一個藍白小瓶。小瓶滾落，眼看要摔下去。夏乾心中一顫，以為要摔碎，卻忽然被人接住了。

抬眼一看，是方千。他臉色如同江邊白沙般灰白，有些生氣。

「我都說了，未經允許，不要擅自進來！」

夏乾暗暗叫苦，趕緊道歉。「見你面色欠佳，是不是身體不舒服？」

「我不妨為方統領看一看，反正閒來無事。」傅上星接話，笑了一下。「剛才夏公子碰倒的藥就挺不錯的……」

方千一直是個恪盡職守的人。趁著說話的時候，夏乾快些溜了。

他只覺得心裡不太痛快，除了那句「書院先生也來」之外，此行並無巨大收穫。而門外晚霞燦爛，街上無人卻炊煙四起，老百姓都躲在家裡面吃飯。

夏乾一人獨行，餓著肚子從西街出去，特意繞開自家的房子走遠路，趕回醫館。醫館無人，門不鎖，一向不進賊。

夏乾直接推門進去，走進轉角易廂泉的屋子。

窗戶打開，一片來自夕陽的紅浸染在房間裡。吹雪在床邊趴著，白毛也染上了淺淡的紅色。牠戴著黃色鈴鐺，瞇著眼睛，吞食著小魚乾。

而易廂泉還懶洋洋地躺在床上，側過頭看書。

青銅燈已經燃起火焰，溫暖明亮。床邊一遝紙，是幫夏乾寫好的功課。

那些紙張旁邊放著兩個茶杯，都是滿滿的熱茶。

夏乾又餓又累，進門不打招呼就一屁股坐在椅子上。「跑腿的人回來啦！」

易廂泉並沒有停止看書，似乎顯得興味十足，只是低頭問道：「可有發現什麼奇怪的東西？」

夏乾端起茶碗喝了幾口。「小澤呢？」

「她去找上星先生，西街的人沒讓她進去，就去買菜做飯了。」易厢泉繼續低頭，從書本裡抽出一頁紙，鋪開，只見上面有字。蠅頭小楷，頗有江南女子的風範。

「『乾坤何處去，清風不再來。』小澤寫這種東西，很有趣。乾清就是你的表字。」易厢泉瞥了夏乾一眼。

夏乾先是一愣，再一回想往日種種，頓覺窘迫。「不該管的事你就不要管。」

易厢泉翻了個身，懶洋洋道：「人家對你是什麼心意，你又是什麼心意？負心就罷了，還好意思在這裡晃來晃去的……」

易厢泉還在說個沒完，夏乾怒道：「我累得要命，你卻落得清閒！真是好哇！」

易厢泉嘆息一聲。「罷了罷了，你先把在西街的見聞講給我聽。」

夏乾把取得的東西拿給他，吸了一口氣，慢慢講述起來。

在夏乾講述的過程中，易厢泉坐了起來，眼神比燭火更加明亮。他一言不發，只是不斷把玩著夏乾帶來的陶土碎片。

「你若沒有其他事，我先回家了。」夏乾站了起來，有些睏倦。

「夏乾，」易廂泉抬起臉，臉色很是難看。「你洗手了嗎？」

「沒有。」

「你先去洗洗手、臉和口鼻。」易廂泉說得很認真。

夏乾不知道他為什麼和傅上星說一樣的話，也許只是因為自己進了望穿樓。

待他老實洗手回來，易廂泉讓他在椅子上坐下了。

「我還有些事要問你，你要老實告訴我。」

夏乾摸摸後腦杓，不知他說這話是什麼意思。

易廂泉很嚴肅，問道：「我囑咐過你，進樓的時候要帶著帕子摀住口鼻，你照做了沒有？」

夏乾趕緊點頭。「當然，而且也沒有逗留很久。」

易廂泉吁了口氣。

夏乾心裡卻已經七上八下了。「你為何要擔心？體弱的人容易得肺癆，我身體極好，何況——」

「還是小心為妙。」易廂泉看著他，猶豫一下。「衙門不放人進去也是有原因的。畢竟是傳染病。如果紅信和碧璽都不是失蹤，而是早已死亡，那屍體也應該盡快找到，畢竟庸城多水，望穿樓旁邊還有湖。」

夏乾一聽，有些明白了。傳上星明明沒進西街，官府卻要順便扣住他，多半是認定了紅信早已死亡，暗地裡詢問一下屍體找不到的後果。

屍體是帶傳染性的，如若藏在某處不被人發現，腐敗之後汙染水源，後果不堪設想。黑湖的水直通護城河，庸城水系發達，假以時日便能流向千家萬戶。

當年碧璽下落不明，雖然事後庸城沒有暴發疫病，但總歸是個隱患。

易廂泉再也沒有笑。

他低頭沉思一會兒，對夏乾道：「明日你再來一趟。夏乾，我的精力不多，這件事很棘手。屍體需要盡快找到，必須找到。」

易廂泉的眼神很堅定，卻有些落寞。

夏乾趕緊點頭。他轉身走出門去，明白了易廂泉話中的含意。

易廂泉這個人，說一句，腦中其實想了十句。如今大盜已經躲在城中，衙門辦事容易產生搜索死角，而青衣奇盜雖然受傷卻擁有高超智慧，對付衙門的人綽綽有餘。若要找到大盜，定要易廂泉親自去現場探查，才有可能找出其藏身之處。

然而易廂泉此刻受了傷，而且城禁時間只剩兩日。如果他選擇徹查西街這個案子，青衣奇盜那邊就可能無暇顧及。

前者從兩個妓女失蹤案開始，可能是兩起命案，如果屍體找不到，也許會危及城中百姓的安危；後者又從大盜開始，和易廂泉師父師母的陳年舊案有所關聯。

這兩件事，一件涉及過去，一件影響未來。

易廂泉分得清輕重緩急，他也知道該怎麼選。人命關天，他選擇去查西街一案。在他做出選擇的這一刻，活捉青衣奇盜的可能就變得微乎其微了。

他把自己一個人關在房間裡沉默不語，連晚膳都沒用。

夏乾一邊胡思亂想，一邊急匆匆地回家，因為申時之前不回家是要被罰的。

他趕到家門口，只見家中開始搬運菊花，擺在廳中。木香菊和金鈴菊，放在月白、天青釉色的盆中，煞是好看。夏乾見了才想起即將過重陽，掐指一算，後日是寒露了。夏府忙忙碌碌，廚房也開始著手做重陽用的麵粉蒸糕。

夏乾趕緊好好洗了個澡，溜進廚房去喝了一些龍眼烏雞湯，吃了香蔥肉包子。

廚娘和燒火大伯開始拿他打趣，張口提了夏乾最不願意提的事。

「少爺，過幾日書院開學，你也晃不了幾日嘍！」

「少爺，醫館的那個小丫頭老往咱這裡跑，就在門口瞧瞧，也不進門。估計親事快成了，先納個妾也不錯。」

「少爺，老爺一直想讓你去西域跑跑生意。」

讀書、娶妻、做生意，這些話翻來覆去聽了二十年。

夏乾鐵青著臉，一聲不吭地回了房間。他不想考取功名，不想考慮兒女之事，不想打理家中產業。他不知道自己想做什麼，只知道這些事都是他不想做的。

夏乾躺在床上，翻了個身，心中一片茫然。也許可以出城。

可是出了城又能做什麼？難道幫著易廂泉抓賊去？

城禁期間發生太多撲朔迷離的事，事過了，也許又恢復到了以前的生活。

趁著城禁還未結束，也許還會發生點什麼，也許還能做點什麼。

他翻來覆去地想，卻想不出所以然，只覺得整個人又煩又累。

至少平靜一下，明天再說。屍體必須找到，全城的百姓還等著自己去救呢！

夏乾想得很誇張，想著想著竟然充滿了鬥志，懷著一腔熱血安然地睡過去了。

次日清晨，霞光普照，庸城等來了城禁的第五日。

太陽照進醫館的窗子，易廂泉從夢中醒來了。

他慢慢坐起，滿頭是汗，怔然看著眼前的被子。

又作夢了，夢裡是男人的冷笑、女人的哀求，還有緊隨而來的熊熊烈火。

易廂泉皺皺眉頭，記不起來了。凡是關於小時候的很多事，他都記不起來。

那些事是他被師父收養之前發生的，似乎不是什麼好回憶，想不起來倒也無妨，只覺得脖子上的傷痕隱隱作痛。

他擦擦冷汗，慢慢下床去，取了圍巾圍在脖子上。

夏乾曾經取笑他非要用圍巾遮住自己脖子上的傷疤，圍巾就是他的遮羞布。

而易甯泉則不以為然，他不記得脖子上的傷痕是怎麼留下的，只是很想圍起來，覺得沒了圍巾就沒了安全感。他喝了口茶，舒服了一些。

他總作夢，但夢中的往往都不是什麼好事。

他還總夢到荒蕪的菜園、枯萎的牡丹、破敗的茅草屋，還有一地的血。這些都是幾年前他回到洛陽蘇門山時，親眼所見的情景。

和普通人比，他的睡眠時間短了些。他也一向喜歡早起，之後做簡單鍛鍊，三餐規律且飲食清淡；日落時喜歡讀書，晚上也盡量早睡。

不像夏乾，每天都睡到日上三竿。易甯泉想到這裡，笑了一下，哪知醫館竟然傳來了敲門聲。

不等開門，夏乾就闖了進來。他眼圈發青，顯然是沒睡夠，卻還是硬挺著來了。

「出事了？」易甯泉心底一涼，詫異地看著他。

「沒出事、沒出事。」夏乾胡亂抓起桌上的點心往嘴裡塞。「偶爾早起一回。」

他頭髮亂糟糟的，連早膳都沒吃，定然是沒和家裡打招呼，自己偷跑出來了。

易甯泉見狀，心裡知曉了幾分，將桌上的信遞過去。「休息一會兒，然後替我去一趟西街。再查一下就差不多了。」

夏乾本就沒睡醒，雙眼微紅，帶著幾分怨恨，繼續往嘴裡塞著點心。「你倒是不累，動動嘴皮子就好──」

「我不會累。」易廂泉慢慢地從床上撐著坐起來。「你給我找個拐杖來，你不去，我去。」

他受傷的腳踩到了地上。腳被白布纏繞了幾道，隱隱滲出血來。

夏乾看著他，有些於心不忍。「你已經傷成這樣，何苦硬撐著去？」

「事關人命，再小的案子也要查。」易廂泉起了身，反問夏乾。「你如果不想前去探查，又是為了什麼一大清早就跑來？」

「我……我沒事可做，不想在家待著──」

「我也沒事可做。」易廂泉淡淡地答著：「我沒有家可待。」

二人沉默了。夏乾不知道怎麼接這句話，他覺得易廂泉沒睡好，心情不好才會提這些令人難過的事。

而易廂泉也沒打算說下去。在這個問題上，他們出奇地一致，卻又出奇地不同。

清晨的空氣有些冷。易廂泉打開了窗戶，哼起了一支小調，讓秋日的朝陽照在他身上，似乎想讓自己變得暖和一點。吹雪溜了過去，在他腿間蹭著。

「你還是想不起來小時候的事？」夏乾小心翼翼地問。

「想不起來，也不去想。」易廂泉背對著他，不知道是什麼表情。「有些事想也沒用，還不如做點有價值的事。」

「那你——」

「青衣奇盜有官兵搜查，我行動不便，不可能親自前去。但是西街的奇事，你可以替我去查。利害關係我已經告知你了，如果我們不去查，還能指望誰管呢？」

他說得很是平淡，但是很中肯。晨起的鳥兒在窗外鳴叫，過著牠們的小日子。冬日不來、蟲食不少，活著就是最大的幸福，至於人世間發生了什麼煩心事，永遠與牠們無關。

夏乾有些沒來由地心煩，摸摸後腦杓，嘟囔道：「官府會管吧！」

「如果幾年前官府就把水妖的事查清楚了，前天晚上的事也許就不會發生。何況，青衣奇盜已經讓他們焦頭爛額。」易廂泉只說了兩句，嘆了口氣，用手撐住了床鋪。「去吧，給我弄個拐杖去。」

他撐著，慢慢站了起來。

夏乾見狀，站起身走到了門口。「大仙，您歇歇吧！我去、我去！」他頭也不回地出了門，在街上晃蕩著。

風有些冷，思緒有些亂。一家小館子迎著朝陽偷偷摸摸開了張，新煮的餛飩也出鍋了，騰騰地冒著熱氣。

瘸腿店小二眼巴巴地看著夏乾，心裡盼著他進門來賞些銅子兒，卻又如看瘟神一樣，不敢招呼他進來。

夏乾如若沒記錯，這店小二當年沒錢買藥，還是自己掏的腰包，付了五十文藥錢。不過，在庸城欠了夏乾的錢，等於沒欠。

夏乾嘆了口氣，摸出銅錢遞過去買了一碗剛出鍋的餛飩。

店小二笑逐顏開，趕緊過來擦桌子。

「風水客棧的周掌櫃也回家躲著了，沒人敢做生意。我想了想，還是開店掙點錢過冬。」

夏乾大口嚼著餛飩，含糊道：「周掌櫃什麼時候不做生意的？」

「青衣奇盜偷竊的下午就急忙回家了。周掌櫃那日丟下風水客棧就走了，門也沒鎖，都說大賊不偷小物，不怕丟的。」

夏乾覺得奇怪，但他又不知哪裡奇怪。

他吃完後大步流星地離去，藉著晨光，先行去府衙。

衙門的守衛全都被派去搜查了。在秋日的濕冷空氣裡，整個府衙瀰漫著一股頹唐之氣。

楊府尹一個人在房裡喝茶，愁眉不展。他胖墩墩地坐在烏木太師椅裡，見夏乾來，顯得侷促不安。

夏乾跟他寒暄幾句，說道：「秋時用些參茶當然是好的，若是配上好的茶匙豈不更好？」說畢，從懷裡掏出一只金色的茶匙來，繼續禮貌道：「對不對，楊府尹？」金茶匙「噹啷」一聲入碗，清脆悅耳，是錢的聲音。

楊府尹咳嗽一聲，嘆氣道：「夏公子想要知道什麼就直接問吧！既然現在毫無進展，讓易公子幫幫忙也好。」

夏乾攤開易廂泉的紙條低頭看了一下，道：「呃……大人您常來西街？」

楊府尹雙目一瞪，臉上的肉一顫一顫。「我怎會常去那種地方？」

夏乾立刻反應過來。易廂泉將問題直接寫在紙上，然而這種問題過於直白，一個當官的怎麼會照實回答？

夏乾意識到了錯誤，趕緊陪笑臉。「楊府尹記得，當年碧璽失蹤的時候，守衛搜了多久？」

楊府尹托腮。「半月。本是七天，水娘一直胡鬧要延長，便延長了。」

夏乾暗忖，屍體真沉入湖底早就浮上來了，怎會搜索半月不見影子？

他又問道：「那半月之中可有人進去？會不會有人偷偷撈了屍體上來？」

楊府尹認真搖頭。「不會的，院裡全都是守衛，不會掉進湖裡的。夏公子，你當時也在，不是看到冰面完好嗎？我們最初三天主要派人在陸地搜索，僅派幾人下水去湖心撈撈看，因為屍體三天必定會浮起來的。方千一早就下水了，水下沒東西。我們趕緊去借調船隻，整整三天過去，屍體也未浮上來。我又派人砸開整個冰面，整隊人下去撈。若是屍體被重物牽絆入湖不浮，撈也能撈到吧？但是都沒有撈到人。來年，湖裡長滿金蓮花，我們又搜，還是沒有。這些夏公子你都知道的。」

夏乾頷首。「你們只搜了陸地三天？」

楊府尹不耐煩地敲敲桌子。「大公子，三天就夠了。院子空曠得很，一看就知道沒人。至於那棟小樓，三天難道還不夠？三天以後，剩下時間都在湖裡搜。這不是很好嗎？不走重複路，這是辦事成效，成效！」說及「成效」二字，楊府尹加重語氣。

夏乾追問：「當時幾個官差在搜索？」

楊府尹小眼一瞇。「十個。」

夏乾一怔。「才十個？」

「可能是二十個。」楊府尹有些生氣。「我記不清了！他們效能很高，人數嘛，無所謂了。」

分明是怕麻煩。夏乾翻個白眼，隨口問：「你認識紅信嗎？」

「不認識！」

夏乾暗想，這胖子就知道胡說八道！看著楊府尹的胖臉，夏乾禁不住嘴角上揚，卻被楊府尹瞧見。

他胖臉憋得紫紅，吹鬍子瞪小眼。「你不信本官？」

夏乾趕緊解釋，楊府尹卻不聽了，三言兩語即送客。

一個金茶匙換來幾句話，夏乾覺得不實惠，又把茶匙順了出來。

易廂泉還讓他去紅信房裡撿些爐灰。

昨天二人說完那些話，夏乾更加謹慎了，蒙了口鼻，上樓去取了東西，下樓的時候卻被一名小丫鬟攔下了。

那丫鬟的意思是請夏乾去一趟，一位名為鵝黃的女子要見他。

鵝黃就是事發當日身穿鵝黃衣服的女子。夏乾雖不認識，倒也跟去了。

夏乾被領進了小廳堂，這裡清淨得很，像是不常住的樣子，卻沒有絲毫的灰塵。他打聽才知道，這名叫鵝黃的女子是水娘的舊識，常住京城。

汴京自然比庸城繁華，縱使是青樓女子也是見多識廣的。鵝黃早已著裝等待，穿著素雅、略施淡妝，向夏乾微微行禮，盈盈一笑。

「自然知道公子為何而來，鵝黃定然據實相告。」

夏乾見過不少大人物，但是他今天有一種奇怪的感覺。眼前的女子看著普通，但他總覺得她就是大人物。

如今的青樓女子，環肥燕瘦，什麼樣的都有，但是鵝黃不屬於任何一種。她穿著杏黃色的大袖上衣和顏色略深的長裙，沉穩地坐在那裡，像一棵深深扎根在土壤裡的柳。

年頭久了，翠柳依然年年綠，卻也不知道在地下的根莖長成了什麼樣子。

夏乾不知為何，內心有些提防她。

見夏乾不飲茶，她抬手換掉了茶杯中的茉莉，變成了龍井。

聰明的女人就是這樣，不作聲，卻一眼看出人的喜好，從小處窺見人的想法。但越聰明的女人越難對付。

夏乾雖然心裡這樣想著，但臉上掛著老實模樣，知道女子自然都喜歡嘴甜的，便有心誇讚道：「鵝黃初吐，無數蜂兒飛不去。別有香風，不與南枝鬥淺紅。」

這詞是自己在一次宴會聽得無名人士所作，並無作者，只在揚州流傳一些時日罷了，若是叫人聽得，定然以為是夏乾自己所作，大有借花獻佛賣弄之意。

然而鵝黃卻呵呵一笑。

「憑誰折取，擬把玉人分付與。碧玉搔頭，淡淡霓裳人倚樓。」

夏乾大驚，頓感困窘。

鵝黃咯咯一笑，她的雙眸明亮具有穿透力，似把夏乾整個人都看得通透。這目光帶著三分好奇、三分溫柔，餘下四分卻是敵意。

柔和與敵意並存，夏乾怕是此生也不曾見過幾人。他心裡直犯嘀咕，一口飲了杯中龍井。

鵝黃恬靜地坐在一旁，笑而不語。

夏乾將茶杯扣下，開始胡思亂想。這女人皮笑肉不笑的，不會是往茶裡放了什麼東西吧？夏乾想到此，趕緊瞥了一眼鵝黃，見她面色如常，暗笑自己傻——初次見面的青樓女子，為什麼要給自己下藥？

鵝黃見他不說話，自己開了腔。「碧璽與水娘感情好，這是自然的。紅信是碧璽的丫頭，碧璽去了，紅信也不必照顧她，就掛了牌子。」

「妳說『碧璽去了』？這是為何？不是失蹤嗎？」

鵝黃輕輕地搖頭。「這都幾年了？人根本就找不到。只是水娘自己不願意接受事實罷了。」

「妳與碧璽不熟？」

「我在這裡幾乎和誰都不熟，除了水娘。我們自幼相識，後來我去了京城，她就來了庸城。」

夏乾嘆氣。「看得出來，她並不開心。」

鵝黃緩緩走到窗前，撥弄著一株蘭花。「自碧璽走了之後，水娘就開始喝酒。本來嘛，青樓女子就是苦命的。」

那妳呢？夏乾真的想問出這鵝黃是何等身世，為何淪落風塵？可是話到嘴邊，卻是生生嚥了下去。

「那紅信呢？紅信也希望自己掛牌？」

「似乎如此，我也不清楚。聽水娘所言，碧璽一向心善，不把紅信當作下人看待。紅信像碧璽一樣賣藝不賣身，掙的錢也不少。只要有人捧，名利皆得，在某些人眼裡，畢竟比做下人好一些。」

夏乾轉念一想，的確如此。傳聞杭州名妓子霞嫁與蘇子瞻，倒也傳為佳話。

青樓女子命苦不假，但掛牌了，相貌、品性好，有才學，沒準也是能嫁個好人，過上好日子的。

夏乾點頭，隨即問道：「碧璽和紅信她們都是怎樣的人？」

鵝黃從床下拿出一些紙張，是碧璽寫的詩詞。

夏乾接了過來，認真看，道：「〈關雎〉、〈木瓜〉、〈子衿〉都是愛情詩……這是〈氓〉？」

夏乾攤開一張紙，上面的字體和其他的字體不太相同，似乎潦草些。

鵝黃轉身又尋出一張帕子，上面繡著金蘭。「這個也給你。繡工精湛，應該是碧璽繡的，但是在紅信那裡找到的。公子莫怕，這帕子都是熱水煮過的，不會有什麼問題，但色澤也不好了。」

夏乾將繡帕收起，反問道：「妳與她們不熟，為什麼——」

「只是不想看著水娘受累。」鵝黃嘆氣掩面，夏乾卻沒看清她的表情。

他心知鵝黃不簡單，沉默一下，追問道：「真的僅是怕水娘受累？」

鵝黃聞言，愣了一下。她轉身看向夏乾，柔和一笑。「還能因什麼？」

她一如既往地柔和，目光依舊帶著敵意，眼睛裡像是漆黑的夜空。這便令夏乾琢磨不透了——鵝黃這明顯是在幫著了解案情，為何又有這種目光？溫和沉靜，非敵非友。

夏乾有些害怕了。他一直自詡看人、識人能力一流，這種技能如今在段數極高的鵝黃面前，竟然毫無作用。這女人到底什麼來頭？

夏乾想了想，試探道：「我偶爾會隨我爹前往汴京城，不知鵝黃姐姐住在哪裡，我到時候帶人去捧個場也好。」

他此番言論意在打探鵝黃底細，鵝黃卻輕描淡寫道：「汴京城的許多大酒樓，我都是投了銀子進去的。夏公子去了汴京城，我不一定在那兒了。」

「都有哪些？」

鵝黃微微一笑。「九天閣、鳳天閣。嗯，夢華樓剛剛盤出去……還有一些沒有名氣的。」

夏乾一愣，她果真不是單純的青樓女子。水娘能承包下西街，但是她承包了汴京城的大酒樓。這兩人，得賺多少銀子？

眼見晚霞漫天，夕陽有歸西之意，鵝黃起身送客。「時候不早了，公子請回吧！如果我所說的能幫到易公子，那樣最好。」

夏乾告辭，剛走兩步，突然想起什麼，轉頭問道：「妳剛剛說……『易公子』？妳是指易廂泉？妳認識他？我想知道妳為何幫我們？既然妳來自汴京，那是不是認識些什麼人——」

鵝黃搖頭。「我不認識。」

夏乾實在沒辦法，也不知道她要做什麼，只得起身離開。

鵝黃看著他離開，又走到窗戶前。夕陽呈現出火焰一般的嫣紅，雲似輕紗，微風中送來輕微菊香，方知重陽將至。

池魚歸淵、飛燕歸巢、炊煙喚子，這些都讓鵝黃想起了汴京的天空，紅得想讓人忘記過去、沉醉其中，卻又看不到未來。

易廂泉……她算是認識，也算不認識。

現在不認識，將來卻未必。

第七章　楊府尹初斷陰謀

「就是這些東西，事情的經過我也告訴你了。」夏乾累得不行，一屁股坐在了桌子上。

易廂泉一下午都在床上看書。散亂的書籍擺了滿滿一床頭，他手裡還拿著一本，邊看邊道：「我讓你畫的那個小院子的地形圖，畫了沒有？」

夏乾掏出來，狠狠往桌上一扔。「畫了。」

易廂泉慢悠悠地拿過來，一張一張地看著，突然停了下來。

「你真的畫全了？」

「當然畫全了，你第一次讓我測量院子還不算，又讓我畫出來，還要標上樹木、房屋甚至小柵欄。統統畫了。」

易廂泉端起茶杯，慢慢喝了一口，半天才給了一句評價：「畫得真醜。」

夏乾想一把奪過來，卻被易廂泉躲開了。他指了指上面的一小片空白。「這裡沒有東西？」

夏乾瞅一眼，道：「那個角落根本沒人去，似乎沒有東西。」

易廂泉挑眉。「這裡沒有一口井？」

「井？」夏乾一愣。「好像……好像沒有，既然有湖為何還要井？你又沒去現場，休要胡言亂語。」

易廂泉鄙夷地看了夏乾一眼。「一個院子的生活用水皆倚靠湖水，洗衣、洗碗——這都對飲用水是有汙染的。人們通常會在湖邊打井，以泥土淨化水質，再來使用。無井，不符常理。」

夏乾不語，心裡琢磨莫非自己真的遺漏了？

那裡是深草區，他倒是真沒去仔細看看。

易廂泉合上書本，示意夏乾上前，輕輕從青藍色罩衫上撿起一根白色貓毛問道：「你可曾見過吹雪？」

「沒見過，不知道從哪兒蹭的。」夏乾哼唧道：「我要回家吃飯了。」

易楯泉嘆一聲。「別吃了、別吃了。你去給我準備車子吧！還要麻煩你把我抬上去。我現在腿能動了，腳板卻不行。」

夏乾驚訝道：「你的腿痊癒了？」

「是的。」易楯泉撐著牆壁站起。

夏乾見狀，毫無驚喜之感。「好哇！你早說你親自去，還要我去幹什麼？那我豈不是白跑一趟？」

易楯泉沒說話，拿起藥渣。藥渣已經燒成灰燼了，他取一些，用鼻子嗅嗅。他的臉色一下子變了。「麻蕡[4]。」

夏乾一怔。「什麼東西？」

易楯泉眉頭一皺。「不對，這是葉子，大理、天竺那邊比較常見。我翻了這麼多

4　麻蕡：中藥材，草本植物大麻的果實。味辛平，有毒，主治祛風、止痛。《神農本草經》記載：「多食令人見鬼狂走。」意為過量食用會產生幻覺，導致步履蹣跚。

醫書，還打算去請教別人的，沒想到……」

夏乾抓起一點聞聞，只覺得氣味與眾不同。「麻什麼？」

易廂泉抬頭道：「與中原的桑麻不同。出了大宋疆域還能見到許多奇異植株，盛產罌粟、曼陀羅、大麻、毒菇。」

他沉默了，沒有再說下去。

在庸城這一連幾日發生的大事裡，易廂泉缺席了一半。他只是坐在這裡養傷，透過夏乾的描述去判斷。他坐在床上，將圍巾拉攏，閉起眼睛。

他只是閉了一會兒。這時間很是短暫，在秋風中顫抖的落葉都來不及掉落下來，但是他的腦海中閃過了庸城從城禁到今日黃昏的所有事。

這些事來自夏乾活靈活現的描述、來自這幾日所見所聞所感、來自庸城形形色色的人的一言一行。

晚霞已經將天空染紅，歸巢的鳥兒似乎也帶走了庸城的陰雨和迷霧。

易廂泉坐在床榻上，慢慢睜開眼睛。

夏乾坐在一邊看著他，心突然狂跳起來，像是在期待什麼。

易廂泉慢慢站起身，目光閃爍不定。他沒有說出任何結論，卻只說了兩個字——

「備車。」

夏乾當然沒準備車子，只給易廂泉拉來一頭小毛驢。

易廂泉沒說什麼，倒騎毛驢，低頭把玩草繩，那草繩像是柳樹的葉子。

太陽剛剛下山，風帶著濃重的涼意驅散了天邊的晚霞，天地瞬時融入一片墨色。街燈點燃，巷子裡偶有犬吠，飯菜的香氣和花香一起鑽入鼻中。

夏乾牽著毛驢踏月而行，喪著臉。自己堂堂一個富家少爺，不讀書、不養妻妾、不做生意，非要餓著肚子給一個算命先生牽驢。

易廂泉沒說話，只是玩著手裡的葉子，那樣子，像極了八仙裡倒騎驢的張果老。

這條路很幽靜，像是永遠也走不完。濃重的夜色作伴，讓人想要嗅著庸城濕潤的空氣沉沉睡去，更夫的梆子聲與西街的嬉鬧聲順著夜色滑入二人的耳朵裡。

聽著歌聲陣陣，夏乾真心佩服水娘。西街無論在什麼情況下都有生意。

二人穿過一個又一個的拱形圓門，路過一株又一株的楊柳，直到走到了庸城府衙門口。易痡泉停下，拉攏了圍巾，正了正衣冠，道：「把驢子牽進去。」

「牽進去？不太好吧……」

易痡泉拍拍驢子道：「直接牽到趙大人屋裡，我有事要與他親口說。」

「瘋子呀！瘋子！」夏乾大聲喊道，驚起幾隻鳥兒從夜空中飛起。「哪有人騎著驢子進屋去？那是趙大人！你再怎麼著急也不能這樣！」

易痡泉沒與他多言，直接朝著門口守衛說要求通報，隨後趙大人同意，真的讓人牽著驢子進屋了。

夏乾沒辦法，只得呆呆看著屋內燭光映出來的倒影。

易痡泉一直騎在驢上，簡單行禮之後就開始交談。

此舉聞所未聞，讓驢入屋，趙大人居然還能同意。他們似乎一直平和地交談著。

大約過了半炷香的時間，易痡泉就出來了。

夏乾本以為易痡泉來找趙大人，是想借一些守衛士兵去找青衣奇盜的，但是易痡泉似乎什麼也沒做，只是騎著驢出來了。還是趙大人親自開的門，讓人把驢子牽出屋。

「易公子，真的不再考慮一下？」

「不用了。」

易廂泉只是朝趙大人點頭笑笑，便讓夏乾將驢子牽走了。

二人出了庸城府衙，便轉了方向，向西街走去，小巷路上還是只有他們兩個人。天高露濃，彎月自西而起，靜掛於天邊雲際。

柳枝快要垂到蜿蜒的小路上，夏乾拂柳而過，只聽得柳樹枝條唰啦唰啦地打在了易廂泉身上，而旁道的野草叢中似有秋蟲斷斷續續鳴著，很是安靜。

「你去找趙大人說了什麼？」夏乾按捺不住，還是問了這句。

易廂泉依然倒騎在驢上也不看路。「你會保密的，對吧？」

夏乾一聽這話，趕緊停下了。

「什麼祕密？你不妨告訴我……我當然保密。」夏乾看著易廂泉，一臉誠懇，卻掩飾不住內心暗暗的激動。

易廂泉慢條斯理。「案發那日，西街一直住著位將軍，直到搜街那日，趙大人才知道此事。為了搜街，趙大人去找他商議，後來還摔碎了個茶杯，最後，趙大人自己從屋內出來，說能搜街了——可有此事？」

夏乾小雞啄米似的點頭。「有的、有的。」

易廂泉卻搖頭，慢吞吞道：「第一個問題，趙大人看著像文官還是武官？」

「文、文官吧……」

「第二個問題，趙大人他人怎麼樣？」

夏乾思索了一下。「若說當官，必然是個清官。公正嚴明，也很親切，但是看著很貴氣。」

「第三個問題，他和楊府尹比怎麼樣？」

夏乾譏笑道：「那個傻胖子？楊府尹自然昏庸一些，出了事生怕自己烏紗不保，而出事之時，趙大人倒是什麼都不怕的樣子。」

說到這兒，夏乾也覺得有點奇怪了。他看了看易廂泉，只見其容顏隱於黑夜中，並無喜怒之色。

「第四個問題，住在西街的將軍為人如何？」

「我只是聽聞他脾氣差又愛逛青樓，之所以低調行事，是怕和朝廷抓賊有衝突，定然是膽小怕事之人。」

「第五個問題，茶杯怎麼碎的？」

夏乾被問得煩了，狠狠拽了一下驢子韁繩。

「不知道。」

「第六個問題，趙大人身上的玉佩你看清了嗎？」

夏乾耐著性子想了一下。「沒看清。」

「最後一個問題，趙大人叫什麼？姓什麼？」易廂泉轉過頭去直視夏乾，眼裡閃著璀璨如星的光芒。

夏乾瞪他一眼。「趙大人當然姓——」

他突然愣住了。

「那麼都解釋得通了。」易廂泉笑著，眼神明亮。「趙，國姓。」

夏乾陡然一呆。「你是說，趙大人他——」

易廂泉沉思了下。「照那個將軍的反應，不是親王最少也是郡王。聖上年輕，應當是叔叔一類的。如今當官不是科舉，就是世襲；趙大人不像科舉出身，非文非武，本身清廉，不和庸人為伍卻還能做官，縱使有人撐腰，哪裡受得了官場的氣？我初次見他之時，說他是看戲的——他本就是個看戲的。出了事他不怕擔責任，因為他根本不用擔責任。」

易廂泉繼續道：「何況提點刑獄出身之人，必須有點斷案真功夫的，他雖然冷靜，喜好親力親為，命令守衛、調派人員、隨機應變的能力都不差。他若做個朝廷大官倒是有可能，但在對待案子細節上卻沒有多大功力，反而不及你夏乾一個人在現場亂竄來得有用。他天天這麼清閒，卻不怕出事被革職，這是為何？因為他沒必要怕。除了天子，此人是一人之下、萬人之上。」

夏乾不語。自己瞎琢磨一氣！

易廂泉見他不信，繼續補充道：「還有他那塊玉佩。初見那日我沒看太精細，倒也認識上面的皇家圖騰。我剛才試探著問了一下，他倒爽快，直接承認了。」

夏乾這下真的震驚了。「承認了？他真的是——」

「嗣濮王，皇上的四叔。」

皇上的四叔。

這五個字讓夏乾的心裡涼颼颼的。此事絕不可兒戲。他轉而問易廂泉，結結巴巴道：「真的？」

「真的。」

「沒騙我？」

「沒有。」

夏乾深深嘆了口氣，臉色有些蒼白。「此事只有你一人知道？」

易廂泉瞥了他一眼，輕描淡寫吐出兩字：「兩人。」

夏乾這下老實了，默默地牽著驢子向前走著。不知怎麼的，自己心裡一下子沒了主意，心也越走越遠，遠到自己不認識的地方。

瑟瑟秋風與木為伴，寒風乍起之時落葉凋零。夏乾縮了縮肩膀，眼前的庸城夜色無邊，只怕遮蔽了自己的雙目。

「我們去哪兒？」

「去找人。」易廂泉看了看黑夜，輕聲道：「走吧，我們去找碧璽和紅信。」

易廂泉說完這句，二人緘默不語，巷子裡只剩下腳步聲、驢蹄聲與風聲。

他們轉眼就到了西街，通報守衛便來到了院子。夜晚的院子安靜又寂寥，只聽得蛐蛐兒私語訴寒秋。

此情此景，令夏乾想起了幾年前正月十五發生的碧璽失蹤之事。那聲慘叫仍然縈繞在耳畔，每每想起，不寒而慄。

黑湖上泛著濛濛水氣，不知那日碧璽慘叫過後究竟去了何方？是否活著？

正在夏乾出神之際，易廂泉用草繩打了打他的腦袋。

「你們去找一些可以纏住口鼻的布條、手帕來。」易廂泉對著守衛說，看了一眼夏乾，搖搖頭。「夏大公子估計是不會幹體力活的，煩勞把方統領請過來幹點活。」

夏乾詫異地問道：「你又要做什麼？」

「讓水妖把人吐出來。」易廂泉面無表情地看著遠處，目光落在黑湖之上。

黑湖如今並非一片漆黑，月光下波光粼粼的，樹木在其旁邊靜立著。距離樹木不遠處有一塊雜草叢，雜草很深，遠遠望去，草叢中央有一灰白大石。這種大石在湖邊倒是不少，普通至極，隱藏在草叢中不易被發現。石頭巨大，似乎是安安穩穩地放在地上的。走近細看，石頭放得自然，卻又有些不自然。

兩個官差從石頭旁邊走了過來，遠遠地朝易廂泉點了點頭。夏乾認得他們，是庸城有名的仵作。

一種不安、怪異之感襲上夏乾心頭，他就像是被什麼東西掐住了咽喉，沒吐出一字。而易廂泉騎在毛驢上，卻沒有去深草區這邊，只是趕著小驢子到了離湖邊最近的樹下，是那棵懸掛短短一截繩子的樹。繩子在樹的陰影遮蔽下，彷彿與枝幹融為一體，輕輕搖晃。

月光穿過樹的枝葉縫隙，落在易廂泉臉上，他陰晴不定吐出四字：「的確夠高。」之後目光又落向了深草區。

夏乾不知他要做什麼。而易廂泉只是扭頭問旁邊西街小廝：「那口井是不是在幾年前就已經廢棄不用了？」

小廝愣住半晌才「噢」一聲答道：「好像是有，又好像沒有，實在是記不得了。水位漸退，縱使是有井，只怕早就乾涸了。易公子怎會知道？」

易廂泉沉默不答，只是看向那塊大石。

夏乾有些緊張。「幾日前，楊府尹他們為了找紅信把整個院子都搜查過，那裡應該沒有問題。」

易廂泉揚起嘴角淡淡笑了一下，笑得比秋夜冷月還要冰涼。夏乾第一次見他這種表情，頓時如墜冰窖。「喂，你……」

話未說完，守衛已經拿著布條來了。

「給你布條把口鼻蒙住，越緊越好，省得吸了氣得病。我本不想讓你參與的，就怕你……」易廂泉淡淡地看著夏乾。「怕你這幾日跑來跑去，非要求個結果。」

夏乾心裡七上八下，趕緊用布條蒙了口鼻。

不遠處，方千慢慢地走進來了。他臉色比昨日更加蒼白，眼裡都是紅血絲。

易廂泉默默遞給他布條，方千緩緩地繫上。

易廂泉沒說話，自己蒙上布，小毛驢一步一步地挪向那塊大石，在一丈之外停住了。周圍雜草叢生，遮蔽極佳。周遭泥土濕潤，稍不留意就會踩出一個深坑。

夏乾也想跟過去，被易廂泉攔住了。

方千先到了井口邊，默默站著。他閉起雙眼，像是風化在月下、樹下、草中的千年岩石，又冷又硬。

院子外集結了星星點點的火把，卻再也沒人走進來。小廝和守衛都撤退出去，這裡只留下他們三人。

此刻的氣氛真是說不出的怪異。

「搬開它，小心，減少呼吸。」易廂泉一字一頓地，指著上面的大石頭。「如果搬不開，用斧子砸。」

說罷，他掏出一把小斧子，晃了一下。

「我們砸開吧！」夏乾衝著方千喊道。

方千沒有答話，他一個人蹲下，用盡全力挪動石頭。

夏乾隱隱猜到石頭底下是井，也猜到了井中有什麼。

屍體。一定是。

這是拋屍的絕好地方，距離不遠，而且難以發現。但這怎麼可能呢？躲過夏乾的眼睛就罷了，官府搜查這麼多次……

是紅信的屍體嗎？不管是誰的屍體，總有不對勁的地方。

周圍草很深，泥土也軟。紅信失蹤沒幾天，屍體是不會自己走過來的，肯定是有人搬過來的。但是，腳印呢？

這裡土壤雖軟卻是深草區，腳印應當不明顯。然而夏乾卻看到了一個奇怪的腳印，拖得很長，前方有個小鼓包。

他這才反應過來，剛才的仵作估計就是過來看腳印的。

他沒敢上前，易廂泉騎在驢上，也沒有上前，只有方千一個人在井邊。

突然，方千悶哼了一聲。由於發力過度，手蹭著粗糙的石塊，已經滲出了血珠。

「喂，我們還是用斧子……」夏乾轉身拿斧子，卻發現易廂泉的眼睛沒有看井。他在看方千。

此時，方千拚命地拉著石塊，如同把所有氣力都傾注在上面，發狂一般想要挽救什麼。

就在夏乾發愣的剎那，方千「啊」的一聲吼，石塊轟然挪動，井口敞開，頓時散發一陣惡臭。

夏乾後退，易廂泉立刻前進，並抬手把燈籠伸過去。

幽暗的燈光下，夏乾看到了驚悚的一幕：兩具屍體蜷縮著躺在井底。

一具是新的，穿著紅色衣裳，眼睛瞪得銅錢一樣大，臉上不知怎的，異常醜陋，手腳也爛掉了；另一具嚴重腐爛，看不出身上有什麼衣飾，依稀能辨認出人形。

夏乾感到一陣噁心。

穿紅衣服的屍體面容雖損，卻不難辨認，是紅信。那麼無疑，另一具屍體自然是碧璽。

這是怎麼回事？

夏乾簡直要暈了，後退幾步，想逃離這令人窒塞的一幕。

而易廂泉目不轉睛看著井底，沒有出聲。

萬千落葉無聲飄下，時間似乎就在此刻停留。秋蟲淒切地叫著，月夜如網，一草一木皆染上模糊寒冷的色彩，隱藏了它們細密的影子。

夏乾後退，倚靠著一棵大樹，猛地摘掉蒙面布條，大口呼吸新鮮空氣。

只見易廂泉的眼睛突然望向方千。

方千跪坐在井邊，趴在那裡抓住井口邊緣，整個人都像要墜入井中去。

他雙目充血、青筋暴起，乾枯僵硬的手用力扯下臉上的白色布條，手上的鮮血一滴一滴地染在白布上。

他死死地盯著井裡，盯著那兩具散發著惡臭的屍體。

易廂泉收回了燈，緩緩張口，吐字清晰。

雖然距離遠，但夏乾依然能聽清楚易廂泉所說的話。

「她一定沒有怪你。」

聽了這句不帶任何感情色彩的話語，方千慘澹地笑了，雙眼通紅，蒼白的臉上流下兩行清晰的淚。

易廂泉突然轉頭對夏乾說道：「去叫官差。」

「可是……」

「速去。」

夏乾一肚子疑問，他邊走邊轉頭看著。

方千還蹲在那裡，如癱瘓一般，靈魂被生生地抽走，徒留一具空殼。

易廂泉在一旁低聲說著什麼，可是方千全無反應。

夏乾跑出院子，看見趙大人一行早已站在院子外面，密密麻麻地站了一片。

很快，一些守衛進去了，還抬了一些白色的粉末。

夏乾詫異道：「這是……」

「是石灰，簡單驗屍之後就可以撒上了。得了瘟疫的屍體是留不得的。井口封閉得很好，但是靠近水源，若是處理不當，使得瘟疫蔓延開來，全城都會遭殃。」趙大人表情嚴肅。

夏乾從沒看過他這個樣子，當今聖上的叔叔……

夏乾知道他的身分，突然覺得有點不敢說話了。他定了定神，裝作一切如常的樣子。「大人可知這其中是怎麼回事？方千是怎麼回事？」

趙大人嘆氣。「易公子沒和你說？方千是紅信的情郎，而且與碧璽的死脫不了關係。紅信此次墜樓是自盡，屍體是方千藉著搜查之便，扔到井裡的。」

夏乾如遭雷劈，什麼意思？究竟是怎麼回事？

「怎麼可能？方統領？那可是方統領！那是方千！」

趙大人嘆氣。「我知道夏公子與方千熟絡，可……這是易公子今晚來找我的時候告訴我的。應該錯不了。」

夏乾明白，易廂泉準一早就猜出趙大人的身分，一直憋著沒說，就是等著今晚和趙大人商議之時當面抖出來，好讓大人信任他。

趙大人繼續道：「易公子根本不願多透露詳情。他讓我調遣兵力，只因為方千武藝高強，怕他拒捕。」

「拒捕？」

「不錯。本來計畫是眾多士兵一起圍在井旁，待其露出馬腳，進行抓捕。然而到了此地，易公子變了主意。看來，大隊人馬似乎沒有必要了。」

夏乾望去，這「大隊人馬」依舊站在院外，個個面色凝重，手握佩劍，似乎隨時要衝上前去。井旁只剩方千和騎著驢子的易廂泉。

二人不知道在說些什麼。只見易廂泉慢吞吞地從驢子上下來了，扶著大樹，慢慢蹲下。他晚上去見趙大人的時候都沒有從驢背上下來，如今要與方千說話卻這樣做了，只是希望與方千距離更近一些。

「要是在京城遇到這種事，直接將嫌疑人抓捕起來略施懲戒，基本也就招了，根本不必在這裡浪費口舌。這位易公子可真是奇人啊！我今日問他要不要做官，他只是搖頭。」趙大人遠遠地看著易廂泉，語氣不是稱讚，也不是嘲諷，只是在單純地說他與眾不同。

夏乾沒聽見，只是望著方千淒然的影子。他還是不信，方千同此事根本就沒什麼瓜葛，怎麼會是他？

「方千與紅信之事，楊府尹知道嗎？」許久，夏乾才回神，氣若游絲地問道。

趙大人哼一聲，似是很氣憤。「楊府尹知道此事。但據他所言，他只是知道方千對紅信有好感，所以常帶著部下來西街，會叫紅信出來。」

「哎喲喲，真是個體恤下屬的好大人。」夏乾很是生氣。

「不論如何，他倒是沒有什麼大過失。這次案件，西街一案凶犯落網，青衣奇盜雖然偷竊成功卻受了傷，也算無功無過。如果能保住犀骨筷就更好了，可惜……」趙大人嘆息一聲。「至於方千一事，天子犯法與庶民同罪，何況他只是個小官。我會把西街一案上奏，方千得到嚴懲，到時候通報下來，相信百姓也樂於看到這樣的結果。」

趙大人像是給城禁一事做了一個了結。

人抓了、案破了、百姓接受了，便可以了。

夏乾卻是一愣。他一直以為趙大人公正嚴明，如今卻發現他自始至終都未曾站在真理一方，他代表的只是朝廷的顏面。

遠遠見方千被官兵拉起來帶走了。一行人緩慢地走出院子，漸漸走遠。

夏乾僵直不動，一直目送他們消失在街角。

自己認識方千這麼久，他們都是在庸城長大的揚州人，兩人年齡相仿，自幼相識，沒有隔閡。

當年夏乾十幾歲時也對西街巷子頗為好奇，偶爾來閒逛，有時也會碰到方千。後來方千因為打仗被調去北方，雖然不是最前線，卻也離庸城甚遠。待其歸來，便是幾日之前了。方千武藝高強、為人和善，絲毫沒有當兵的痞氣。

夏乾閉上雙目，頭痛欲裂。

方千竟然會和青樓女子有聯繫？竟然牽扯到人命。

一陣踢踢躂躂的響動聲傳來，易廂泉騎著驢子過來了。他的臉色並不好看，看了夏乾一眼，像是等著他發問。

而夏乾動了動嘴唇，卻什麼也說不出來。他什麼都想問，卻問不出一個字。

今夜無月，街上無人，小巷黑漆漆的。兩個人就這樣一言不發地往醫館走，夏乾罕見地沉默了一路，弄得易廂泉反倒不自在了。

「方千什麼也不說。你前幾日去西街調查，我雖然懷疑他，卻也沒讓你盤問他。此事應謹慎，由我解決最為穩妥。讓他冷靜一夜，明日審問。如果他什麼也不說，事情就難辦了，只希望他明日能開口。」

「別說了，我也不想聽。」

夏乾一拽韁繩，驢子嘶鳴一聲，在寂靜的小巷中顯得格外淒涼。

易廂泉真的沒再說話。

醫館的窗戶上點燃一盞黃色的燈。他們顯然在等易廂泉回來。這種燈火，只有真正的「家」才會燃起，曲澤和傅上星他們一定在等易廂泉回去。

「穀雨是不是就像你妹妹一樣？」易廂泉抬頭望著燈火，突然將話鋒一轉。

「對，穀雨雖然是丫鬟，但是我們不拿她當下人看待。」

「她是不是也有哥哥？」

「以前有，後來似乎去戰場了。怎麼？」

「只是覺得她和小澤有點相像。」

夏乾思索道：「你指性格嗎？是有一點。」

「你家有沒有做過藥材買賣？砒霜都從哪裡買呢？」

易廂泉突然冒出一句「砒霜」，夏乾嚇了一跳，還未發問，易廂泉又木訥地道：

「沒事，我自言自語而已。」

夏乾吁了一口氣，朝前方看去。醫館似乎有人影晃動，興許是曲澤備好消夜了。

易廂泉重重嘆了口氣，似乎沒話找話。「你想過要離開庸城嗎？」

「想，」夏乾一掃剛才的陰霾，眼中閃現著渴望。「現在就想。」

「那你離開之後做什麼？」

「不知道，不知道。」

夏乾有些失落地答著，眼前又是空茫茫一片了。這種感覺並不好，就像家的燈火在身後亮著，不停有親人呼喚你回家去，而自己卻毅然轉身，衝破牢籠朝前去了，面對的卻是一片白茫茫的雪地。天氣這麼冷，不知道往哪裡去，沒有路，卻又到處都是路。

夏乾抬頭看了易廂泉一眼。他的朋友很多，但是易廂泉是不一樣的。他一直覺得只有易廂泉才會理解自己，只有他才會把自己帶出這座城，給自己指出一條好路去走。

「嗯……」易廂泉只「嗯」了一聲，白色的衣裳浮動在黑夜裡，似乎隨時都會飄走離去。「從道義上來講，你是獨子，有偌大的家業要繼承，我是不能帶你出城，走南闖北的。」

他的話在夏乾耳邊飄著，就像是庸城緩緩關閉的城門。

夏乾木然地向前走著，覺得眼前是空的，心也是空的。

夜晚安靜，巷子裡能聽到驢蹄子落地的聲音，踏在江南特有的青石小路上，顯得那麼清晰。

這條路，夏乾走過很多遍，兒時從書院翻牆跑出來在石板上寫寫畫畫；夜晚也會去小販那裡買些吃食，就花幾個銅板，晃晃悠悠地一邊吃一邊走回家，功課也不做了，有時候還會跟人玩蛐蛐兒和蹴鞠。

那時候的庸城就是這樣子，這樣的路，這樣的燈，這樣的巷子，只是比現在更熱鬧一些。

方千……

夏乾怎麼也想不到案情會和方千有聯繫。當他看到方千那張蒼白的面孔，看到一個曾經的剛強戰士形象轟然倒塌，他不敢接受這個事實。

風吹了過來，有點冷。夏乾想了半天，越想越迷茫。人心如土，土上覆沙，沙上草木繁盛、鮮花盛開，卻只是一片又一片明媚的假象。當花草被無情扒開，才知道大地早就已經乾涸。

「方千到底做了什麼，會被砍頭嗎？」

夏乾問了一個很傻的問題，易廂泉很想回答「不會」、「不一定」，可是他說了不算。

二人沉默了一會兒，在醫館道了別。

夏乾溜回家去，一聲不吭地爬上床。他在床上輾轉反側，躺到了凌晨。

但是夏家的下人卻不是全都入睡的，寒露和穀雨同在房中嬉笑著，縫補一些即將過冬的衣裳。

二人眼下這話題卻是跳到夏乾身上了。

穀雨輕笑道：「妳可知這幾日傅上星先生為何總來夏家問診？」

寒露比穀雨還要小，有著江南人特有的水靈。她笑著，用透著稚嫩的聲音道：

「不清楚呢。莫非是想讓老爺想法子，讓他進京當差？」

穀雨機靈地一笑，神神秘祕地道：「夫人後來給我提起了呢！是關於曲澤的。」

寒露驚道：「莫不是給少爺……可這是父母之命、媒妁之言的，這……」

穀雨噗哧一笑，用皓齒輕輕咬斷手中絲線，緩緩開口：「這就不知道了。曲澤也是很不錯的呢！依我看，正室做不得，這側室可說不準。」

寒露素手將線一挽，低下頭故作深沉。「要說，姐姐妳不是也挺好的嗎？肥水不落外人田。」

穀雨惱怒。「說什麼呢！就咱家那少爺！我還……」

二人調笑一陣，等到夜深了便熄燈而臥。

次日，夏乾又很罕見地早早起了。他去書院都不會這麼勤快的，而今天是城禁的最後一日，明日庸城即將開門。

卻見穀雨一身淺綠，歡歡喜喜地抱著一隻白貓出來了。她眼圈還是黑的，估計昨夜補衣服補得晚了。

「我說幾日不見吹雪，竟然被妳養著了。」夏乾打著哈欠，慢吞吞洗漱著。

穀雨不以為意，嗔怒道：「公子不關心下人，倒關心貓！易公子特意叮囑不讓牠亂跑，一直沒出夏家院子。」

夏乾注意到吹雪脖子上繫了個金色鈴鐺，似乎不響，中間的珠子大概被取下來了，整個鈴鐺顯然只是個裝飾。

夏乾估計是穀雨覺得有趣才繫上的。

穀雨見他盯著鈴鐺，笑道：「這是易公子繫上的。」

夏乾嗤笑一聲，拿毛巾擦了擦臉。易廂泉居然如此無聊，給貓戴鈴鐺。

外面豔陽高照。夏乾穿戴整齊，滿面愁容去了庸城府衙的牢房。諷刺至極的是，方千堂堂一個統領，本是衙門的人，現在卻進了衙門的牢房。

牢房陰暗潮濕，夏乾走著，木板「嘎吱嘎吱」地響動，一股霉味撲面而來。

房內兩個人看守方千，而方千就坐在濕濕的稻草堆上。窗外的晨光一縷一縷地射進小窗戶，打在方千身上，染上了一格格墨色，像是套在他身上的枷鎖。

方千安靜地坐著，像是連呼吸也沒有了，就這麼空洞地盯著暗灰色的破落牆壁。

牢房陰暗，夏乾覺得自己的心也變得陰沉。這種幽禁讓人絕望。

夏乾突然一陣心酸，不忍心打擾他，卻還是站在了牢門前，雙手握住鐵柵欄嘆道：「你……可還好？」

方千抱膝而坐，一動不動。

「你……」夏乾突然哽咽得不知道說什麼，不知道怎樣開口。他帶了些點心，轉身問看守：「方統領可有喝水進食？」

「他滴水未進，更別說進食了。」看守低聲說著，言語中帶著幾分同情。「昨夜方統領被送過來，就如死了一般。我夜裡幾次看見他在流淚，如今似是好些了。」

夏乾轉身看著方千。然而他只是留給夏乾一個背影。

男兒有淚不輕彈，何況方千曾經上過戰場，將士浴血奮戰，自當拿得起、放得下，他這樣流淚，定然是遇到了承受不住之事。

這時衙差又道：「易公子半夜前來，一整夜都在與方統領談話。但似乎毫無進展，易公子自己也非常沮喪，剛剛回去休息了。」

「他們談了什麼？」

衙差搖頭。「不清楚，單獨談的。」

夏乾扭回頭去，抓起石子朝方千身上打去。「喂！你倒是說話啊！你這樣……」

夏乾本想罵幾句激將他一下，然而方千卻一動不動。

若易厢泉對此都無可奈何，憑自己這棉薄之力，怎可叫方千開口？夏乾也不再多問，實在不忍心再看著方千這個樣子，遂吩咐照顧好方千，就出門去了。

當新鮮的空氣湧入肺中，夏乾覺得輕鬆了些。

今日守衛還在搜查。庸城府衙本來規定，在城禁結束當日擺宴席犒勞眾人；宴席不大，所有參與圍捕青衣奇盜之人都可以來。這原本是慣例的重陽宴席，但明日趙大人和將士們就要回京，宴席就定在了今日夜晚。

最可笑的是，宴席定在西街。

今日是第六日，一共城禁六日。按理說今夜城禁就應該結束，只是庸城晚上城門是關閉的，因此明早才會開門。

夏乾想了一下，城門開啟的時間應該是明日寅時。

今夜所有官差都會喝酒慶祝，雖然青衣奇盜未抓捕成功，庸城卻也沒有太大災難。這批戰士打仗歸來，辦完庸城的事，就可以回家探親了。

自從青衣奇盜偷竊至今，雖然夏乾射了他一箭，卻仍然沒有找到青衣奇盜的任何蹤跡。西街出了事，衙門更是兩頭都忙不過來。青衣奇盜怕是抓不到了。

眼下這種情況，只要方千開口承認或者告知詳情，那麼西街之事就可以結案。哪怕不開口，也可以結案。這樣，多少也還算是成功的。但是方千一人負罪，人生也就毀了。按照之前聽聞的隻言片語，紅信應該是自殺，方千移屍，按理說罪不至死；但是根據趙大人的意思，恐怕此事也不容樂觀。

夏乾想著這些事，也想不清楚，索性去酒肆買些劣酒。

夏家禁酒，夏乾打了些劣酒就回去關在自己房裡，打算偷飲。

今日寒露，後日重陽，夏乾偷偷去廚房弄來熱水，灌進溫碗中，再倒出酒來一口飲下，頓覺辛辣無比。

蓮花形的溫碗花枝纏繞，輕吐白色熱氣。夏乾盯著熱氣，有些恍惚，這才覺得有些醉了。易廂泉到底怎麼想的？方千會不會被重判呢？

夏乾覺得整個腦袋發懵，竟然朦朦朧朧地睡去了。

不知睡了多久，被敲門聲吵醒。他抬起頭來，覺得頭痛欲裂，卻見穀雨抱著吹雪一下子推門進來了。

「出事了！易公子讓我通知少爺。」穀雨焦急地說：「方統領他……少爺，你怎麼了？你居然喝酒了？你哪裡來的酒？」

夏乾立刻像被潑了一桶水，一下子跳起來，驚道：「方千怎麼了？」

「方統領……死了！」

夏乾的腦袋「轟」的一聲炸開了。

「怎麼可能？我睡覺之前他還好好的！」

不等穀雨回答，夏乾腦中熱血上湧，衝了出去。

他東倒西歪地跑在街上，推開人群，根本不相信方千死了！待來到了衙門前，眼見那裡圍著不少人。幾個官差從裡面抬了個架子出來，上面罩著白布。

夏乾的心抽搐了一下，他知道那白布下是什麼。

居然說沒就沒了。

一身白衣的易廂泉在石獅子腳下坐著，臉上滿是愁容，吹雪趴在他的左肩上。旁邊放著一根粗木拐杖，顯然還是行動受阻。

他自顧自地愣了一會兒，從懷中掏出一個藍白小瓶子，倒出一些白、紅色粉末出來，細細地看著，又嗅了嗅，隨即露出一種驚訝的表情。那是一種包含著驚訝、感傷、失落，又有點毅然決然的神情。

夏乾晃過去，易廂泉抬頭驚訝道：「你喝酒了？」

夏乾只覺胸中有悶氣。「對，喝了不少，那又怎麼樣？方千是怎麼回事？他上午明明還活著的。」

「砒霜，方千自己帶的，是自盡。但……」

但是自己也有責任。易廂泉沒有再說什麼話，他這個人確實很容易自責，畢竟人是他抓的，如今出了事，他也難辭其咎。

「你昨日晚上叨唸過『砒霜』，這是怎麼回事？你是不是知道他可能尋死？」

「我當然不知道，那個砒霜和這個砒霜不是一回事。」易廂泉罕見地有點語無倫次。「方千的死我沒預料到，也不希望發生這種事。我來的時候他已經斷氣了。聽他們說早前發現方千身體異樣，但是催吐已經無用。夏乾，真的對不起。」

他一道歉，夏乾也不知說什麼了，這才覺得自己言辭有些激烈。不論出了什麼事，按理說也不應該怪到易廂泉頭上。

兩個人都沒再說話，在石獅子腳下並排坐下了，一個望著天，一個瞅著地。不遠處有幾個守衛圍成一圈，紅著眼眶。他們是方千要好的兄弟。而餘下的人仍然在搬東西、寫紀錄，似乎是準備將這一切記錄下來再彙報給上級。

他們的臉上沒有悲哀的神色，整個衙門也顯得秩序井然，並沒有因為缺少一個人而顯得不同。有些人還吁了口氣，似乎覺得畏罪自盡是一件圓滿的事。

夏乾忍不住撒起酒瘋來，引得眾人側目。

他晃晃悠悠站起來，醉醺醺地道：「今夜西街設宴慶祝城禁結束，趙大人講幾句好話，楊府尹官職沒丟，將士們的任務結束就各回各家了，真是好哇！」

「很多案子就是這樣辦的。無足輕重的人過世了之後，人們就是這副無所謂的樣子。只有真正喜愛他、懷念他的人才會感到悲痛。」

易廂泉說得慢條斯理，將視線從白布上移開看向天邊的雲。

夏乾怔了片刻，卻聽遠處人聲傳來。

遠遠地，夏至穩步過來，身後跟著一頂轎子。

「少爺，夫人聽說你喝了酒，所以特意派轎子來接。」

「喝酒、喝酒！方千死了！你們還要管我喝酒？不喝酒，你們明天是押我去學堂還是去看店？」

「你不能喝酒，因為你是庸城最好的弓箭手。」

易厢泉冷不防冒出這麼一句，聲音很低，只有夏乾聽得見。他淡然地看了一眼架上的白布，眼中已然看不出悲喜。

夏乾本想繼續耍酒瘋，聽得此話卻是一愣，有些不明所以。

易厢泉聲如蚊蚋。「不論什麼方法，亥時之前一定要保證清醒。時候一到，你翻牆出來，我們西街見。」

夏乾聞聲卻清醒了幾分，掙脫了夏至的手，湊上前去。

「你又要做什麼？你要讓我射箭？今晚？」

易厢泉瞥了夏至一眼，做了個噤聲的手勢，低聲道：「晚些通知你，切莫因醉酒誤了大事。箭是非常有用的武器，速度快，而且隱蔽。你去，只是以防萬一。」

夏乾聽了這話，思緒又開始浮動。

他頭真的暈了，心也亂了，渾渾噩噩地爬上轎子，想著想著居然昏睡了過去。

窗外天色昏暗，又是傍晚。庸城迎來了城禁後的最後一抹晚霞，大地莊重地站在一邊，與夕陽作著最後的道別。

夏乾在床上醒來，揉了揉腦袋走到窗前。

穀雨端了白瓷碗進來，裡面是陳皮醒酒湯，上面漂浮著朵朵葛花與綠豆花。她放下碗來告訴夏乾，易廂泉讓他酒醒了就溜過去。

他不緊不慢地喝了一些，舀了些湯裡的陳皮和白豆蔻仁嚼著，才覺得清醒一些，這才抬眼看了穀雨一眼。

只見穀雨雙眼微紅，夏乾便奇怪地問道：「妳平時天不怕地不怕的，如今這是怎麼了？」

穀雨聞言，眼睛更紅了。「我把吹雪的鈴鐺弄丟了，易公子囑咐過的，我……」

夏乾聽她一口一個「易公子」心裡就煩。「丟個鈴鐺又如何？我一會兒跟他說說，再給牠買個，又不是什麼大不了的事。」

穀雨被逗笑了。「還是少爺好，以後不講你壞話就是了，也講不了幾年了。」

夏乾一聽這話不對勁，立刻抬頭，穀雨趕緊道：「也不是什麼大事，就是傅上星先生似乎有意撮合你和曲澤……」

夏乾一聽，湯也喝不下去了，急問：「我娘怎麼說？」

穀雨搖頭。「不清楚呢。應該是催著你娶親了。」

夏乾愁眉苦臉。「妳幫幫我，好處少不了妳的。」

「那是自然，少爺的事就是我的事。傅上星先生也不知急什麼，那日與夫人去庫房取了冰塊，說要催梅花開花，與小澤共賞呢！這來日方長，為何急這一時？縱使小澤出嫁，這也來得及賞花呀！」

聽了穀雨這話，夏乾臉色越發難看起來。

此時夕陽染紅了城門。

夏乾抬頭看著夕陽，心裡一驚，掐指算了算時辰，宴席應該開始了。

晚風徐徐送來桂花夾雜著菊花的清香氣息，如陳釀般醉人。晚霞瑰麗似錦，逐漸暗紅下去，遠處的山顯出暗青色的輪廓。

夏乾躲開家丁翻牆出去，待路過醫館，看見窗臺上一個廉價花瓶裡真的有幾枝梅花，下方用冰塊襯著，晚霞之下竟如同寶玉般玲瓏璀璨。

夏乾卻覺得一陣恐懼。花開了，傅上星真的去說媒了？曲澤會嫁給自己？

曲澤是個好女孩，但是夏乾卻覺得若要相伴一生還是不妥的。他挺喜歡她，就像喜歡家裡的其他人。這又不是愛。

夏乾趕緊匆匆走過，快步向西街行進。他聽見了西街喝酒嬉鬧的聲音。每個人都喝得醉醺醺的，每個人都笑著。

彩樓歡門之下搭了戲臺子，上面站著一群舞女，連臂而唱，輕輕舞動。這是時下流行的〈踏歌〉，聲音婉轉，聽得人甜酥酥的。

如今只是一些小節目，多半是歌舞。臺下坐了一行人，大多是小守衛之類。而大人們都坐在屋內的廳堂中。歌舞妓衣著華麗，各色長袖飛舞如雲霞漫天，亦似春日裡百花爭豔，香氣繚繞。再一看裡屋，酒香、肉香瀰漫廳堂，鈿頭銀篦擊節碎，鐘鼓絲竹響不絕。

水娘滿頭珠翠，拎著玉壺酒招呼客人。她比以往喝得更醉，搖搖晃晃地來回張羅。再看，楊府尹和趙大人遠坐七彩珠簾後頭，二人獨自擺桌，皆穿便服，遙遙可見楊府尹那大胖肚子。還有一人也坐在裡面，夏乾推斷，那就是將軍了。

所有人都很開心。

守衛終於可以休息了。方千被捕，懸案一破，有趙大人撐場，楊府尹的烏紗保住了。馮大人沒惹事，不會被怪罪。西街的生意不減，水娘還是會賺錢。易廂泉一介草民，青衣奇盜沒抓到，也怪罪不到他頭上。

明明滿地的敗局，卻又帶著可笑的圓滿。

將士也都在，有的飲酒品菜，有的談天觀舞。夏乾再朝左右看看，未見那名叫鵝黃的女子。

滿堂熱鬧，而望及角落，卻見易廂泉穿著一身白衣坐在那裡。他和早上一樣需要拄拐，只是坐在烏木交椅上玩弄著自己的圍巾，目光飄忽不定。等水娘經過，他叫住了她，似乎對水娘說了什麼。

水娘臉色一下子變得難看，只見她點了點頭，醉醺醺地走開了。

易廂泉怪異地微笑了一下，那似笑非笑的神情有些扭曲。那是一種驕傲和哀涼同時混雜凝固而成的表情。

易廂泉將目光投向人群，不知在看什麼。

夏乾順著他的目光看過去，但也只看到亂哄哄的人群而已。

他在看什麼？

夏乾不知道，於是把鑲嵌了大塊翠玉的紫檀弓箭匣子悄悄放在酒罈邊。

這裡有好多酒罈子，大小各異，一直擺到外面長廊上去。

易廂泉見夏乾來了便站起，拄著拐悄悄走出來。熱鬧的廳裡眾人不是吃喝就是觀舞談天，沒人注意到這兩人。

「背著弓箭跟我來。」易廂泉沉聲道，沒有再多說一句，只是一瘸一拐地向後院走去。

望穿樓的院子一如既往的荒涼。夏乾一來這裡就會有莫名的恐懼。呼呼的風聲，聽來像是整個院子在不住地喘息。

易廂泉跛著腳在前面走著，來到井口附近。井口已經被封上了，這次是用厚石板牢牢封住的。

易廂泉繞井一周，隨即便坐在井口附近樹叢裡的一塊石頭上，忽然開口道：「你去找一個好位置。」

「你要我射向哪裡？」

易廂泉理了理衣衫，語調平和。「也許是我的附近。」

「明天開城門，」夏乾面無表情，開始麻利地卸下弓箭匣子。「青衣奇盜沒抓住，方千不明不白地死了，所有人卻在大廳裡喝得爛醉。」

「只要我們清醒就好。」他在一棵粗壯的大樹後坐下，輕輕撫摸粗糙的樹皮，彷彿這是此時最重要的事。月光穿過樹枝縫隙，在他的白衣上投下斑駁的影子。

夏乾百無聊賴地拾起一顆石子投進湖去，猛地水花四濺，波光點點。

「你動靜小些。」易廂泉皺了皺眉頭。

夏乾咧嘴笑了一下。他已經來過這個小院數次，夜晚的院子也是見過了。月下，柳樹垂下濃密的枝條，似乎把濃墨染的綠滴入湖水中去。月亮在黑湖裡留下一捧清亮的圓影。夏乾還是坐不住，折了樹枝揮舞，又胡思亂想起來。

「今夜要做一件大事。」易廂泉站了起來，走到大樹後面站著。「是生死攸關的大事。」

易廂泉的話如同石子入湖泛起波瀾，在黑夜蕩漾開去，波光粼粼卻陡增涼意。

夏乾一驚，故作平淡地道：「自然不會失手。雖然我不知道會發生什麼，也不知道你要我射什麼。」

「等著。到時候看我眼色行事。」易廂泉朝他點了點頭。

夏乾應了一聲，趴在望穿樓一層腐朽的木板上，嗅著木板潮濕的氣味，將院子的大半景致收於眼底。

而易廂泉也安靜地在大樹濃密的枝幹後坐著，凝視遠方。

二人不知道要在這裡等待幾個時辰。不知過了多久，他們都感到手腳發麻。

如果用弓箭的人手無法發力，必然難以射中。於是夏乾微微動了動，靠在破舊的柱子後面。

就這樣，二人等了整整一個時辰。

西街的樂聲一直不斷，原本安靜的人們在朦朧的酒意中躁動不安起來。而這種喧鬧聲使得原本緊張的二人心中更加煩躁不安。

夏乾徹底厭煩了，到底要等多久？自己到底要做什麼？一動不動，秋風又涼，吹得人睏倦不堪，夏乾這樣想著，竟然朦朦朧朧地睡了過去。

好在睡得不沉，只是打個盹。模模糊糊間，他想起了方千死的那天，一幕一幕──蓋住方千的白布、滿臉哀傷的人們、易廂泉坐在那裡，玩著手中的瓶子……

夏乾突然想起，那個瓶子，他見過。

他不僅見過，還碰到過。

就在這時候，易廂泉從遠處丟來一顆石子，恰好打在他頭上，夏乾一下子清醒了。他慌忙抬起頭，想對易廂泉說話，卻發現易廂泉神情不對。

就在這時，遠處有個人向這邊走來。

按理說，後院是不該有人進來的。易廂泉和夏乾能進來，是因為他們提前跟官府打了招呼。

夏乾心裡一陣緊張，話到嘴邊卻嚥了下去。他握緊手中的弓箭，看向那個人影。

那人慢慢走近，燈光清晰地照射在他的臉上。

來人臉上遮著白布，雖然如此，但夏乾認出那人來了——那個人，他太熟悉了。

夏乾好像被雷劈了一下，又像是有什麼人掐住了他的喉嚨。

那蒙面人走近了，走路穩健又斯文，彷彿只是路過這裡而已。他站到井邊，只是站著。夏乾以為他會像方千一樣拚命地把井打開，但是他沒有。

那人走到井邊的樹下，手裡抱著一罈酒，另一隻手提著一盞燈籠。燈籠不是普通樣式的，很精緻，有點像花燈，卻是白色的。

那人放下酒罈，把燈籠繫在樹上，如同對待一件精美的藝術品。燈光又一次投射到他臉上。夏乾緊握弓弦，他看清了來人的臉。

出乎意料的是，易廂泉在這時候突然站了起來。

夏乾大驚，本以為是二人皆隱蔽在此，來一個甕中捉鱉的。他這一下站起，夏乾想張嘴喊住他，但是發不出聲音。

易廂泉走路不穩，一瘸一拐地向來人走去。

來人聽到響動立刻警覺地回頭，看到易廂泉時明顯震了一下，卻平靜得沒有任何移動的意思。

燈光照在蒙面人的雙眸中。他閃避了一下，合起了雙眼，像是硬生生把一本書合上，不讓人翻閱。

「夏家的僕人名字是按照二十四節氣排的，據我所知，還未有『驚蟄』二字。」

易廂泉出乎意料地開口，夏乾吃了一驚，他說這話完全沒有來由。

來人沉默了。

易廂泉看著他，又道：「驚蟄——春雷萌動、萬物甦醒，是春天的開始，寓意不錯。小澤可以去夏家先做下人，做妾終究不是一條好路。唯有相愛的人才能終身相伴，若非如此，金錢和門第只是一道一道的鎖，把一個年輕姑娘一輩子鎖在那裡，這才是世間最大的不幸。」

易廂泉看向眼前的人，目光很是誠懇。

傅上星緩緩地摘下臉上的白布。他一動不動，墨髮如雲煙，脊背挺直，迎風立於樹旁。他雙目沒有焦點，彷彿什麼事都沒發生過一般，沉靜得像黑湖的深水。

第八章 易廂泉破解謎案

方千死的那日，易廂泉手裡的藍色瓶子——裝著砒霜的瓶子，正是夏乾無意間在傅上星那裡看到的。

那是夏乾第一次調查西街，去問傅上星問題之時發生的事。當時方千面色蒼白，傅上星說要給他看看，還說「剛才夏公子碰倒的藥就挺不錯的」，夏乾自行離去也沒有再管。

挺不錯的藥？

夏乾腦袋一片空白，他此刻才清楚一點，傅上星他……

「易公子的腳傷好了嗎？」傅上星溫和地笑著，只是輕嘆：「易公子此時定然是知道我的底細的，公子是真的無所畏懼，還是對我過於信任？」

「二者都是。」易廂泉安然，他緩緩上前幾步道：「你可以站在我面前無所畏懼，我也可以。」

「我不是個好人。」傅上星淡淡道，燈光讓他的表情顯得那麼怪異。

易楠泉只是低頭道：「你當然不是。」

傅上星眼睛閃動一下。「易公子真有膽識，那麼顯然，情勢在我手裡了。」他笑道，下意識地攥緊左袖。「在我坦白之前，請公子把知道的都告訴我，比如……什麼時候懷疑我的？」

他的聲音很輕，似是耳語。

「你應問我什麼時候開始懷疑方千的，畢竟你沒動手。」

傅上星點了點頭，在井旁的石板上安然坐了下來，抬眼看著易楠泉，如同一個茶客在聽人說書，竟然顯得悠閒自在。

貓頭鷹撲棱棱地飛過，穿過粗壯的樹木。銀杏樹飛下零散的青黃葉子，輕輕掃過易楠泉身旁。

易楠泉笑得有些僵硬，唯有夏乾才能看出易楠泉每個笑容背後隱藏的情感——他在掩飾自己的不安。

「我第一次遇到青衣奇盜的那夜，街上沒有什麼守衛。方千說，自己接到了調動守衛的信，落款是我，但是信上的字會消失。在焚毀之際，他意識到了騙局的存在，所以趕緊採取措施，終於留了一小片，上面是『方』字。」

傅上星蹙眉，易廂泉緊盯他的雙眼，接著道：「『方』字紙片的四周是圓的，有被火燒的痕跡。這就奇怪了。我們燒東西，可以從信的角落開始讓火焰蔓延，或者從中間燃起向四周蔓延。那一個『方』如果是開頭方統領的稱呼，至少會留下紙片的上邊緣、左邊緣。」

易廂泉單隻手拄拐，另一隻手卻悄悄撫上腰間的金屬摺扇。「此外，還有七節狸。據夏乾講，青衣奇盜偷竊那日，方千見過七節狸，但是他沒認出來。方千自幼長在庸城，如果他認識，那麼他為什麼要隱瞞？」

傅上星只是笑笑。

易廂泉自顧自繼續道：「這兩件事都是與青衣奇盜有關的。因為當日我不在場，這都是聽夏乾的描述。要說疑點，任何人都有。」易廂泉頓了頓，接著道：「那我們不妨把青衣奇盜的事情拋開來看，單純從西街的事情談起。」

傅上星笑道：「我本以為你會從我這裡深挖下去。」

「青衣奇盜與你有關聯，與方千也有關聯。用『同謀』這詞也太重了，倒不如說，你們都被那個賊利用了。」

夏乾聽到這裡，震驚了一下，這又是怎麼一說？雲裡霧裡，不清不楚。

「青衣奇盜的事，我到時候自會處理，我也不會放過他。」易厢泉忽然正色。「時間寶貴，相信先生也不願多提他人。」

易厢泉看了一眼遠處張燈結綵的廳堂。

傅上星沒說話，只是低頭望著井上的厚石板。

易厢泉接著道：「你知道我接下來要說什麼問題，是關於紅信和方千的。在這之前卻不得不提起一個女人，她才是整件事情的起點，也是你犯下大錯的源頭。」

傅上星依然沒有任何反應，他抬頭望著黑湖和高大的銀杏垂柳，似聽非聽的。

「碧璽一定是個很好的女子，」易厢泉直勾勾地盯著傅上星。「只是她得了一種病，一種比肺癆更可怕的傳染病。這病如果蔓延，會給全城帶來巨大災難，即使是消息傳出去也會讓人恐慌。這病連幾歲孩童都知道，人人避之唯恐不及，因此水娘隱瞞了真相，說是肺癆。可是事實呢？這件事只有水娘和你這個郎中清楚。紅信和她是同樣的病症，顯然是被傳染的。看紅信的房間再也明顯不過了。這種病會毀掉一個美麗女子的容貌，會毀掉一個琴技一流的琴師，毀掉一個書法家，毀掉一個青樓女子的全部……消失的鏡子、飛濺的墨汁、凌亂的詩詞筆跡都證明了這一點。她不想看見自己的臉，而且什麼東西都再也拿不穩，因為她的面容被疾病毀去，手腳也殘疾了。那麼，什麼病有如此症狀呢？」

「痲瘋。」傅上星輕輕吐出兩個字，那樣輕鬆，卻隱隱透露出哀傷。

夏乾向傅上星看去，卻看不懂他的表情。漆黑的、沒有星星和月亮的天空映襯著不遠處燈火通明的廳堂，荒誕的喝酒聲、嬉鬧聲飄散在夜空裡，卻離他們這麼遙遠。

傅上星的暗色衣袍被遮蔽在大樹的陰影裡。

在這蒼茫夜色下，易廂泉卻是一身白色，在暗夜中顯得突兀，卻又讓人感覺自然而安心。他的聲音也不同於這黑夜，淡然而沉穩。

「你倒答得輕鬆。現在的人們對於痲瘋病總會感到恐懼，我不甚了解，但近日翻閱先生的書籍，倒是收穫頗多。這種疾病讓人恐懼，它也足以致命。而發病的人更令人恐懼——毀容、殘肢，眼力也會受到影響，整個人可謂不成人形。一個女子得了這種病，怕也是難以接受自己的。」

傅上星什麼話也沒說。

面對傅上星的沉默，易廂泉語氣越發冰冷，平淡中帶著些許指責。「為了碧璽，你很殘忍。」

傅上星突然蒼涼一笑，比秋日寒霜還要寒涼百倍，讓夏乾為之一顫。

「她值得我殘忍。」隨即他頗有興味地轉向易廂泉，眼裡卻黯然無光。「易公子到底知道多少內情？」

「關於碧璽，幾乎是所有。」易廂泉只是望著他，目光中竟有憐憫之色。

他們二人含混的對話讓夏乾很難聽懂，他唯一聽懂的，只是碧璽和紅信都染上了痲風。夏乾心裡犯嘀咕，水娘居然藏著痲風病人，西街居然還能顧客盈門！

痲風一直被認為屬「不逮人倫之屬」的惡疾，得病之人或毀容、或殘體，外貌醜陋，不似人形，若是死亡也不能留得全屍。它傳染性極強，人們在唐代時才對此病有些認識，有隔離一說，故而有些地方有「痲風村」的存在。

傅上星不置可否地笑了笑。「殘忍？對碧璽就不殘忍？呵，孫思邈早已對麻風病的病理做了詳述，疾風不出五種，即是五風所攝，麻風病不一定致死。不過是種病而已，得病了就治——人們為何懼怕？」

他的話雖平淡，眼眸中卻掠過不安與憤怒。

傅上星微微閉起雙眸，待他睜開，不緊不慢地問道：「我與碧璽之事……易公子是何時起疑的？」

「最初那晚，我與你在醫館相見。桌上燃著紅燭。若非有患者進門，你是不會點燃它的，太貴了。我淋雨進門卻未見人，而紅燭卻是一直點燃的。你知道我會受傷，你在等我。」

傅上星驚訝道：「只憑藉一根蠟燭就……」

「當初只是好奇而已。後來發現小澤夾在書中『乾坤何處去，清風不再來』的字樣，這種詩不適合這樣的女子，顯然指的是夏乾的表字。」

提及曲澤，傅上星眼裡微微閃光，良久才道：「她喜歡夏公子，我知道。」

「記得我與先生見面，問過先生名姓的問題。本家姓傅，非醫藥世家卻取了上星為字，而上星是一個穴位。我當時笑言，猜測小澤姓曲，竟然猜中。這也是因為曲澤穴的原因。很好解釋，先生行醫，你與小澤的名字都是你取的，都是穴位名稱。」

傅上星挑眉。「這有何干？」

「我生來就喜歡猜測，多數猜測並無根據。你為自己取名，而且是在你學醫之後。有可能小澤與你是在那之後認識的。你與小澤毫無血緣關係，不同姓名卻同種類，顯然兩個名字皆是你行醫後取的。論性格，小澤與穀雨很像，並無很強的尊卑觀念，還有同樣的機靈，這是因為她們生長的環境類似。性格多決定於人的早年經歷，雖然早年生活艱辛、不盡如人意，卻有兄長的守護，這是穀雨的生長環境。如果小澤與她類似，那麼必然也有一位如同兄長一般的人守護小澤，可見你與小澤當真親如兄妹。但有不可忽略的一點——你們不是親兄妹。」

傅上星眉頭一皺。

易厢泉接話道：「恕在下唐突，先生英俊多才，小澤可愛而且是情竇初開的年齡，年齡相配且性格相投，毫無血緣關係但是長久相處，為何不生任何情愫？小澤喜歡夏乾，而先生也對小澤沒有男女之情，這就奇怪了。」

夏乾聽到這兒吃驚了！易廂泉這個人整日都在想些什麼？

易廂泉倒是不以為意，繼續說：「只是我的胡思亂想而已。其中有種極大的可能，那就是雙方都有愛慕的人。小澤的情感易於體現，可是先生你呢？初次見面，我只聞到藥味，你身上一點脂粉氣息都沒有。」

傅上星本是愣住的，突然就笑了。「易公子真是……」

「先生會喜歡什麼樣的人？先生相當出色，所認識的女子也不會差的。先生兢兢業業，那麼你的心上人多半是行醫時遇到的。如今的女子通詩詞的不少，有才藝的也不少，性格溫婉的也很多，但是限定在庸城卻少了。如果先生真有愛慕之情，為何不去見情人？為何隱藏得毫無痕跡？我打聽過，大家都不知上星先生有什麼喜歡之人。如果我的猜想都成立，那麼先生必然與此女常見。如何常見？久病才能常見。為何不見？死去才能永別。」

夏乾這時趴在木板上，心情卻激動不已。這種媒婆才會關注的兒女之事，居然被易廂泉這木頭看了個透，還亂點鴛鴦譜，點來點去居然點到了點上！

「這是我在事發前閒來無事所想，也沒有放在心上。畢竟可能太多，說不定你只是不喜歡女人。」易廂泉本想開個玩笑，可這玩笑開得也太令人窘迫了些，隨後接口道：「但是我耳聞碧璽之事，才突然有所懷疑。她符合所有的條件，但是身分低微。我這幾年行走江湖積攢了一些看人經驗，人與人常在一起，觀念也會彼此互融。小澤不重視身分、地位，這顯然是受了先生的影響。一個好的郎中，自然不論病人的身分一律接待——如此，你與青樓女子不顧及身分地位，毅然相戀的可能真的不小。」

傅上星抬頭，漆黑的雙眸中除了詫異還顯出欽佩之色。「人心難測，易公子雖然年輕，竟可看透人情、猜透人心。」

他嘖嘖一聲，嘴角泛起一絲苦笑。

易廂泉沒有接受他的褒獎。「這未必與年齡有關。我這種猜測實在淺薄至極，甚至可謂無聊透頂。但是除此之外，可疑的還有紅信的名字。」

傅上星有些訝異。

「紅信的名字是碧璽起的。這本是預選名，但最終碧璽棄之不用，是因為『紅信』本身的用意不佳。紅信、碧璽、鵝黃、湛藍，乍看之下皆為顏色，實則不然。紅信是一種石頭——紅信石，先生有什麼聯想嗎？碧璽給紅信起名字的用意，本想指代顏色，然而紅信石可以製成一種劇毒之藥，民間叫砒霜，也是鶴頂紅。」

夏乾聽得瞪大眼睛。易廂泉那日口中喃喃「砒霜」二字，竟然是這個意思！

傅上星苦笑，垂下頭去。「易公子翻過我的藥石書籍？連這都能被你看見，我實在太小看了你，居然留你住在醫館。」

傅上星此時顯得輕鬆許多，而易廂泉一如既往地淡笑。

月上中天，冷冷清清。院子裡看似兩人，實則三人。夏乾窩在角落，越看越覺得緊張。

自己到底什麼時候放箭？反正傅上星是壞人，倒不如……

只見易廂泉輕輕將一隻手放背後，不易讓人察覺地動了動。

夏乾看明白了他的手勢——

不要輕舉妄動。

好、好！不動就不動！夏乾咬咬牙，收回了弓箭。他已經凍得直哆嗦了。

「先生的醫書，我這幾日一直在看，顯然碧璽是知道紅信石的用途的。但是一個青樓女子為何知道這個？也許是為了起名字，特意借閱的書籍，也許是湊巧看了某本醫書得知，也許是有人告訴她的。若說詩詞，煙花之地感嘆風花雪月的詩句不在少數，青樓女子都會。而藥理之類的書籍與知識，又能從哪裡得來？一個被隔離的妓女能接觸什麼人？答案當然是郎中。先生博學、碧璽好學，可見先生並不是看完病就速速離開的，二人談論詩詞、藥理的可能很大。如此一來二去更加證明了……」

微微起風吹皺一池湖水，微光粼粼，風吹上身卻覺寒冷。

夏乾縮了縮肩膀，他此時明白了一點，易廂泉若是誠心給人作媒，定會叫這全城媒婆都丟了飯碗。

想必傅上星也驚訝於易廂泉的這種識人功力。「易公子……到底是什麼人？」

「就是一個算命先生，有時也幫忙破些小案，取賞金。」易廂泉坦然笑道。

傅上星驚訝。「早知市井傳聞，但我仍未料到你真的是以算命為生。」

「其實只是個管閒事的人。」

「本以為算命先生都是帶著八卦圖招搖撞騙的。」傅上星喃喃。

易廂泉從懷中拿出曲澤給夏乾的繡帕，又拿出碧璽的繡帕。

「兩塊帕子的針法類似。也許透過你，碧璽將繡法間接地告知了小澤。這些都是很小的事，星星點點，矛頭卻全都指向你。難道先生以為，我只是因為懷疑你和碧璽的關係，才在此地等你？根本不用懷疑，我剛才已經問過水娘了，我所言句句屬實。」

傅上星呵呵一笑。「聽易公子的口氣，似乎了解的遠遠不止這些。」

易廂泉嘴上笑著，眼裡卻有說不出的寒意。

「先生知道碧璽……是怎麼死的嗎？」

傅上星坐在井邊，聽到這裡輕微地搖晃了一下。

夏乾看不清他的表情，而他也沒說出一句話。

易廂泉看著他，目光很是犀利。「我猜，你不知道她怎麼死的，只是知道了她屍體的下落。如果先生想知道真相，那麼只能從我這裡得知，並且我一定將我所知道的全部告知你。」易廂泉突然冷冰冰地道：「因為我什麼都清楚，包括紅信染病的事，還有她焚燒麻蕢葉子一類藥物的事。」

傅上星突然泛起哀涼的笑意。「我早就不配做一個郎中。請易公子從頭至尾講述，我……洗耳恭聽。」

他話音落下。朦朧之中可見夜行鳥飛過的影子，像一團黑影般悄無聲息地劃過天邊。牠們只是一閃而過，又飛進無邊的黑夜裡，再也尋不到蹤跡。

露珠無聲地凝結在即將敗落的樹葉之上，悄然滴下。

易廂泉所站之處被月色洗得發白，如同他不肯脫下的白色孝服一般清冷。

他緩慢、略帶沉重地吐出真相。「若我猜得不錯，殺了碧璽的人就是紅信。」

夏乾大驚。

傅上星安然地坐著，並未有一絲反應。

「碧璽失蹤的當夜，夏乾他們聽到了碧璽慘叫——源於過度的痛苦或者驚慌。就在短時間內，碧璽失蹤了。她去哪兒了？湖裡？這是最有可能的，卻被認定為不可能，因為湖上結冰。但是來年金蓮花開放，湖中有她的東西，卻沒有屍骨，至少證明了她在湖裡，或者說『曾經』在湖裡。」

聽及此，傅上星輕顫一下。

「那麼問題就此產生，她怎麼掉進去的？顯然是掉進湖心，而且是在短時間掉進去的。四周冰面完好，沒有人破壞和走過的痕跡——夏乾一再肯定過。如果應了水妖的傳說，那麼水妖會從湖心出來，蛇形的妖怪脖頸很長，可以叼走岸上的人。從空中掠走一個人，雖然聽起來不可思議，卻很具有參考價值。」

傳上星輕輕皺了皺眉頭。

易廂泉的眼中雖哀涼卻閃著光。「從空中再到湖中，不破冰面，毫無痕跡，水妖叼起人來，似乎是唯一的可能。但那並非自然之物，根本不符合常理。

「我想過種種可能，要把一個人扔到湖中，這可是異常困難的事。速度、高低、方位——要同時滿足這些條件，而且保證人不能亂動，乖乖聽行凶者擺布，根本是不可能的。而且，何須用這種殺人方法？恕在下直言，只不過是一個患病的青樓女子，她怎麼被殺的，不會引來太大關注。而用什麼特定工具將人從空中拋出又明顯太過複雜，沒有實施的必要。

「既然想不通，於是我換個思路，誰有可能做這件事？如果單憑猜測，楊府尹當時在夏乾旁邊，水娘與碧璽關係太密切，青樓的一干人等都有嫌疑……但如此細算，紅信的可能最大。她身為碧璽的貼身侍女，與碧璽的關係太過緊密。既然這群人都有嫌疑，那麼不妨來假想，如果我假定紅信就是殺害碧璽的人——一個弱女子。那麼，怎麼能滿足我的假想？

「再把思路換回來推斷，我們還原當時的情景。當時紅信一定是和碧璽在一起，在哪兒？房間？院子？當時正好是正月十五，西街人數眾多，為何偏偏在那時候下手？當時圍牆外一派熱鬧景象，女子正是愛玩的年紀，自然也不會待在房裡，但是一個手腳殘廢的病人能做什麼？」

夏乾一震，下意識地盯著遠處那棵高大的樹。

「有一種東西深得女子喜愛，尤其是閨中待嫁的小姐。碧璽出不了門，自然可以用此娛樂。正是這個東西，卻把她送進……」

「她究竟是怎麼死的？」傅上星突然冷冷地發問，他狠狠地抓著石板，眸似利劍，隱含著怒火。

易廂泉淡然地望著遠處的樹，語氣平淡。

「秋千。她們當時在玩秋千。」

傅上星一愣，立即轉頭看去。

「大概就是那棵樹。」易廂泉用手指了指湖邊一棵高而粗壯的樹。「我讓夏乾測量過這個院子的長寬、樹高，只有那棵樹最合適。關於秋千，我剛剛在酒會上問過水娘，確有此物。如果我的推斷沒錯，當日她們二人正在玩秋千，紅信在推，碧璽坐在秋千上。推到一定高度，紅信只要用銳利的東西割斷一根繩子，比如刀、剪子甚至簪子，秋千就會失去平衡。力道巨大，而碧璽的手有殘疾，本身就難以抓穩繩子，在瞬間一定被甩出去。」

傅上星只是怔怔地望著那棵樹，樹上還掛著短短的繩子。

易甭泉認真道：「先生常來這裡，必定知道此地原來是有秋千的，後來消失。至於什麼時候沒有的，先生如果肯回想一下，自然比我清楚。那棵樹上還掛著繩子，我剛才仔細看過，繩口被割開了，繩子短短地墜下一截。然而重點就在此了。按照夏乾的測量，以紅信的身長——開井那日我親眼所見——如果踮起腳尖也難以到達樹木的高度。如果我的推測正確，那麼紅信當時用什麼東西割斷了秋千的繩子？割口位置應該比現在所留長度更低，繩子下垂會更長。當秋千一邊斷掉，碧璽因為被扔出去，在空中叫了一聲，那麼短時間內就會把人引進來，紅信的動作必須快。她砍斷了秋千的另一邊，把秋千板子藏起來，自己也躲起來。此時，水娘進門來了。躲過水娘是非常容易的，可是再接著，楊府尹就帶人來了。」

夜很靜，易廂泉的聲音異常清晰地飄到夏乾的耳朵裡。

夏乾思考著，覺得易廂泉所言存在不合理的地方。

「的確，我的敘述有難以解釋之處。」易廂泉竟然和夏乾想到一起去了。「首先是搜查。楊府尹帶了這麼多人，難道沒發現院子裡還藏著紅信？再說繩子，留得很長就很引人注目，惹人生疑。最奇怪的是碧璽的屍體。按照常理，如果人溺水，屍體不會當時上浮，以後也會浮起來；但是，碧璽的屍體沒有浮起，卻在枯井裡被發現。那麼，一定有人移屍，而且在短時間內移屍。如果我沒猜錯，紅信以前就動過殺人的念頭，不過她沒有計畫。有可能是玩秋千的時候，碧璽的某些言論使得紅信臨時起了殺人的念頭。但是，這種臨時起意的做法居然成功了，原因是什麼？」

易廂泉看向了遠處的枯井。「讓紅信躲過搜查、有剪斷繩子的身量、可以在守衛中移動屍體，這樣的人，太少了，正是因為太少了，範圍才縮小到不能再小。有人幫助紅信。既然是幫凶，那麼很明顯了。這就是第一個案子的結果。謀殺並無計畫，掩蓋罪行者與殺人者不是同一個人。」

傅上星沒有答話，他只是從懷中掏出了杯子。他彎下腰去，「噗」的一聲打開了酒罈，濃香頓時溢了出來。

夏乾趕緊拉緊弓弦，生怕他做出什麼事來。然而卻聽到酒液流入杯子的嘩嘩聲，傅上星舉杯一飲而盡。

酒罈不小，但傅上星只用單手就提了起來。

夏乾本以為傅上星是斯文的讀書人，自然手無縛雞之力，但從目前情況看來，那可未必。

夏乾看看易廂泉，嗅到了危險的氣息。如果傅上星採取什麼極端措施，怕是易廂泉腿腳不便，根本無法躲避。

易廂泉並沒有理會傅上星，繼續道：「所以，方千出面了。他負責處理好屍體，紅信不久也掛了牌子。但是方千卻離開了，其中的緣由我不清楚，但是大致可以想像。方千一向為人不錯，能做出這種事——不算是殺人，但也是傷天害理的事，明顯是顧念到紅信的原因。按照內心推斷，一個官差與一個殺人犯在一起，只有兩種結果，要麼淪為同類，要麼各奔天涯。」

「易公子當真未過而立之年？易公子的某些推斷是建立在事實基礎上的，而有些卻單憑人心猜測，竟然也能說對事實。」

易廂泉對傅上星的誇讚並沒有太大的反應。「我不過比夏乾年長幾歲。」夏乾聽到此有些惱怒了——別人誇你年輕能幹，你卻拉我下水！是在炫耀我不如你嗎？不如就不如，本來就不如，何必提它一嘴呢？

只聽易廂泉繼續用平平的聲調陳述道：「我得到紅信寫的詩，多數是情詩，但是有〈氓〉，這是典型的棄婦詩。她與其中女子遭遇有點像，大概是寫在方千離開她之後。看那筆跡，如果我猜得沒錯，那時候她已經得病了，這才握不住筆。」

他頓了一頓，繼續道：「痲風之症，極易傳染，老幼和婦女更容易得病，但往往要長時間之後才會發病。所以，碧璽死的時候紅信還是安然無恙的，但其實她早就染上疾病，註定活不長。」

易廂泉的語調沉了下去。殺人事件之於旁觀者而言只是場跌宕起伏的戲，然而對於當事人而言，卻未免太過殘酷了。

傅上星慢慢喝著酒，他喝得不快，像是生怕自己喝完了一樣。

風起葉落，大片的銀杏葉似下雪一般，短時間就鋪滿了院子。

易廂泉站在地上，像是對著秋葉自言自語。

「紅信得了病，自然要請郎中，所以你就去了。我不知道你怎麼認定紅信和這件事有關的，但是你確定是她殺了碧璽。你怎麼辦？當然恨到想殺了她，但是你不能。因為碧璽失蹤了，無論死活，你都想找到她。天下唯一一個知道碧璽在哪兒的人，就是紅信——你當時是這麼認為的，那時你還不知道方千與此事的聯繫。就算知道，方千也遠在千里之外，所以你殘忍地、用各種方式逼迫她說出來。碧璽為人善良，雖然病重、美貌喪失，卻依然和善待人，還有情郎照拂。然而對於紅信而言，碧璽是她痛苦生活的根源。要照顧一個痲風病人，不知要用去多少時光、精力。旁人看來，這裡的丫鬟是靠著雙手吃飯的清白人，然而在青樓，她們下人的地位還不如歌舞妓。紅信想要掛牌，怕也是因為方千的緣故，這也可算一段風流佳話。依照水娘的性子，碧璽不死，紅信就得照顧她，一直照顧著。誰願意耗盡青春來陪一個病秧子？她雖然心有怨氣，但並未動手，只是日日勞累，日日思念，日日沒有希望地勞作，日日在青樓裡做地位低下的丫頭——這種怨恨歸於碧璽，終有一日，也許她們談到了什麼，觸及了紅信心中的怨恨，這才造下悲劇。」

易廂泉輕輕閉起雙目，道：「乾燥的草堆是容不下一絲火星的，一衝動就會燃起大火。」他的語氣突然加重了，似是告誡一般地看了看傅上星，像是將話說給他聽的。「紅信掛牌不久，情郎已去，她也發病了。她還年輕，卻整日被關在一個破舊的房子裡，沒人說話，沒人聽她的傾訴。身體殘疾、病痛終日折磨、姐妹被自己殺死、戀人離開、無親無故，水娘對她也不太關心，唯一和她有外界聯繫的人卻是自己的仇人——你。先生不用驚訝，紅信不傻，她當然知道你要害她，但是她沒有做任何反抗。她反抗有什麼用呢？你給的致幻藥物，她沒喝，倒在爐子裡燒掉了。因為她心裡還殘存著念想，她不能死。紅信知道如果把碧璽的所在地告訴你，她自然活不成。」

傅上星突然笑了一下。

「你笑什麼？她這麼苟且地活著，到底是為什麼？其實你和她是一樣的人。」

「你想說，因為我們都是殺人犯？」傅上星淡淡問道。

「不，」易廂泉搖了搖頭。「你想找碧璽，她為了等方千，雙方僵持著，說是為了愛，倒不如說你們都是自私的人。」

傅上星沒有答話，像是默認。

易廂泉語氣加快。「你按捺不住，於是就想到了麻蕡葉子的主意。這種藥在中原不常見，焚燒、食用都會使人對這種氣味上癮。紅信孤獨無助，在不知情的情況下對這個東西上癮並不奇怪。只要讓她在意識不清醒的時候說出碧璽所在的地點，你的目的就達到了。

「不久，方千回來了。一切一切，就從城禁開始。方千回到庸城，紅信自然想見他。飛鴿傳書，這是她喜歡養鴿子的原因和唯一目的。但是在這之後的種種細節我就不清楚了，先生你應該比我更清楚，簡言之，雙方因為各自原因，或者某種阻力，」易廂泉別有深意地看了傅上星一眼。「沒有見到彼此。」

傅上星繼續不斷地飲酒，一副事不關己的樣子。

夏乾把弓箭緊握，有些沉不住氣了。易廂泉說了一大車的話，到底何時結束，自己何時放箭，卻是一概不知。

易廂泉輕微而緩慢地往前挪動著。「我在最初聽到紅信跳樓那日，就已經斷定，這絕對是一個特別的案子。我之所以說是跳樓而不是跳湖，是因為她根本沒有跳入湖中——縱使所有人都聽到了清晰的、巨大的落水聲。原因很簡單，院子太小，經過夏乾的測量我才知道——跳湖距離不夠。」

夏乾一愣，他知道碧璽跳入湖心距離明顯不足。然而測量之後才明白，樓高不過兩層，即便能落入湖水中，這樣跳下去，摔不死、溺不死。

「這一點真的是奇怪。她選擇了一種暴露於群眾目光之下，卻難以讓人看到自己屍體的方法。而她的目的單純明瞭：她想見方千，卻沒臉見方千。她懺悔，她沒有勇氣活下去。顯然只有一種方法，死前或死後見方千最後一面，最後與碧璽葬在一起。」

聽到「碧璽」二字，傅上星又輕輕顫抖了一下。

「那麼紅信是怎麼死的？夏乾在樓下發現了碎瓷片，露臺上的欄杆上有什麼東西碰掉灰塵的痕跡。僅憑這兩點，就完全講述了她自殺的全部。紅信跳下樓去，接著傳來巨大的落水聲。她沒跳到水中，那麼去哪兒了？落到地上？顯然不可能。她是用東西繫在自己身上，也許是繩索之類的東西，繫好之後就跳了下去。但那落水聲音又從何而來？有沒有可能是水擊在東西上發出的聲響？夏乾說過，正對著紅信跳樓的地方有碎片，而且土地出奇地濕。那麼我們可以模擬出這樣的場面：紅信腰上繫了繩子，她跳了下去，踢倒了盛滿水的水缸，水缸傾斜，水『嘩』的一聲流下去撞擊地面，發出聲響。

部分碎片掉到地上，部分殘留在二層。接著，就有幾種可能了。第一，紅信把繩子繫在身上，跳下去之後收拾了碎片，在二層的房間等著方千。第二種可能，紅信把繩子繫在了脖子上。她跳下，人也吊著死去。收拾一切的人是方千。這就衍生出了問題，紅信究竟是吊死？還是服了毒，隨後見了方千最後一面才毒發身亡？不論如何，我覺得當時拋屍的人是方千。他是一隊人馬的統領，行事方便。和當年搬運碧璽一樣，拋屍不會引起什麼懷疑。在接下來的幾天裡，他面色蒼白，不是因為疲憊，而是因為經歷了無法想像的痛苦。背起自己曾經心愛之人殘缺不全的屍體，把她扔到井裡去，看著她無人祭奠、無人知曉地永遠躺在黑暗的井底，徹底腐爛。一切由自己親手所做，怕是一世的痛苦。」秋風捲著他的話音漸漸遠去。

傅上星喝了一口酒，笑道：「易公子真是厲害。」

「是呀。」易廂泉居然承認了。「我的確比你想像得厲害。這個案件推斷到這裡，就很不錯了。」

傅上星聽著聽著，突然笑了。

「我根本不是案犯，我是清白的。我只是逼迫她說出碧璽的屍體所在，去井邊祭莫了一下而已。紅信和方千畏罪自殺，是他們咎由自取。」

然而易廂泉拉攏了圍巾，皺著眉頭，眼神卻比秋夜的湖水還要冷幾分。

「我該走了，易公子。」傅上星慢慢站起身，帶著一絲酒意拍了拍他的肩膀。

「結束了。」

「可是事實不是這樣的。」易廂泉看著他，說了這樣一句話。

傅上星驚訝轉身，易廂泉慢慢走到井邊，開始慢慢講述。

他很是平靜，把紅信死去那夜發生的事講得一清二楚。

紅信穿著一身大紅的衣服站在望穿樓上。她看了看樓下的人。人很多，大多數只能依稀辨認出一個身形，但是有一個人卻顯得很是特別。他穿著武服，站在最前頭，站得筆直。紅信瞇著眼，看著那個人。這個人的身影是那麼熟悉，距離雖然遠，但是她似乎能想像出對方的神態和心情。紅信想透過他模糊的身形看到他搖擺不定的心。

她轉過頭來，狠了狠心，縱身一躍，「嘩啦」一聲踢翻了樓下的水缸。水流發出巨大的聲響，而自己也被腰間的繩子拉住。她手腳不靈便，盡可能快速解下繩子，踉踉蹌蹌地走到了井口邊。覆蓋在井口的大石早就被推開了，露出了月牙狀的小井口來。門外的聲音很是嘈雜，腳步聲混亂而急促。紅信知道，方千就在那些人裡面。

她其實不想連累他，但是也許……

紅信看了看井口，吸了口氣，整個人將身體探過去，一下子跳入井中。井不深，但是在井中飛速落下的滋味並不好，而井底躺著的另一具屍體也已經徹底腐敗，這也是她罪孽的源頭。

紅信跌在井底，渾身劇痛，聞著惡臭，有些想吐。她抬頭看著井口，井口被大石遮蓋住，只留下一道彎彎的圓弧。外面的夜光射進來，圓弧微亮，像是月亮的形狀。周遭嘈雜的腳步聲越來越近了。很快地，叫喊聲、水聲、楊府尹焦急的聲音、水娘的亂吼……這些都不是她想聽到的聲音。

月光很明亮，射進了井口。

很快，一個人的腳步聲近了。他和別人的腳步聲是那麼不一樣，這麼熟悉。

紅信的心狂跳起來，她抬頭看著井口圓弧形的天空，像是看著天空最美的月亮。

一個人出現在井口，他有著黝黑的臉、濃黑的眉、乾淨的眼神。是方千，他看向井底，他的臉遮住了夜空的微光。

紅信抬起頭來看著，在這一刻她露出了笑容。她見到他了，他出現了！他會幫她，像當年一樣！

「方……」這個字還在她喉嚨裡打轉，方千就換上了驚恐的神情。驚恐、厭惡、嫌棄……這些表情像是字，一筆一畫地寫在了那張堅毅的臉上，也一刀一刀刻在紅信心上。

接著，他消失了。就在最短的時間內，大石頭被悄然推回到了井上，夜空的光迅速被遮住了。紅信難以置信地看著最後一抹月光從她的眼中消失。她怔了片刻，這才明白自己被徹底丟棄了。

她喉嚨動了動，再也難喊出這個名字。

井邊，方千站定，怔怔地盯著被深草隱藏的井口，氣喘吁吁。

在一片昏暗的光線中，楊府尹兜兜轉轉地上前，問道：「有什麼發現？」

「沒有，楊大人。」方千眼神空洞，臉色蒼白。「什麼也沒有。」

易廂泉站在落葉叢裡，安靜地講完這個事件，另外兩個人都沒有說話。

「這就是真相。在拘捕方千之前已經派件作看過，井口的土壤能辨別出來一道拖長的腳印，證明有人大力將石頭推上了。除此之外，在用石灰處理屍體之前，我委託仵作查了紅信的屍體。」

易廂泉看著傅上星，眼底壓抑著憤怒。「她是自己跳的井，並且在井底活了一天一夜才死。」

傅上星沒有說話，卻突然笑了一下。

「紅信帶病，喝這麼多藥，終日瘋瘋癲癲，是不會想出這麼複雜的自盡方法的。一切都是你。你千方百計地從紅信嘴裡問出了碧璽屍體的下落，」易廂泉看著他，眼裡透著強烈的譴責。「等她說出藏屍地點，你就趕緊來到樓下的井口邊上，親自推開井口的石頭，你……」

「恨啊……」

傅上星說了兩個字。他的聲音像是嘆息。「我看到碧璽躺在井底這麼多年，屍身腐爛，不成人形……我真的恨他們……不過，女人真是好騙。方千本來是她活下去的唯一理由和希望。但是他歸來之後，二人卻沒有見面。我同紅信說，不妨賭一把，方千見到妳會如何？是不顧一切叫人把妳從井口拉出來，還是為了掩蓋罪責把井口蓋上。」

傅上星放下手中的酒杯，看著遠處的井口，笑道：「我提前一天告訴了方千，記得看看井裡。他當時不明白什麼意思，只以為當年的罪行敗露了，惶恐不已。當夜，他看到井口開著一條縫，等他過去看，可算是明白了。可是他自私呀！好不容易從戰場上撿回了命，加官封爵，又怎麼能和殺人案產生關係呢？他看到井底的紅信一定很吃驚。紅信看到他也一定很驚喜。」

他頓了頓，突然大笑道：「我就是想讓他們體會一下那種感覺。」

遠處廳堂裡觥籌交錯、燈影搖曳，似乎又有纏足舞姬出場，在白棉窗上投下俏麗的身影。這邊與那邊，似乎不屬於同一世界。

夏乾在一旁愣了半天，冷風吹來，吹得他心底異常寒涼。

「你承認了？」易廂泉眉頭一挑。

「為什麼不承認？方千的死也是我造成的，我把砒霜給了他，告訴他，紅信石可以做成砒霜，如此死法自然不錯。」

聽到這裡，易廂泉像是吁了一口氣。「你全都承認了，你願意向衙門投案？」

傅上星一怔，不可思議地看他一眼，隨後哈哈大笑。他彷彿聽到了今夜最大的笑話，笑得前仰後合，笑得格外刺耳，直到連眼淚也笑了出來。

「衙門？你要我去衙門投案？碧璽出了事，那群狗官管過什麼？破案了嗎？我當年想給碧璽贖身，水娘不肯，開口就是一百兩銀子！其實是指望著我醫術高超，能把碧璽治好再去接客！可笑，多可笑！我拿著湊齊的一百兩銀子去找楊大人當說客。你知道他怎麼說？他一聽是贖妓女，連我喜歡誰都不問，語帶嘲諷，說玩玩就得了。他那個神態，我至今都記得！一來二去，把銀子也扣下了！」

他字字椎心，聲音發顫。風越發大，吹起他的衣袍飄揚在黑夜中，如月下被風吹散的雲。「那年冬天，碧璽去世，屍骨無存，我和小澤是怎麼過的？醫館難以維繫，吃住都是問題，小澤偷偷跑去夏家借錢……我、我還有什麼？易公子，我的那點感情在旁人眼裡什麼都不是！什麼都不是！我也不知道為什麼要活著！」

夏乾在一旁愣著，心越來越涼。他在傅上星的話語中聽到了別的訊息。

自己的母親開始張羅讓曲澤過門，就是從那年冬天開始的。自己往外借錢，欠條堆成山也不會去看它一眼。而母親借錢，不是借，卻是一場人錢交易。

在銀錢和地位的作用下，曲澤對自己單純的喜愛在旁人的推動下逐漸變質，變成了一個是否「娶妻」的可笑問題。這個「妻」是夏家用銀子買的，為了管住自己，為了傳宗接代。

夏乾徹底僵住了，他從來沒有覺得這麼心寒過。

天空灰暗，落葉飄零，傅上星整個人也像飄零的落葉，眼中看不到任何神采。易廂泉垂下頭去，沒有再說一句譴責的話，不知道是不想說還是說不出來。他慢慢地、不引人注目地向後退去，這動作引起了夏乾的注意。

經過剛才的一切，夏乾徹底想明白了，自己來這裡的目的不是保護易廂泉。

傅上星隻手把杯子灌滿酒，靜靜地擺在井上。隨後又從自己的裡衫中拿出一個杯子，又倒了一杯酒。這第二個杯子，與第一個沒什麼區別。一般人都把東西放在懷中，但是這杯子是從裡衫掏出來的。

易廂泉突然向夏乾這邊看了一眼，夏乾立刻會意。

傅上星穩穩地端著酒杯，欲送到唇邊。

夏乾拉緊弓弦「咻」的一下，就聽見玉器破碎的聲音。傅上星詫異地後退一步，只是一瞬，原本握杯子的手已經空空如也。

傅上星詫異地向左手邊看去。杯子早已支離破碎，被巨大的衝力帶到一邊的地上，只剩下滿地的碎片。

一枝箭插在了酒罈上。

不，不是插。這枝箭穿透了酒罈，幾乎完全沒入，只剩一小段羽毛露在外面。酒罈裂開了一道小縫。箭上的羽毛還在微微顫動，霎時，酒罈發出一陣「啪啦」聲，插箭處的縫隙正在逐漸變大、變長，像一隻黑色的長蟲爬過酒罈。酒罈受不了壓力，一股股細流從縫裡拚命地擠出來。

「咣啷」一聲，酒罈碎了，香氣瀰漫。

這箭就如同那日青衣奇盜射向水缸的弓弩，然而此箭力道與弓弩一樣，這卻是人力所射。

傅上星難以置信地盯著酒罈，隨後向反方向望去。

夏乾慌忙躲起來，傅上星卻笑了。「『平明尋白羽，沒在石稜中。』同飛將軍李廣一樣的箭術……夏公子不必躲了。」

夏乾聽到這話，也不知該不該移動了。

傅上星衝易廂泉一笑。「多謝易公子了。」

他聲音溫和，語氣如同春日明媚的陽光。易廂泉大大地鬆了口氣。

「易公子怎會知道我要飲酒，而且第二個酒杯上塗了毒？」

「我不知道，但我估計一個郎中的自盡方式也只有服毒。況且庸城郎中極少，你是最好的那位。你服毒，基本來不及救治，也難以救治。」

「那易公子怎不懷疑我的酒中有毒，卻知毒在杯中？」

「你沒有聽完真相，在我敘述完之前是不會尋死的，但是也不排除你服用慢性毒藥的可能。所以，我今日在醫館便關注你的飲食和飲水，連你身上的藥包、藥丸都檢驗過，在大廳裡你沒能走出我的視線。而後我來到這裡，也繼續讓人盯著你。你帶的酒——從醫館拿的，被我換掉了。」易廂泉笑道：「你不該讓我住在醫館的。」

「那麼，這個杯子呢？」傅上星眉頭一皺，端起第一個酒杯。

若是他將身上的第一個酒杯塗毒，易廂泉也無可奈何。

哪知，易廂泉微微一笑。

「被清洗過。」

傅上星吃驚。「杯子我一直貼身放著，兩杯皆藏於懷中，一個在裡衫，你們不可能換走；一個在外衫，也不容易掏出。從我懷中拿杯子卻不被發現……誰做的？」

易廂泉遲疑了一下。「本想讓侍衛去做的，而後聽說西街某人自願去換杯子，而且保證不被你發現，我便同意了。」

「天啊……」傅上星嘆氣。「易公子是打定主意不讓我自盡。」

「對。」易廂泉的回答簡短而有力。

他站著，手中的拐杖彷彿與大地的血脈相連，堅強無比。

「為什麼？」

「你沒資格。」

「此話怎講？」

「自盡這種行為，不高貴、不壯烈、不體面。它和謀殺的本質是一樣的，都是世上極惡的行為，都是在用暴虐手段奪人性命。你舉起刀、舉起劍、舉起毒杯的時候，你就是一個懦夫，這種行為是對生命本身最大的侮辱。」

「為何不在醫館對我說出真相？」

易廂泉只是嘆了一口氣。

「矛頭全部指向你，然而我卻沒有直接證據。西街一案，你沒有動手行凶，沒有出現在現場，但是你卻去西街的巷口目睹了一切。你犯了案，唯一的證詞就是你口中的『急診』。」易廂泉盯著他，目光銳利如利劍。「先生，在青衣奇盜盜竊當夜，你是接了急診才去的西街。你接的是誰的急診？紅信用生命下了賭注，不會再去請你這個仇人坐診。是有其他人前去請你坐診嗎？妓女？小廝？如果有的話，你現在告訴我，我馬上去核實。」

傅上星一愣，苦笑一下。

易廂泉搖頭。「根本沒有人去找你。你那夜沒有急診，是你撒了謊，丟下受傷的我，自己主動去西街。你要親眼看看紅信是不是從樓上跳了下來。你撒了兩次謊，一次是對曲澤，一次是對前去找你問話的夏乾。如果你不希望我把曲澤也叫到官府作證，請你主動去衙門認罪投案。」

傅上星有些訝異。「易公子說了這麼久，竟然真的只是為了勸我投案？以前，有很多人勸我不必對案犯浪費這麼多口舌，這是沒有意義的事，直接把惡徒送進衙門就是功德一件了。至於日後的刑問、逼供，都只是官府的一種例行手段。」

易痢泉看著傅上星的眼睛，懇切道：「但我從來都不這麼認為。人人都有心，哪怕是案犯也有。只要把真相講述清楚，案犯都可以接受自己不光彩的過去，坦然面對罪責和懲罰，這才是『伏法』的本意。我遊歷七年，解決案件幾千起，那些案犯從不恨我，只有一個人揚言要報復我，他還是個瘋子。」

外面的廳堂裡傳來一陣刺耳的笑聲。那裡歌舞聲、鼓點聲不絕，似乎所有人都醉倒一片，笑成一團。男男女女叫喊著，在一片熱鬧氣氛中大笑。

後院的三個人都沒說話，只覺得這種聲音格外刺耳，從耳朵刺到了心底。

易痢泉垂下頭去，沒再多言，覺得這些嬉鬧聲分明是最大的諷刺。

燈籠在風中微動，幽幽地照射著深綠的樹木，燈影搖晃，像是在嘆息。

傅上星走上前去，輕輕摘下燈籠，像是摘下心中的燈火，像寶貝一般捧在手裡。

「大盜橫行、肆意妄為，雖然只偷不值錢的小物，卻讓朝廷顏面無存。朝廷用了這麼大陣仗去圍剿，派了這麼多精兵去抓賊，可是想當年，沒有派一個人來查西街的案子，一個都沒有……一個都沒有啊！」

傅上星看著易廂泉，眼中竟然沒有一絲恨意。「易公子，只有你。哪怕剩餘時間很短，哪怕只是妓女失蹤，哪怕你受了劍傷、血流不止，你也會出面查案。我不知道在你身上發生過什麼事，但我知道，如果你真的相信官府，你就會帶著官府的人，像圍捕方千一樣圍捕我，一切等到入獄再談。但你看到了，方千被捕，所有的人都很高興。只要任務完成，案子了結，他們根本不在乎抓了誰，哪怕抓的是自己人。易公子，你和官府的那些人不一樣，我真的希望，我是真的希望……」

他看著燈籠，熱淚從眼中流下。「我真的希望你能早點出現。碧璽被害的那年冬天，如果你能出現在庸城，紅信和方千可以受到懲治，碧璽的屍體也會被找到，她就不用躺在井底這麼多年……」

他怔了怔，突然笑了。「我不會去衙門的。我不去，我不想去。」

易廂泉的臉色難看了起來，看向了旁邊的夏乾。

「你請夏公子來，一來是怕我自盡，二來也是等我承認犯下的罪行，故而作個見證。我不在乎名節，說我是殺人惡鬼，我也毫不在乎，但是曲澤在乎。」傅上星抬頭看了看夏乾，眨了眨眼睛。「這件事有個更好的解決方法。你們……就和她說我是為情所困，好嗎？」

傅上星笑了一下，有些意味深長。

突然，他袖子一甩，重重地打在酒缸上。本來斜斜地倒在地上的酒缸又滾了幾下，殘存的酒一下子流淌在井的四周，像一隻伸展開來的手，以驚人的速度張開了指頭。酒香瞬間瀰漫在空氣中，把這口枯井包裹得嚴嚴實實。

瞬間，夏乾的心突然抽搐了一下。

易廂泉一下子僵住了，他剛要抬起手，像知道要發生什麼，也像要挽留什麼——只見傅上星瞬間把手裡的燈籠摔在地上。「呼」的一下，竟燃起了熊熊大火！

夏乾一下從樓板那兒跳出來，但是眼見火光瞬時就包圍了傅上星和那口井。酒的濃度太高，在周圍一灑，太容易起火。附近全是野草和飄下的銀杏葉子，有酒做引物，一下子就可以點燃！

夏乾想去把傅上星拉出來，可是距離太遠。他下意識地望向易廂泉。

而易廂泉站在那裡，像是不能動了一般。

「你怎麼回事？快救火啊！你身後就是湖……」夏乾瘋了一樣地喊著，可易廂泉就是不動。

他臉色蒼白，像是見到了畢生最害怕的東西。

夏乾愣住了。

易廂泉怕大火？他居然也有害怕的東西！

夏乾立刻跳到易廂泉邊上，把他連人帶拐杖一個趔趄拉開，推到湖邊。

他想找東西盛水潑過去，畢竟井口和湖水是有一段距離的，雖然燒不過來，但是水也過不去！

四下一看，夏乾急了，周圍沒有盛水的東西！

火光中，傅上星的影子似一道黑煙，要隨時消逝而去。他咳嗽著，同時似乎仰頭吞下了什麼東西，突然倒地了。大火一下子就包圍了他，快速而又猛烈，就像吞噬了周遭的草木一樣輕而易舉。

夏乾震驚，難道傅上星手裡還有藥？一個郎中躲過搜查，身上帶著毒藥，這簡直易如反掌。易廂泉怎麼也防不住的。

火越來越大，就像是要燒上天空去。屋內的嬉鬧聲仍在繼續，似乎沒有人發現後院到底發生了什麼。

傅上星再也沒能發出任何聲音。

夏乾很是絕望，什麼話也說不出來，只是看著易廂泉，想問他到底要怎麼辦？然而在濃煙和熱浪中，易廂泉頹廢地跪坐在地上。

他臉色慘白、雙目空洞，像一只失去魂魄的殘破木偶。他脖子上的圍巾滑落下來，露出一道紅色的疤痕。

「我不知道在你身上發生過什麼事，但我知道，如果你真的相信官府……」

傅上星的話在易廂泉耳邊迴響，一下一下地燃燒著他有些殘缺的記憶。

慢慢地，他渾身開始顫抖，彷彿回到了童年的一場夢魘裡……

第九章　幕後真凶終現形

從前有座山。

山處於洛陽城郊，沒有名字。多年之後，山神將它悄悄地搬到別處去了。

山下有一條江，江也沒有名字。

太陽似乎剛剛撤掉最後的紅霞，只留得西邊天際的一絲猩紅，隨即墮入黑夜。

江畔的漁火燃燒著，夜色逐漸將湖面包裹起來，隱隱約約地，能看到江面上一條破舊的漁船。

一個老翁坐在船頭，嘴裡叼著根嫩嫩的蘆葦稈。打魚人都是用網的，他不是。他只是剝著嫩生生的蘆葦，之後拴上繩子放入水中。

這種鮮嫩野草的氣味，對於魚兒有致命的吸引力。

老翁閉起了眼打盹，但似是未睡，仔細看，能看到他瞇起來卻發亮的眼睛。

忽然間，只聽水面發出一陣輕微的撲騰聲，竟有魚兒上鉤了。

老翁咧嘴一笑，猛地一下提起蘆葦稈，一條小小的、漂亮的魚被釣了起來，上面還閃著金光。

「好漂亮的魚！不吃了，給你養吧！」老翁看著魚，回頭爽朗大笑。他面朝江岸，但是江岸上黑黑的一片，根本看不到人影。

「喂！你快過來看看！」說著，老翁又是一陣笑聲，他揚了揚手裡的魚，衝著黑暗處喊道：「別藏了，出來吧！偷看啥呢？要不等下魚就死了。」

這時，江畔突然冒出一個少年，他好奇地張望了下，猶猶豫豫地蹚著水過去了。

「喲，別蹚水過來，衣服髒了，師母會怨你的！」說罷，老翁輕轉船頭，慢悠悠回了岸。

少年止步了。漁火中，他看起來有點瘦弱，十一、二歲的樣子，個子已經很高，模樣清秀，穿著淺色的長衫，脖子上圍了一條圍巾。他板著臉，缺少少年人的活潑，可是雙眼充滿了靈氣，雙目的神采比漁火更加明亮。

老翁下了船，把魚給了少年。魚略帶金色，像是富人家養來賞玩的，很難想像江水中有這樣的魚。

少年接過魚，迅速彎腰放入水裡。

「喲喲，好端端的為什麼放了呢？」

「為何不放呢？」少年用清澈的眼睛看著魚，魚兒在水中撲騰一下，慢慢地游到湖水之中。

老翁一撇嘴。「拿去養著不好看嗎？金的呢！」

少年搖搖頭。「總有金色的東西，我又何必都據為己有？這魚這麼小，小魚是不應該釣的，牠應該游回去找牠爹娘。」

少年沉默片刻，不知道想起了什麼，問道：「你怎麼釣的？」

他仰著臉，帶著一絲好奇。

老翁笑道：「用蘆葦啊！」

少年一臉不信。老翁又道：「你覺得釣不上來嗎？」

少年哼一聲。「蘆葦太過柔軟，根本承受不住魚的力道。」

「哈哈，你小子不懂。蘆葦這麼軟，卻是有韌性的；打結要像髮絲一般精細，魚兒可以恰好咬住，也可以正好卡喉。」

少年低下了頭，用腳踩踩水花，哼一聲道：「我不信。」

「我昨天教了你什麼？背下來了嗎？」

「從天而頌之，孰與制天命而用之。」少年哼唧道。

老翁彎腰開始裝簍，慢吞吞地道：「蛇打七寸，葦也是如此。只要在適當的地方曲折，在適當的地方纏繞，葦也可以變成鉤，這是人為。生老病死、旦夕禍福，人看似是不能違背自然的，但是可以通曉自然規律，做出改變，這是人的膽識和智慧。傻小子，你懂嗎？」

少年頭一偏，想了想，隨後低下頭沒說話。

老翁把手裡剩下的蘆葦遞給少年。「不信天命，但信人為。回去自己試試就知道，把不可能變成可能。」

少年接過蘆葦。這是一根老翁遞過來的特殊蘆葦，從魚的嘴裡拔出來，還帶著血絲。它不長，上面有一個細小的結，不像吉祥結，長得竟然像龍鬚鉤。

少年痴痴地看著，而老翁卻突然開口了。

「廂泉啊，你知道你名字的含意嗎？」

少年點點頭。「師母說，廂泉，是師父釀的一種酒。我的姓取自《易經》。」

老翁點頭，又順手拿起一根蘆葦。

「廂泉酒，這是東廂房的泉水所釀的酒，很普通。以泉為名，酒卻是本質；執著之心如烈酒，淡泊之性如清泉。我希望你不驕不躁，永遠沉下心去追你所願。你師父我一輩子就待在這鄉下破屋子裡，研究幾本破書，不想做大事。可是你……不一樣。過幾年之後，師父老了，走不動了，你就替師父出去跑跑。」

少年愣了一下，蘆葦在他的手中隨風搖擺。

「我……去哪兒？」

老翁慢悠悠道：「中原、西域，想去哪兒去哪兒。」

「我不想去，我就想當個郎中，治病救人。」

少年說得很認真。

太陽早已隱去了臉。月下湖光山色如畫，漁火閃亮，蘆葦低語，這種景色深深地映在少年的明亮眼眸裡。

他看著小舟，看著湖水，認真地說著：「當郎中可以救好多人。」

「好是好，可是學醫救不了宋人。」老翁調皮地眨眨眼，笑著繼續道：「廂泉喲，你這孩子，其實聰明得很。聰明的人，透過一朵花便可知曉時令，透過一滴水就可以看到海。你的洞察、聯想、推理之能力，遠在同齡人之上。」

少年嘟囔一聲。「我怎麼不覺得……何況，這些所謂的能力，並無用處。」

老翁哈哈大笑，驚得岸邊水禽一下子飛入夜空，似要穿月而去。

「有無用處，他日便知。但你要記得，聰明歸聰明，正義仁愛之心斷斷不可缺，記住沒有？」

少年不耐煩地應了兩聲。

老翁滿意地點點頭，背起魚簍。師徒二人踏月歸去。

「師父，」少年突然開口，看著江畔的點點漁火。「如果我真的這麼聰明，我為什麼記不住以前的事？」

「五歲以前的事嗎？這誰記得啊？」

「我只記得一場大火。」少年停住了腳步。

師父也停住了腳步，似乎不想讓他說下去。

少年木然地看向江邊的漁火。

「一場大火，之後我就什麼都不記得了。師父，我是從哪兒來的？我的爹娘究竟是誰？他們是不是遇害了？凶犯是誰？官府沒有查出來嗎？」

漁火沉默地燃燒著。師父背著魚簍，沒有回頭，也沒有回答。

少年若有所思，卻不再發問了。

天應該已經亮了很久了。只是今日秋雨濛濛，天空灰暗，洛陽城的清晨就來得晚了一些。小販、官差、行腳商人似乎都沒有早起的心情。

衙門的鼓響了。

咚咚咚，擊得沉穩而有力。

值夜的衙差被鼓聲驚醒，揉揉眼，暗罵了一聲。

一般清晨擊鼓都是急事，報案人在驚慌失措中一通亂敲，但今日的鼓聲卻敲得格外鎮定。

衙差推開大門，驚訝地看著門口的鼓。

鼓前面放著一張小凳子，凳子上站著個小孩。

「誰家的孩子！沒爹沒娘吧，敢來官府胡鬧——」

衙差見過太多這樣的孩子，只是第一次見到這麼「勤快」的孩子，在天矇矇亮的時候，冒著細雨來惡作劇。

再一看，小孩的衣服全都濕了。似乎是走山路，腳上全是泥。他的個子不像成年人這麼高，搆不到門前的鼓，所以搬了張餛飩店門口的長凳，踩在上面擊鼓。

小孩轉過頭來，十一、二歲的樣子，削瘦，但是眼神卻顯得沉著冷靜。他放下鼓槌，下了長凳，行了禮。「有冤要申。」

他的舉止不像個胡鬧的孩子，姑且稱為少年人。

衙差一驚，思忖片刻，看著他被雨水打得狼狽不堪的小臉，有些心軟。

「你進去到屋裡站一會兒，等府尹大人起了再說。」和一個少年客客氣氣，衙差搖搖頭，覺得自己瘋了。

「府尹大人是個好官嗎？」

衙差不知道他會這麼問，只得敷衍道：「是吧，他常說自己是。」

少年很滿意地點點頭，進了門，很守規矩地站在門房的屋簷下。

衙差想接著打盹，但又好奇。「你姓什麼？家住哪裡？可有親人？有冤要申？」

「我叫易痡泉，家在城外山上，沒有親人，有冤要申。」少年答得中規中矩，卻顯得絲毫不熱情。這樣的談話方式讓人接不起下句。

衙差架著胳膊看了他一會兒，也沒問什麼，昏昏沉沉睡過去了。

不知少年在屋簷下站了多久，府尹大人終於醒了。

待人通報之後，少年被帶到後堂。府尹大人穿著隨意，顯得有些不耐煩。

「你有什麼事？我很忙——」

「不上公堂嗎？」少年看著大人，沉穩得像個成年人。「我有案要申冤。事關我雙親被殺一事，望大人明察秋毫，重審舊案！」

府尹大人眉頭一挑。案子先不提，但根據他多年的為官經驗，這孩子談吐不俗，往往出身富貴人家。他只怕孩子來頭不小，心頭一緊，忙問：「你父母是誰？」

見大人熱心起來，少年有些激動。「不知道。」

大人眼睛一瞪。「不知道？不知道報什麼案？」

「事發七年之前，我太過年幼，實在是記不清楚。只是知道父母居住地位於現今司馬大人宅邸附近。若您查查卷宗，也許可以查到當年一場大火——」

大人眉頭一挑。「你父母認識司馬大人？」

「不知道，應該不認識，可是我師父認識。」少年有些著急。「我只知道師父當年在洛陽會友，陪著司馬大人去看新宅，偶遇大火，把我從火中救出來……」

「你師父是誰？」

「邵雍。」少年低下頭去。

大人「哦」了一聲，清醒了幾分。案情不重要，知道孩子背後有誰才重要。邵雍是當今有名的理學大家，雖不做官，卻與朝中重臣有些來往。

大人盤算一下，問道：「那你師父怎麼不來衙門說這件事？」

「他和我說，都過去了，火災只是一場意外，讓我向前看。」少年突然抬起頭，扯落了脖子上濕漉漉的圍巾，露出了一道紅色的疤痕。「我雖然記不清楚，可是這疤痕卻是鐵證。這是利器所傷，而且我隱約記得有人……反正就是有人進了我們家！肯定是他放了火，這根本不是意外！」

大人臥在椅子上，打了個哈欠，撓了撓胸口。

就憑這孩子的隻言片語，一個正常、理智的成年人很難當回事。七年前的宅子著了火，即便不是自家人不小心釀成的意外，也很有可能是小偷小摸闖空門被主人發現，情急之下打翻了油燈。簡言之，這就是個小案子，甚至不是案子。

「你是自己回家去，還是等著你家人來接你？」大人吐了一口氣，盡量很和藹地講話。「要是你師父來，你就先去吃些點心。」

少年的眼神冷了幾分。「你不打算查？」

「這種小案都不會記錄在冊。而且這麼多年過去了，你若是有親戚知道這事，也會來尋親的。可是……什麼都沒有。」

大人伸了個懶腰，走出門，背著手看著門外的秋雨。

「我懂了。這件事對你而言是小事，微不足道，不足掛齒。只是，百姓的事無小事，官府的存在就是為黎民百姓、為天下蒼生謀福祉……」

「你這話都是從哪裡學的？」大人好歹是個進士，最討厭有人說教，還是被一個孩子。這一番話激起了他內心的文人傲氣——即使這傲氣已經蒙上三層灰了。

他皺皺眉，招呼少年過去，想教訓少年一番。「官府，為國而生，因國而存在。你看見花園裡那面牆了沒有？舊了，要塌了，我們只能保證那面牆不塌。懂了嗎？不塌就行。至於那些小裂縫，讓它裂去。」

他說得通俗易懂。

易廂泉順著他手指的地方望去，牆面淋在雨裡，死灰一樣的顏色。

「你……不管了？」

「我沒有管的必要。」大人怒極反笑，心想，我連和你說話的必要都沒有。

「你不是個好官。」少年很是平靜。「你眼裡的小事，是百姓一生的大事。牆上的每一道裂縫，都是別人生離死別的痛苦。」

府尹大人一愣，從來沒聽過有人敢這麼說自己。

也許是心血來潮，今天和這個聰明孩子多講了兩句。可是這個孩子句句不饒人，自己自恃涵養甚高，也終於忍無可忍了。

「帶他走。」府尹大人朝下人說著，生了一肚子氣。本來想說「帶他滾」的，想了想孩子的師父，還是沒說出口，又氣不過，遂冷笑道：「你現在還是一張白紙，有很多稜角和缺角，日後你的稜角會被磨平、缺角會被填滿，但你無論如何都要先學會做人，長大之後也不要自以為是。」

少年很聰慧，馬上聽出了他的意思。少年吸了口氣，仰起臉直視他，彷彿自己已經長大了。

「我想給天下人擊鼓鳴冤的機會，我想讓壞人繩之以法，我想讓死去的冤魂得以安息。我何錯之有？錯的是你。」

不等大人發話，也並未說一句道別，少年猛地轉身，抬頭挺胸出了府衙。

可是天卻並沒有變晴，雨依然在下。他走著走著，突然委屈地哭了，整個人像一隻失魂落魄的落湯雞。

順著大路走，要走很久才可以去城郊。再順著小路走，很久才可以到達半山腰。少年哭著走了很久，鞋子上全是泥土，身上冷冰冰的。

蘇門山在雨中顯得格外青翠，綠意一片。小溪旁邊有一座茅草屋，它在細雨中顯得有些破舊。草屋的門口有一個很大的菜園，種著青菜和蘿蔔。菜園旁邊盛開著大片的牡丹花，花下一隻小狗在躲雨。

在牡丹花園外面，站著兩個人。他們著急地喊著，像是在找人。

「廂泉！」師父和師母看到了他，趕緊跑上來撐起傘。「傻孩子，你去哪兒啦？別哭，回家了、回家了。」

少年趕緊擦了擦眼睛，抬頭看了看師父和師母。

他們神色焦急，眼中透著關心，說不定比父母更愛自己。

只要有他們在，也許親生父母就變得不那麼重要……也許他們三個人可以一輩子在一起。

少年突然覺得很幸福。

易廂泉倒坐在小毛驢的背上，囈語了幾句。

此刻，西街後院火光漫天，終於驚動了廳堂裡的人們。眾人救火、處理後事，等到塵埃落定，早已到了三更天了。

夏乾拽著毛驢，麻木地在街上走著，疲憊地閉上眼睛，他太累了。剛才他所經歷的事，像是已經過了幾日光景一樣漫長，卻也不敢回想。

驢蹄聲噠噠作響，夜晚的巷子很安靜。煙花巷子那裡還有餘煙，像是宣告著什麼事情的結束。

易廂泉趴在驢背上，又開始在夢中囈語，來來回回只有幾個詞。

爹、娘、師父、師母……

斷斷續續地，他似乎總在重複這些詞。

夏乾扭頭看著他，心中免不了暗嘆。

易廂泉怕火——堂堂易廂泉居然害怕大火！

在夏乾眼裡，易廂泉雖然有時候故意戲耍自己，但是他聰明智慧、深謀遠慮，受過極其特別的教育，不應該懼怕任何東西。

夏乾搖了搖頭，踢了路上的石頭一腳。

易廂泉不過是二十多歲的青年，和自己差不多嘛！

再看西街的餘煙，夏乾總覺得一種恐懼的感覺從心底蔓延起來，他之前的恐懼都與之不可比。他不怕青衣奇盜，不怕朝廷大員，不怕突變的事故，但是他今天怕了，人在生死之間，力量居然這麼渺小。

夏家的宅邸已經近了。府前標著「夏」字的燈籠數盞，綿延了整條街道。幾個下人在門口巴望，拿著厚的錦緞棉衣，眼巴巴地等著夏乾回來。

夏乾不知怎麼的，心中有些不是滋味。他停下了腳步，用孔雀毛掃了掃對方的臉。「喂！到了、到了！」

易廂泉慢慢地睜開了眼。風微微地吹著街邊的銀杏葉，烏雲散去，留下繁星，細碎如沙地躺在夜空之中。

在一陣陣秋日的涼風中，易廂泉很快認清了今年是哪年、自己又在哪兒。至於夢中隱隱出現的江畔、師父、秋雨、官府、草屋……他揉了揉眼，把這些細碎的記憶悄悄地埋在心底。這些事他很少對人提及，卻在心裡悄然生了根，長出了荒草。但是如果外界颳起了狂風，荒草被吹動、根莖被拔起，心也有些疼。

夏乾注意到了他的不對勁，低聲問道：「你還好吧？」

「還好。」易甯泉眼睛閃動了幾下，很快回過神來，利索地下了驢。「傳上星希望保留一些名聲，不為自己，也為了曲澤。既然真相已經揭曉，人也沒了，就不必和曲澤據實相告。」

「那要怎麼和她說？衙門那邊怎麼交代？」

「說他殉情。」易甯泉拍了拍驢子。「你不用擔心這些，到時候我去說。你只要嘴巴嚴一些就行。」

夏乾認真地點點頭。大管家夏至從大門內出來問話，夏乾敷衍幾句，如常地扯了一些謊，便和易甯泉一起進了夏宅。二人進屋坐定，暖爐燃起，熱茶滾滾。

夜深，院子中的喧鬧聲也少了。房內很是安靜，二人各有所思。漸漸地，二人的呼吸都平穩了，卻都無精打采，屋子裡透著一股喪氣感。

易甯泉看了夏乾一眼，率先開口：「你在想什麼？」

「西街的事只能如此了，可青衣奇盜又究竟去哪兒了？」夏乾胡亂搪塞。

「也只能如此了。」易甯泉答得淡淡。

夏乾把腳蹺到了椅子上，眉頭一皺。「這次行動的關鍵就是抓賊，賊沒抓到，犀骨筷也沒了！你以前不是挺厲害的嗎？十六歲那年就破了個大案，這次我總覺得你不可能讓賊逃跑，何況他還可能是七年前……」夏乾很識相地沒有說下去。

「沒關係的。」

易廂泉居然這麼淡然，有些不正常。夏乾不明所以，於是瞪他一眼。「別找藉口，跑了就是跑了！」

易廂泉有些不服氣。「你這是在怨我？那賊可從你眼皮子底下溜掉過。」

「當然，我射中了他，但他還是跑了！」

「我指的不是這個。」易廂泉指了指他的頭。「是誰打暈了你？」

夏乾一愣，他忘記這件事了！

「當時青衣奇盜在院子裡偷犀骨筷，我射中了他，之後被打暈了，這樣說來……那賊有同夥？」

「在一日之內想出調虎離山的計策，如此大費周章，還要短時間內來回奔跑數次，若是僅有一人，根本無法做到。他偷竊這麼多次，官府居然沒看出來。」易廂泉嗤笑一聲。「青衣奇盜一直都不是一個『人』，而是一個兩人以上的團夥。」

夏乾愣住了。一個人的案子好破，一夥人的案子可就難辦了。

易廂泉的眼中閃著微光，微光中卻帶著笑意，問道：「倘若真的有多個同夥，那麼他們要偷東西，會怎麼樣？」

「混入庸城府。」

「不容易進入呢？」

「那麼就找地方悄悄地盯著庸城府！踩點！」

「去哪兒比較好呢？」

易廂泉問得不依不饒，夏乾只得老實回答。

「視野好、離衙門近，又不容易被發現的地方——」他說到這裡，突然停了一下，立刻回過神來了。

易廂泉笑了。

「是的，青衣奇盜和你想的一樣。風水客棧是最好的地方了。離庸城府近、視野好，而且沒什麼人。前幾日他們想要害我，只怕是一直待在客棧某個房間裡，晚上出來放迷香，再溜回隔壁房間去，所以，不論怎麼在街上巡邏，都找不到他們。」

夏乾心裡突地一跳。青衣奇盜躲在風水客棧裡？居然躲在衙門對面、易廂泉房間隔壁，真是賊膽包天！

「那管客棧的周掌櫃呢？」

「那幾日他應該不在店內，也想不到店內進賊。為了以防萬一，明日還是去找他問清楚為妙。」

夏乾心裡瞎想著，猛然，他眼前浮現出一個人影——一個小小的、不起眼的人影。

「你有沒有見過客棧的小二？」

易廂泉愣一下。「那客棧有小二？沒見過。」

「就是挺矮的，尖聲尖氣的。」夏乾有些慌張。自己去客棧尋找易廂泉那日，明明見過一個店小二。

易廂泉思索片刻，看向夏乾。「這麼重要的事你為何不早說？說不定他就是——」

聞言，夏乾臉色變得蒼白。

店小二是青衣奇盜？打死他都不相信。

夏乾想了想，爭辯道：「他未必是，也許真的是周掌櫃找來的幫手！縱使是，那也只是青衣奇盜的同夥。青衣奇盜本人可不是那樣，他挺高……」

易廂泉一擺手，夏乾自從射箭之後，把青衣奇盜的外貌描述過無數遍，滔滔不絕、不厭其煩。

「可是，我被打暈之後呢？青衣奇盜跑了，顯然沒出城。可是城裡搜遍了！如今只剩下幾個時辰，也應當去找找看呀！」

「沒必要。」易廂泉只是看著那開得燦爛的秋海棠已有了頹唐之勢。花下，哥窯盆子仍然泛著它獨特的光彩，只要不破碎，就可以安然存放千年、百年。有些東西一直都在。既然在，那就不急於一時。

「日後自然會相見。」易廂泉臉上沒有什麼過多的表情，燭火也沒有為他的臉多添上任何顏色。

「你是說，他日後還會偷竊？」

「不一定。」易廂泉輕輕刮蹭著紫檀木的桌面，喃喃道：「他偷了八個扳指、四支簪子、一雙筷子、一只鼎、一朵靈芝。」

「八、四、二、一、一……」夏乾愣住。

「對的，不過依我看，那靈芝肯定不算數，因為不同類。這批東西的製作時間是春秋末到戰國初。當時你聽到這個時期，自然想起一個人來，我也是。」

夏乾驚道：「魯班？」

易廂泉點頭。「魯班——最好的木工。」

夏乾沉默思索。

易廂泉緊接著道：「我雖然不知道其中聯繫，但是多少想到一點頭緒。魯班是那個時代最有名的匠人，雖是木匠，也是天下數一數二的。與他相識之人，朋友、徒兒，也都是手藝絕倫，但不全是木匠，也有金匠、製作玉器的人。他們這些人的特點，是將天下精絕的機關術存於腦海中。比如魯班，有人說他做過會飛翔的木鳶，木鳶放入皇陵中，而後被項羽放出。如若真的，他堪稱神匠。」

「這又如何？」

「青衣奇盜偷東西的目的絕不單純。用大手筆去偷不值錢的東西，顯然那東西有大用處。八、四、二，我只是猜測，這麼規律的數如果做機關之用，怕是可能極大。他們可能要打開什麼東西。鎖具特別，用八個扳指、四支簪子、兩根筷子來打開。鼎和靈芝，我不知道是不是真的有用。再看『八、四、二』均為雙數。如果是某種器具需要用這些東西開啟，那一定做得十分對稱。」

夏乾覺得易廂泉在胡謅，卻又覺得他此番言論必有出處，只是不願意細講。然而夏乾還是覺得憂心。萬一是真的呢？他心中一沉。「若是真的，這麼算來，他已經都偷全了！那青衣奇盜以後豈不是要銷聲匿跡？」

「恐怕是這樣的。」

易廂泉以為他還會問些什麼，然而夏乾只是沮喪地坐下，無力發問。這時天空已現魚肚白，空氣中瀰漫著破曉的寒氣。

易廂泉見他蔫蔫的，只是一笑。「但是，此事另有玄機。我在青衣奇盜偷盜前發現了點東西，而且事後也證明了……」

「什麼東西？證明什麼？」

易廂泉漫不經心地把玩著手裡的金屬扇子。「夏乾，你難道不覺得奇怪嗎？我是指青衣奇盜的盜竊方法——他用了鹽水，利用密實程度。」

夏乾緊皺眉頭頷首道：「我也覺得奇怪。他如何做到的？」

易廂泉轉身推開窗，一陣冷風吹進，紫檀木桌上燭影晃動。

他望著蒼茫而逐漸褪去的夜色，說道：「從時間和人物開始聯想，春秋末、戰國初一位不得志的諸侯王，與一批有才能的匠人有往來。那麼，諸侯王究竟想幹什麼？為權。他被幽禁，如何採取行動？」

夏乾一怔。「和外界聯繫？」

「對，聯繫的方式就是送密信，用食盒之類的東西送信。一個被幽禁的人只能透過這種方式來與外界聯繫，因為一日三餐必不可少，如此往來不惹人懷疑。」

夏乾突然問道：「你什麼時候想到這些的？」

「城禁之前吧，我還沒到揚州呢。你別問這些有的沒的，打斷我思路。」

夏乾一臉震驚，覺得易廂泉未免太過深謀遠慮了一些。

易廂泉毫不在意繼續道：「我思來想去，覺得事情不對勁，於是產生了一種大膽的設想。我第二日晨起，一起看犀骨筷，細細地看，果然，」易廂泉笑了。「那不是普通的筷子。」

「我沒聽明白——」夏乾難以置信地盯著易廂泉。「是什麼意思？」

晨光已然射進屋子，易廂泉逆光側過臉去，清秀的臉上揚起淡淡的笑容，雖然平淡，卻透著絕頂的自信。

「那犀骨筷做得太精細了！它有條幾乎看不見的切縫，要很仔細地開啟，細細地把栓子抽出來才能打開。那筷子裡是中空的，而且裡面有東西。」

夏乾這下精神了，他猛地竄起，大聲而急切地問：「什麼東西？什麼東西？」

「是個小東西，很奇怪，但我估計它很重要。」

易廂泉這話讓夏乾一震，他瞪大眼睛。「那到底是——」

易廂泉笑了笑，沒有言語。

「好、好！你不說！」夏乾咬了咬牙，踹了一腳椅子。

易廂泉神色飄忽不定而避重就輕。

「在發現那東西之後，我才覺得萬根犀骨筷是可以辨別的，畢竟只要拆開來看就可以了。但是數目龐大，一根一根地辨別也要很久，實行的可能很低。工坊正在製作贗品，箭已離弦，我把真假犀骨筷放入水中辨別，發現它們都會下沉，自此相信自己可以成功。哪裡知道青衣奇盜會一捧一捧丟到鹽水裡去……」

夏乾皺眉。「可是差別很微小。」

易廂泉的表情有些凝重。「在製作贗品時，少了二十根，我讓工坊補上了。現在想想，這二十根應當是提早就被青衣奇盜偷去了，將其中一根贗品挖成中空，二十根犀骨筷全部倒入水中，再往水中倒鹽。直到中空的那根浮上來，由此記錄鹽水比例。」

說到此，易廂泉嘆了口氣。

夏乾臉色微變，想了一會兒，問道：「可是，筷子裡的小東西現在還在你手裡，對不對？」

易廂泉笑著，卻沒說話。晨光照進了屋子，已經快到寅時開門的時候了。

夏乾死盯著易廂泉，等著他的答案。

「東西在他找不到的地方。」

夏乾怒道：「好哇！怪不得你不著急！你不要得意，青衣奇盜也逃了！」

他把「逃了」兩字咬得很重，唾沫都快噴到了易廂泉那張發笑的臉上。

「為了那東西，青衣奇盜可能折回來取。」易廂泉說得肯定，晨光照在他身上，一身白衣像被繡上了金線。「也就是說，他沒有把真正的東西偷走。」

他抬起頭看著朝陽，眼睛卻比朝陽還亮。「案子破了，東西也守住了。我們贏了，夏乾。」

見他那個得意樣子，夏乾忍不住想打擊他。「幾日前他還在風水客棧，如今你不知道他躲在哪裡？」

易廂泉沉思。「非要讓我想，也就只有幾種可能。譬如西街巷子，甚至有可能和我同住在醫館，畢竟最危險之處最安全。」

「為什麼？」

「因為傅上星。」

夏乾聽到傅上星的名字，心又隱隱痛了一下，易廂泉臉色也不好看。

「他和青衣奇盜勾結。」易廂泉不痛不癢地說。

「怎麼可能？」夏乾乾笑兩聲。

易廂泉嘆氣。「他八成當時正在幹什麼壞事，正好被青衣奇盜撞見，然後被要脅了。方千的那張燒焦的紙怎麼來的？傅上星給的，他承認過，你也聽到了。可是這件事對誰有好處呢？青衣奇盜。證據要多少有多少，我沒有直指傅上星的鐵證，但是小破綻卻多如螻蟻。比如我千防萬防，還是在青衣奇盜偷竊那天倒下了，細想為何？我接觸過什麼？吃的？水？我一一排除，最有可能的就是傳上星的藥。」

易廂泉從衣袖中掏出傳上星給的藥，把藥瓶往桌上「啪嗒」一扔，夏乾傻了眼。

易廂泉冷冷道：「哼，東西都沒收回去，他倒真是不想活了。你以為我憑他和小澤非兒女之情的關係，就真能把嫌疑定到他頭上？他漏洞太多了。我看到他窗臺上有鴿子停過的痕跡，還有剩餘的鴿食。他就小澤一個親人，和誰飛鴿傳書？」

易廂泉有些激動，夏乾一言不發地看著他。

他懂了，易廂泉早就看出傳上星有問題，但是怕傳上星有過激行為，所以才遲遲不開口。

易廂泉又道：「青衣奇盜應該是在醫館或西街一帶徘徊，看到傳上星的所作所為，以此要脅。你可曾記得傳上星最後說的那些話？他說青衣奇盜只不過是偷了一些不值錢的東西，卻害得官府派了這麼多人來捉。在他眼裡，幫了青衣奇盜的那些『小忙』也無傷大雅。」

易廂泉的臉色越發難看，夏乾突然明白了其中的利害。若是傳上星沒有自盡，也許可以從他口中得到青衣奇盜更多的線索。如今傳上星一死，線索幾乎全斷了。

「反正都過去了，他的事已經至此，不要多想了。青衣奇盜那邊……」夏乾心裡有些難受，也不知道說什麼，他突然覺得易廂泉煞費苦心，結果卻什麼都沒改變。

「青衣奇盜也許不是我要找的人。」易廂泉猶豫一下，還是把話說了出來。「你知道，當時我師母被殺，身上被砍了七刀。」說到此，他的聲音有些顫抖。

這是易廂泉第一次主動談起師母的死狀，夏乾低下頭，沒敢應和。

「但是青衣奇盜犯案十四次，一個人都沒殺。我之前以為只是百姓信口胡說，但是幾日前我落入他手，他們精通藥理，使我受傷中毒，卻始終沒有害我性命，我總覺得他們不是那種罪大惡極之人。當然，我不是為其開脫，偷竊固然是犯罪，而且理應受到制裁，何況他們應該和七年前的事有所關聯。我希望可以將他們抓捕歸案，哪怕是問出些線索也好。」

「所以你還是要抓他？」

「要抓，終有一天會解決的。至於『終有一天』是什麼時候，就得由他們來定。他們想演什麼便演什麼，而表演之地自然不在庸城了。」

夏乾詫異。「不在庸城？你要離開？什麼時候？」

易厢泉答道：「城門開了，和府衙說清了，我就走。」

夏乾張嘴想說些什麼，卻一聲都沒吭，他有些洩氣地滑落到椅子上。

「怎麼？忙沒幫夠，戲也沒看夠？」易厢泉笑著從座位上站起。「我要走了。你要回家去，書院也要開學了。」

易厢泉將門推開，雨後秋日的空氣撲面而來，異常清新。庸城古老厚實的牆壁立在朝陽之中，似是熬過六日長夜，要安靜地聽完這段故事的結局。

「我果然沒有名垂青史。」夏乾有些喪氣。「雖然結局有些糟糕，可是我不後悔管這些閒事。你呢？」

易厢泉微微眯眼，笑了。他深吸了一口清新空氣，頓覺清爽。

「我也不後悔。」

「但如果你前功盡棄呢？比如青衣奇盜不再出現，又或者，你關於他的推斷全部都錯了。」

「那就重新開始。」

聽到他堅定的回答，夏乾深深地呼出一口氣，站到門前，伸個懶腰。院中的銀杏沐浴在陽光裡，染上了陽光的顏色。

今天要開城門了。

窗外，吹雪就在石頭打造的桌子上，懶懶地曬著早上的陽光，周遭堆滿了落下的銀杏葉。牠慵懶地搖搖尾巴，瞇著眼。不遠處，穀雨喚了牠一聲。

吹雪懶洋洋地漫步過去。

「你居然把吹雪給穀雨照料，是不是不想養了？」此情此景，夏乾也懶洋洋地問話，覺得心裡寧靜了許多。

「當然不是。」

「你可別給她養。」夏乾回頭笑笑。「穀雨這丫頭不敢告訴你，託我轉達。你給吹雪脖子上繫的鈴鐺丟了。你千叮嚀萬囑咐，不要弄丟，但她還是丟了。」

「什麼？」易廂泉猛然抬頭，雙目消失了光芒，變得空洞。

「鈴鐺啊！」夏乾笑道：「你一個大男人居然還給吹雪繫鈴鐺？還不許弄丟！貓脖子上的東西怎麼可能拴住？一玩就掉了，都不知道能掉哪兒去……喂！你——」

易廂泉突然衝了出去，喚了吹雪。吹雪立刻蹦過來，雪白的脖子上空無一物。易廂泉的臉色立刻變得很難看。

夏乾見了易廂泉的臉色也嚇了一跳，趕緊叫來穀雨。他本來以為是小事的，哪裡知道是這種局面？

穀雨一見易廂泉，立刻難過地低下頭，眼睛都快紅了。

「什麼時候發現鈴鐺不見的？」易廂泉有點激動。

夏乾看出來，他在努力維持平靜。

穀雨語無倫次。「是昨天……」

「丟哪裡了？」

穀雨抬頭，眼睛真的紅了。「易公子，我真的不是故意的……吹雪一直在我旁邊沒出過院子！我本來去給夫人倒水，一轉眼鈴鐺就沒了……我四處找，就是沒有！」

「你急什麼？」夏乾趕緊打圓場。「鈴鐺而已。」

「當時有什麼人在外面？」

「我記得只有我一個……」穀雨帶著哭腔。

夏乾想勸勸，卻又滿肚子疑問。

易廂泉反常地急躁起來，另外兩人都沒敢吱聲。他在院中踱步，眉頭緊鎖。「現在寅時剛過，還有時間，申時開門，也就是說——」

「申時？誰告訴你今天申時開門？」夏乾問道：「今天寅時解除城禁。」

易廂泉愣住了。「什麼？」

「你不知道？也對，你幾日前還在醫館躺著呢！城門口貼了告示，今天寅時解除城禁，因為有大批商隊要過來……」

今日寅時開門。

沒等夏乾說完，易廂泉突然衝出門去。

「喂！」夏乾喊了一聲，無奈地跟出去。屋內只留下穀雨一人哭紅了眼睛。

易廂泉腳還不是很靈便，他本來應該跑得不快，可是夏乾竟然追不上他。縱然腿腳不便，易廂泉也在竭盡全力地奔跑。可他明明說過，不怕城禁結束。青衣奇盜是否落網都不是問題的關鍵，青衣奇盜還會回來找他，因為易廂泉手裡有青衣奇盜想要的東西，從犀骨筷裡弄出來的、不知名的東西。

就因為那東西，足以讓青衣奇盜自投羅網。

陽光穿梭在樹梢之間，編成一條條金色的線，地上也留下樹木斑駁的影子。夏乾繞過茂密的樹叢，蹭上了被太陽曬暖的露水。他奔跑著，腦子飛速地旋轉，答案一下子就揭開了。

易廂泉沒說那青衣奇盜重視的小東西究竟為何物，也沒說自己把東西藏在哪裡，但顯然，能藏在犀骨筷子裡的東西，體量一定很小。

能塞進筷子裡的東西，當然能塞進鈴鐺裡。吹雪脖子上的鈴鐺是個不響的鈴鐺，因為裡面的珠子被拿了出來，轉而塞了其他的東西進去。

吹雪的鈴鐺……丟了。

夏乾好氣又好笑，易廂泉居然把這麼重要的東西藏在貓鈴鐺裡，而且交給穀雨保管，真不知他在想些什麼！

再轉念一想，易廂泉此番做法，還算是比較保險的。

青衣奇盜要偷的東西不只是犀骨筷，他們還要犀骨筷裡的小東西。

易廂泉一向不按牌理出牌，先把犀骨筷真品、贗品混在一起，再讓吹雪帶著最重要的東西滿地亂竄。

這樣最危險，按理說也最安全。

但是青衣奇盜竟然能……

兩個人都向前飛奔，思緒都很混亂。

庸城的街道卻煥然一新，前幾日的蕭條也不見了。

在這個秋高氣爽的日子裡，躲藏了六日的百姓們紛紛從家中出了門，臉上洋溢著喜氣。路上的行人越來越多，一個接一個地向城門湧去，如潮水奔湧至大海。有進貨的商隊，有單獨的生意人，有歸鄉之人，也有去外地闖蕩的青年。他們扛著貨物，帶著行李，甚至攜帶一家老小出了門。

城門口有侍衛還在一一盤查，但是，人群湧向城外的速度很快。

他們用燦爛的笑容來慶祝庸城浩劫的結束。

庸城又平安了。

六日，死了三人，青衣奇盜來了又走，但百姓還是過得安穩。對於百姓而言，其實有些驚天動地的大事只是飯後的談資，對他們的生活並沒有多麼重要。他們不曾參與，也不想參與。這是一件不幸的事，也是一件幸運的事。

在這群百姓中，有兩個人是與眾不同的。

夏乾穿著他那一身孔雀色青衫，冒冒失失地推開熙熙攘攘的人群，推開排成一排的牛車，推開大包小包的貨物，似乎就像城禁第一日從牆上翻下來一樣莽撞。

但是他突然停住了。

可算追上了！眼前熱鬧的人群中，有一個白色的身影。

易廂泉站在城門中央的位置，背對著夏乾。他太顯眼，並不是因為他的一身白衣，而是因為他動也不動。所有人都如同流水一樣向城門擠去，唯有易廂泉站在那裡如同一塊巨大的石頭，冰冷而挺直，潮水見了他，也要繞開去的。

夏乾慢慢地走上前，拍了拍他的肩膀。

「結束了。」夏乾的話語中帶著一絲安慰。

「結束了。」

易廂泉三字出口，並無遺憾、並無淒涼，只是像塵埃落定之後的一聲平靜嘆息。

夏乾見他還算正常，吞吞吐吐問道：「鈴鐺裡的東西是不是青衣奇盜拿走了？」

「我之前的推斷錯了。青衣奇盜沒有躲在西街，也沒有躲在醫館，他們之中一定有人躲在你家。」

夏乾一呆。「為什麼？」

「否則他怎麼知道要拿鈴鐺？何況你翻牆這麼多次，狗也沒叫。你能翻，他也能。」易廂泉嘆息一聲。

「那我們……算是輸了？」

夏乾見易廂泉雖然平靜，可是面色不佳，便趕緊住了口。

易廂泉只是搖搖頭，側過臉去低聲道：「其實根本沒有輸。青衣奇盜一定會來找我的，日後你就知道了。況且，輸的永遠是罪犯，我……只是不太甘心。」

「日後？那你能帶上我嗎？」夏乾，看似問得漫不經心，實則內心狂跳不止。

他想走，想了很多次。只要易廂泉同意帶著他出去闖蕩，父母一定會勉為其難地同意。

「我不能。」

易廂泉說得很認真，拒絕了不止一次，卻也很絕情。「你是夏家獨子，夏家是江南最大的商戶。你爹娘的產業要由你繼承，或者考取功名以求得地位提升——」

「你不要再說了。」夏乾咬了咬牙，扭頭就走。

「但是，」易廂泉突然拉住了他，狡黠一笑。「我不能帶你走，你可以跟上來。腿長在你身上，天下之大，你當然想去哪兒就去哪兒。你不知哪條路是對的，但你總會知道留下來是錯的。」

夏乾一怔，摸了摸頭，居然覺得很有道理。

易廂泉抬頭看了一眼湛藍的天空，把圍巾往上拉了拉，竟然露出笑容。他走到城門口的石柱前面，一把扯掉了城禁的告示。

而在城門處，站著一個小男孩。他提著一個籃子。他原本是怯生生地看向這裡，見易廂泉笑了，自己便鼓足勇氣上前來。

「你是不是易廂泉？」小男孩怯生生地問。

易廂泉彎下腰去，笑著說：「如假包換。」

「長大了我也想像你一樣去抓賊……」

「不必像我。」易廂泉苦笑了一下。「不管成為什麼人，你要記得，人皆可以為聖賢，正義仁愛之心斷斷不可缺。」

小男孩用力點了點頭，舉起了手中的籃子。「我奶奶讓我把這個給你，這是我們家種的。我奶奶說，不管怎麼樣，庸城人應該謝謝你。」

這是一大籃子柿子，金黃金黃的。

易廂泉笑著接了過來，脖子上的圍巾慢慢滑落下來，露出了紅色的傷疤。小男孩迅速看了一眼。易廂泉很是敏感，趕緊把圍巾圍上去了。

「你脖子上的紅色道道是你畫上去的嗎？」小男孩看著竟然有些羨慕。「看起來很……很不一樣，我也想畫一個！」

說完，小男孩竟然摸著脖子，笑嘻嘻地跑開了。

易廂泉愣愣地站著，夏乾卻哈哈大笑。

陽光燦爛，天空一碧如洗。他們肩並肩站著，笑了一會兒，一人吃了一個柿子，任由潮水般的人群湧出城門。

尾聲

這時，在西街也有人正收拾著包袱。是個女人，她長得美卻不妖豔，穿著美麗的鵝黃色衣服，顯得落落大方。

她的桌上鋪著畫，常人很難一眼看出是什麼。

這不是藝術品，而是簡單的描摹，畫的像是兩根棍子。細看，畫得很精緻，整根棍子是白色的，尾部還畫著鏤空，上面還寫著批註，像是匠人在製作之前畫好的圖紙。

鵝黃衣裳女子笑了一下，笑容卻帶著幾分冷意。她把畫收起來丟進火堆裡，輕嘆一聲，火慢慢地把畫燒掉了。

火堆旁還有一隻貓兒，白白的，長得和吹雪異常相像，只是眼睛是幽幽綠色。牠似訓練有素一般老實待著，時不時歪頭看向火堆。

鵝黃撥弄火焰，輕輕蹙眉嘆息。傅上星幾次來西街都逃不開她的眼，她當時就應該告發，也許能挽救幾條人命，可是……都過去了。他們只要把東西偷到，其他的渾水就不要去蹚。鵝黃的眼睛閃動了一下，藏著些許不安。
在火堆燃盡之後，她從懷中拿出了一張小小的字條，寶貝地將它捧在手上，對著燭光細細地看著。這麼多次涉險，都是為了它！

庸城碼頭又恢復了昔日的繁忙，往來商人急匆匆地找地方落腳，而那些大型的客船停泊在港口，被殘陽拖出了長而漆黑的古怪影子。
書院灰色的屋瓦在太陽的餘暉之下閃著細密的金色微光。
夏乾坐在屋頂上，看著碼頭的景象，提著一壺新酒——這是庸城最高的屋頂，是夏乾兒時就占據的地皮。
書院今日開學，他逃了一天的課。蹺課時看到的風景往往是最美的。
易廂泉離開了。什麼時候離開的，夏乾也不知道。
他只知道下午去找易廂泉時，周掌櫃說他的行李沒了，貓也沒了。
易廂泉走得無聲無息，就如同從未來過。
庸城又恢復正常，和之前一模一樣。只是少了個能幹的侍衛，少了個清貧的郎中，少了個無人關注的病榻女子。

人走茶涼，一切依舊。

書院的那棵銀杏樹安然地立著，好像城禁第一日的時候也是這樣。只是銀杏的葉子成熟了一些，由青綠變得金黃。

夏乾穿著一身青衫，又順著樹爬上去，翻牆回家。他在樹下站了一會兒，悵然若失，像是在等待什麼，卻只是等來了一陣秋風，吹著吹著就散了。

他晃晃蕩蕩，走過庸城古老而繁華的巷子。

庸城作為揚州的中心，自青衣奇盜走了之後，徹底換了原來那副冷清模樣。如今街道人稠物穰，正是熱鬧之景。

坐在酒肆裡的說書人激動地說著大盜的故事，一張口就是「手持鐵扇覓民賊」，門外一群小孩子擠在那兒聽著。

夏乾駐足望去，幾個小孩子探著頭，神情緊張，聽得一臉認真，竟然在脖子上都畫了一道紅色的疤痕。

幾個老奶奶坐在街口吃著瓜果，閒聊著。「雖然東西被偷走了，可是案子破了。

那個算命先生還真是個聰明的好人啊！」

夏乾醉醺醺地笑了一下。他很羨慕易廂泉，知道自己要做什麼、會做什麼。眼前的路變黑了，他有些茫然，竟不知道往哪裡走。

他……也想做點什麼。

剛剛到家，夏至就出現將他攔住，手中拿著一遝紙張。「這是你寫的？」

夏乾一看，是易廂泉臨走之前替他寫的功課，自己看都沒看就交到書院了，遂醉醺醺道：「是……是我寫的。」

夏至臉一沉。「寫了十頁的『不自由，毋寧死』？」

夏乾一怔，拿來一看，第一頁還算是正常的：

「人生在世，當以天下興亡為己任，以百姓苦樂為萬事之要，不因大事而懼，不以小事而輕，此乃聖賢之道。然，人皆可為堯舜，人皆可為聖賢。我身雖弱，願以微薄之力還天下人公道，不畏義死，不榮幸生。」

這頁雖寫得潦草，卻蓋不住字跡原本的嚴正，這是易廂泉寫的心裡話。

夏乾笑了，再看第二頁，滿篇的「不自由，毋寧死」，寫得密密麻麻。

易廂泉這個人總愛戲弄人，臨走了還要戲弄夏乾一次。這六個字寫得很是決絕。這樣的功課交到書院，夏乾會受到很重的懲罰。

再抬頭，夏至已經氣得臉色鐵青。「這次的懲戒會很嚴重。回屋洗臉，吃飯的時候去見你娘。」夏至臉色陰沉地看著他。「這次不僅要說說學業，還要談談婚事。本來不急著定日子，如今怕是不定不行了。」

罕見地，夏乾平靜地點了點頭，什麼也沒說。他一直是頭富貴的傻驢子，生在金銀山裡，人人都羨慕他。但他身上壓了太多不想背負的東西，從沒有人問過他想做什麼。沒有自由，沒有愛情，更無法掌控自己的命運，只有易廂泉才能懂。這份功課是易廂泉臨走之前送他的一份大禮，故意在他這隻傻驢背上放了最後一根稻草。

夏乾知道自己會受罰，但是他可以選擇不接受。他不知道自己應該做些什麼，但跟著易廂泉一起遊歷，做個好人，總歸是不會錯的。

藉著酒勁，夏乾回到了自己的房間，從床下拽出一個大包袱。起身，拿起柘木弓的弓箭匣子。轉念一想，又打開自己的抽屜，把一封信留在桌子上。

所有東西都是早早備好的。

重陽將至，夏家上下都在忙碌。

麵粉蒸糕已經提前做好了一批，熱氣騰騰，上面插著菜色旗子；丫頭們也端著菊花盆子入了院子，私下挑揀著好看的，悄悄別在頭上。

金風玉露、菊蕊萸枝，這一切都不屬於夏乾了。

夏乾逃跑的技能是打小練就的。夏府忙碌，沒人注意到他。他朝著大宅揮了揮手，逃過僕人的目光，繞過金粉的菊園，跑到城門那兒去。青藍色的衣衫在夜風中浮動，腰間別著的孔雀毛晃晃悠悠，像是要飛到天上去。

天黑了，城門也即將關閉。夏乾幾乎是最後幾個出去的。

「喲，夏公子這是去哪兒？」守衛笑著問。

「你別管，就說沒看見我！」夏乾不滿地嘟囔一聲，還帶著醉意，幾步就走進夜色中。

夏乾出了城。

——第一集完

國家圖書館出版品預行編目資料

天涯雙探1：青衣奇盜／七名 著 – 初版. -- 臺北市：
三采文化，2021.4 面：　公分.（iREAD 137）

ISBN 978-957-658-492-3（平裝）
1. 華文創作 2. 青少年文學 3. 推理懸疑
857.7　　　　110000986

suncolor 三采文化集團

iRead 137

天涯雙探 1

青衣奇盜

作者｜七名
責任編輯｜戴傳欣　文字編輯｜歐俞萱
美術主編｜藍秀婷　封面設計｜李蕙雲　美術編輯｜李蕙雲
內頁排版｜陳曉員　校對｜黃薇霓　版權負責｜孔奕涵

發行人｜張輝明　總編輯｜曾雅青　發行所｜三采文化股份有限公司
地址｜11492 台北市內湖區瑞光路 513 巷 33 號 8 樓
傳訊｜TEL:8797-1234　FAX:8797-1688　網址｜www.suncolor.com.tw
郵政劃撥｜帳號：14319060　戶名：三采文化股份有限公司
本版發行｜2021 年 4 月 1 日　定價｜NT$380

suncolor

suncolor